braumüller

HELMUT WLASAK

# Nicht schuldig

braumüller

INHALT

**Fritz** – Hündisches Bezirksgericht ........ 7

**Django** – Cowboy und Gendarm ........ 15

**Josip und Giovanni** – Unbekannter Feind ........ 20

**Bodo** – Spion auf Rechnung ........ 27

**Peter, Heinz' Angestellter**
– 30 Gramm Kokain und 2.000 Kondome ........ 38

**Heinz, Peters Boss** – Der Tod und Venedig ........ 48

**Özmed** – Von Gurken und Gürkchen ........ 72

**Johann, Manfred und Franz gegen Otto und Sepp**
– Länderkampf der anderen Art ........ 76

**Anneliese und ihr Feldwebel** – Fanfaren für das Gericht ........ 91

**Lorenz und Michael** – Die Home-Invasion ........ 96

**Irene** – Widerstand mit schönen Beinen ........ 124

**Was ist Schuld eigentlich?** ........ 127

**Zwei Zivilrichter** – Witz oder Anekdote? ........ 132

**Ozim und Drago** – Mord oder Totschlag? ........ 134

**Beatrice** – Der Stoff, aus dem manche Träume sind ........ 146

**Innocent** – Verkomplizierungen und zweifaches Glück ........ 149

**Jack und Roswitha** – Letzte Begegnungen ........ 156

**Alfons** – Wenn man besser den Mund aufmacht ........................ 170

**Harald** – Schulschluss ........................................................ 176

**Mathilda** – Gestraft genug ................................................. 181

**Von Dieben und Betrunkenen** – Viele Dumme, ein Gedanke ... 185

**Joachim** – Großartiger Plan, schlecht ausgeführt ..................... 188

**Karl und Silvia** – Gut gemeinte Hiebe ..................................... 195

**Walter** – Ist da jemand? ....................................................... 199

**Josef** – Feuerwasserprobe ...................................................... 208

**Erwin** – Die komplizierte Beziehung zu „dem da oben" ............ 214

**Dietmar und Max** – Illusionen und eine Täuschung ................ 221

**Joszef** – Schlauchbeherrschung ............................................... 236

**Nasir** – Wer einmal lügt, dem glauben
die Geschworenen nicht mehr ................................................... 240

**Jochen** – Gaunerehrenwörter (und Gauner-Geständnisse) ......... 261

**Silke und Kevin** – Freitagnacht ............................................... 265

**Manuel** – Aus dem Leben eines Gedächtniskünstlers ............... 277

**Christoph** – JWH 018 ............................................................. 285

**Vasilije** – Wichtige Detailfehler .............................................. 293

**Karl-Heinz** – Eine Erinnerung ............................................... 297

# Fritz
## Hündisches Bezirksgericht

„Nicht schuldig! Ich hab nichts gemacht!“ Das erklärte auch gleich die Verhandlungsstrategie Severins, des Angeklagten.

„Sie sind auch nicht angeklagt, weil Sie etwas getan haben, sondern weil Sie etwas unterlassen haben“, sagte der Richter. „Sie haben nicht auf Ihren Hund aufgepasst – und der hat einen Radfahrer angesprungen und zu Sturz gebracht, und dabei wurde er verletzt.“

„Jeder, der eine Gefahrenquelle schafft, ist verpflichtet, die nötigen Vorkehrungen zu treffen, um etwaige Gefahren abzuwenden. In Ihrem Fall hätten Sie etwa dem Hund einen Maulkorb verpassen können oder ihn einfach an die Leine nehmen. Und wenn Sie weggehen und den Hund alleine zurücklassen, muss er sicher verwahrt werden“, führte Bezirksanwalt Gerharter näher aus.

„Ja, hab ich schon verstanden, aber der Übeltäter war ja gar nicht mein Hund!“

„Laut Polizei war es Ihr Hund. Ein Schäferhund, er wurde von den Beamten schon öfters umherstreunend angetroffen“, erklärte der Richter.

„Im Ort gibt es mehrere Schäferhunde, mindestens fünf, und das kann jeder im Ort bestätigen“, antwortete Severin.

„Und Sie meinen, die kommen alle fünf infrage? Rennen die alle unbeaufsichtigt umher?“

„Könnte schon sein.“

„‚Könnte schon sein‘ heißt aber nichts. Es könnte auch die Welt morgen untergehen – oder erst in viereinhalb Milliarden Jahren. Haben Sie ein Foto von Ihrem Hund?“

„Wofür?“

„Na, damit ich sehe, wie Ihr Hund ausschaut.“

„Wie ein Schäferhund halt so ausschaut …“

„Aber wie schaut Ihrer aus? Darum geht es ja. Können Sie ihn beschreiben?“, bohrte der Richter nach.

„Er hat keine … Besonderheiten … er schaut aus wie ein Schäferhund.“

„Na dann!“, bekräftigte der Bezirksanwalt. Da war man ja schon einmal auf einem sehr guten Weg … Da hier weiter nichts herauskommen würde, eröffnete man das Beweisverfahren. Als ersten Zeugen rief das Gericht Fritz auf, den Geschädigten. Der betrat den Saal mit leichter Verwunderung, war doch die halbe Ortschaft anwesend.

„Also“, begann Fritz. „Ich fahr mit dem Rad in Richtung Hauptplatz, und gerade beim Hohen Gericht fällt mir auf, dass ich verfolgt werde. Ich bin ja nicht mehr der Jüngste, da spürt man so was. Ich drehe mich um – und seh tatsächlich, dass mir auf der linken Seite ein Schäferhund nachläuft. Weit und breit kein Herrchen. Und auf einmal springt mich der an, dass es mich vom Rad geworfen hat. Als ich schon auf der Straße liege, kommt der Hund noch her zu mir und schaut mich an, getan hat er aber nichts weiter. Vom Café an der Straße hat ein

Spaßvogel herübergerufen ‚der will eh nur spielen' … dabei waren meine Knie und ein Ellenbogen schon blutig."

So weit, so gut. Auch im Weiteren konnte aber nicht geklärt werden, welcher der infrage kommenden Hunde das gewesen sein könnte. Es wurde also vertagt – mit der Aufforderung an den Angeklagten, seinen Hund beim nächsten Mal mitzunehmen. Und dann waren da ja noch die „mindestens fünf" anderen Hunde, die der Angeklagte erwähnt hatte. Als ein diesbezügliches Erhebungsersuchen beim Postenkommandanten des Ortes eintraf, dachte der zunächst noch an einen Aprilscherz: Es galt abzuklären, wie viele Schäferhunde es in der Umgebung gab und wer die Besitzer waren. Die Beamten legten sich ins Zeug und forschten sogar sechs weitere Schäferhunde samt Haltern aus. Außerdem: den Kaffeehausgast, der dem Gestürzten über die Straße zugerufen hatte.

Als vier Wochen später der nächste Gerichtstermin stattfand, war der noch besser besucht als der erste. Der Angeklagte, Severin, kam wie gewünscht mit Hund, der dann auch sogleich Fritz, also dem Geschädigten, gegenübergestellt wurde. Fritz konnte das Tier eindeutig als einen sogenannten „Schäferhund" identifizieren. Für den Strafprozess war das nicht ausreichend.

„Danke für den Hinweis, wir haben uns schon gedacht, dass das wohl ein Schäferhund sein müsste – aber ist das der Hund, der Sie zu Fall gebracht hat?", wollte der Richter wissen.

Während der Zeuge den Hund musterte, saß der brav und manierlich – also der Hund – und winselte ab und an kurz, aber freundlich. Nach eingehender Betrachtung erklärte Fritz, dass er nicht genau sagen könne, ob dieser Hund der richtige sei. Der sehe „zu sehr wie ein normaler Schäferhund aus“. Nun denn.

Im Folgenden rief der Richter die sechs weiteren Hunde und Besitzer auf, die für heute vorgeladen waren. Sie kamen herein und stellten sich in einer Reihe auf.

„Sehen Sie sich die Hunde in Ruhe an!“, erklärte der Richter Fritz. „Das sind die Hunde, die theoretisch infrage kommen würden.“

Schon während Fritz die Tiere nacheinander anschaute, fielen deren unterschiedliche Charaktere auf. Der eine lag unbeteiligt mit dem Kopf auf den Vorderpfoten und ignorierte den Zeugen, ein anderer wollte gleich auf ihn zustürmen.

„Glauben S', kennt mich der?“, fragte der Zeuge den Besitzer, dieser zuckte aber nur mit den Achseln. Der dritte Hund stimmte daraufhin Gebell an, in das der nächste Hund auch gleich miteinfiel. Es dauerte eine Weile, bis wieder Ordnung hergestellt werden konnte. Das zahlreiche Publikum dürfte die Veranstaltung als durchaus unterhaltsam empfunden haben. Hund Nummer vier war teilnahmslos – wenigstens, sobald er aufgehört hatte zu bellen –, aber interessiert, Nummer fünf hatte sich hinter sein Herrchen verzogen und blickte an dessen Beinen vorbei unsicher auf das Spektakel. Der sechste Hund wollte am liebsten aus dem Saal. (Fluchtgefahr stellte eigentlich einen Haftgrund dar, vorerst wurde davon aber abgesehen. Dennoch: Was hatte der Hund zu verbergen?)

Nachdem Fritz alle Tiere eingehend betrachtet hatte,

kam er zu dem imposanten Ergebnis, dass alle der Hunde sehr stark nach Schäferhund aussahen.

„Hätte ich auch gesagt“, gab der Richter zu, und auch der Vertreter der Anklagebehörde konnte zur Lösung wenig beitragen. „Das ist ja wie ein Bilderrätsel, bei dem die Unterschiede zu suchen sind …“

Kurzum, es sah vorerst nicht so aus, als ob dieses Problem gelöst werden könnte. Etwas Dynamik brachte dann aber jener Zeuge ein, der den Vorfall aus dem Café beobachtet hatte.

„Herr Rat, ich sitz jeden Vormittag so gegen zehn Uhr dort, zum Kaffee mit Mehlspeise; ist wirklich wunderbar dort, die machen alles noch selbst. Als ich gesehen hab, wie es den Fritz zerlegt hat, hab ich hinübergerufen, dass der Hund nur spielen wolle, stimmt. Das hab ich aber nur gemacht, weil er selbst das ja auch immer sagt, wenn sein Hund jemanden anspringt.“

„Er hat selbst einen Hund?“, fragte der Richter sichtlich überrascht den Zeugen.

„Ja sicher, der Fritz hat einen Hund!“, bestätigte dieser.

„Ja, sicherlich!“, sagte jetzt auch Fritz.

„Warum sagen Sie das denn nicht?“

„Sie haben mich nie danach gefragt …“, antwortete der Verunfallte kleinlaut, wobei er mit dieser Aussage im Grunde natürlich recht hatte.

Da die Verhandlung sich längst zu einer Sitzung des „Heiteren Bezirksgerichtes“ entwickelt hatte, lag das Folgende auf der Hand. „Bitte sagen Sie nicht, dass es ein Schäferhund ist.“

„Doch, ja.“

Gott sei Dank meldete sich nun wieder der Kaffeehauszeuge zu Wort. „Ich versteh das Ganze sowieso nicht wirklich …“

„Bitte, was verstehen Sie denn nicht?“, fragte der Richter, dessen Ton inzwischen vielleicht ein klein wenig gereizt war. Er verstand selbst ja einiges nicht.

„Warum der Severin angeklagt ist. Das war ja nicht sein Hund.“

„Und woher wissen Sie das?“

„Weil das ja dem Fritz sein eigener Hund war.“

„Wie bitte? Sie wollen mir erklären, dass sein eigener Hund das Opfer vom Rad geholt hat? Vergessen Sie nicht, dass Sie unter Wahrheitspflicht stehen.“

„Was soll das denn heißen? Der Fritz ist von seinem eigenen Hund niedergerissen worden, da bin ich mir sicher! Ziemlich sicher.“

Wenn der Zeuge nicht das „ziemlich sicher“ nachgeschossen hätte, hätte man den Prozess an dieser Stelle vielleicht sogar beenden können. Vor Gericht gibt es zwischen „sicher“ und „ziemlich sicher“ aber einen haushohen Unterschied. Das Gericht wendete sich also wieder Fritz zu.

„Ich werde doch wohl meinen eigenen Hund erkennen!“, stellte Fritz unmissverständlich klar.

Es kam also, wie es kommen musste: Beim nächsten Termin waren statt der ursprünglichen sechs nun sieben Schäferhunde anwesend. Bestimmt würde das alles viel leichter machen …

Im Folgenden wurden die Hundebesitzer aufgefordert, ihre Hunde im Verhandlungssaal festzubinden und dann den Raum zu verlassen. Als der letzte Hundebesitzer draußen war, rief man abermals den Kaffeehauszeugen Karl hinzu, der nun aufzeigen sollte, welcher der Hunde unser Täter war. Karl zeigte gleich aus dem Zeugenstand auf einen der Hunde. Raten Sie, welcher es war! Natürlich der des Opfers! Um Zufälle auszuschließen, wurde Karl wieder hinausgeschickt. Die Hunde wurden neu angeordnet, es wurde auch geprüft, ob sie an Leinen oder Halsbändern etwaige Unterscheidungsmerkmale aufwiesen. Karl kam zurück in den Saal und zeigte denselben Hund an wie zuvor. Klare Sache also. Endlich.

Nun wurde auch das Opfer wieder aufgerufen, und Fritz glänzte schon beim Auftreten, stellte er sich doch zum falschen Hund, in der Meinung, es handle sich um seinen eigenen. Auf die Frage des Richters, welcher Hund denn nun der Übeltäter sei, zeigte Fritz auf einen der anderen Hunde, räumte aber auch gleich ein, dass er sich nicht sicher sei.

Als Fritz dann mit einem fremden Hund hinausgehen wollte, der Hund das aber nicht zuließ, erschien es dem Gericht glaubhaft, dass Fritz nicht bewusst einen falschen Hund bezichtigt hatte, sondern vielmehr tatsächlich nicht sagen konnte, welcher Hund nun wirklich welcher war.

Einen weiteren Akt fand diese Verwechslungskomödie übrigens, als die restlichen Hundebesitzer wieder in den Saal durften und das Gros sich zu fremden Hunden stellte. Das Gericht übernimmt keine Haftung dafür, dass jeder den richtigen Hund mit nach Hause genommen hat. Man kann nur hoffen, dass Hunde nicht auf fremde Namen hören. Am Ende gestanden *alle* Hundebesitzer, dass sie eigentlich nicht 100%ig ausschließen konnten, dass ihre

Hunde zur Tatzeit gestreunt hatten. (Obwohl die Hundebesitzer zu dieser Aussage gesetzlich nicht verpflichtet waren.)

„Ich geb dem Herrn Fritz einen Hunderter. So viel ist mir die Geschichte wert“, meinte dann einer der Hundebesitzer. Dem schlossen sich letztlich alle anderen an. Auch Severin, der ursprüngliche Angeklagte, steuerte einen Schein bei, obwohl er freigesprochen wurde. Den aufkeimenden Applaus im Zuschauerraum unterband der Richter mit einem Ordnungsruf.

„Auch, wenn es danach aussieht, wir sind nicht im Kasperltheater!“

Angeblich sorgte das Verfahren im Nachhinein noch für einige Witze, die zumeist auf Fritz’ Kosten gingen. Sicher ist, dass seit dem letzten Verhandlungstag keine streunenden Hunde mehr im Ort gesehen worden sind. Außerdem wurden farbige Hundehalsbänder verteilt, damit es endlich gelingen konnte, die Hunde auseinanderzuhalten.

# Django
## Cowboy und Gendarm

„Sie müssen sofort kommen!“, schrie die Frau am anderen Ende der Leitung. „Unser wahnsinniger Nachbar hat schon wieder seine Phase. Der schießt, ich sag’s Ihnen!“

In kürzester Zeit erfragte Inspektor Werpichler alle nötigen Informationen, darunter auch den Namen des mutmaßlichen Täters. Die Strafregisterauskunft nannte mehrere Vorstrafen wegen illegalen Waffenbesitzes und Abfeuerns dieser Waffen in der Öffentlichkeit. Das konnte brisant werden. Die Cobra rückte in Vollmontur aus und war auf alles gefasst.

Als Kind wollte Wolfgang immer gern ein Sheriff sein. Er war damals sogar in einer Bande gewesen, hatte gemeinsam mit seinen Freunden Cowboy und Indianer gespielt. Der Sheriff war er aber nie. Helmut war der Sheriff gewesen. Der hatte einmal einen älteren Schulkollegen – heute hätte man diesen als „Bully“ bezeichnet – mit einem einzigen Faustschlag niedergestreckt; und von da an war Helmut immer der Sheriff. Das fiel Wolfgang ein, während er versuchte, mit dem Schlüssel ins Schloss zu finden. Er hatte heute alte Bekannte getroffen,

Kindheitsfreunde, deshalb war es etwas später geworden. Was sie damals nicht alles gemeinsam angestellt hatten. Wolfgang musste lächeln. Es war immer etwas Besonderes, wenn man Freunde aus seiner Vergangenheit traf, vor allem solche aus der eigenen Kindheit, als alles noch so … anders war, die Untiefen des Erwachsenenlebens noch in der unbekannten Zukunft lagen, so weit entfernt, dass man sie nicht einmal erahnen hätte können. Alles, was zählte, waren die Freundschaften und die Abenteuer, die man gemeinsam erlebte. Dann schaffte er es endlich aufzusperren und seine leere Wohnung lag vor ihm, die Antithese zu den warmen Kindheitserinnerungen. Ewig her, das alles. Heute lebte er allein, die Nachbarn mochten ihn nicht. Freunde … ja, hatte er noch welche? Echte Freunde, so wie damals? Wolfgang war nicht sicher. Eigentlich hatte er eher das Gefühl, heute ganz allein auf der Welt zu sein.

Sein erster Weg führte ihn zum Kühlschrank, wo er sich noch ein Bier und einen Schnaps holte. Schade eigentlich, nicht einmal Fotos hatte er von damals. Wolfgang tat sich sogar schwer damit, sich das genaue Bild des Innenhofes zu vergegenwärtigen, aus dem sie die Hausmeisterin damals immer verjagt hatte. Einmal hatte sie daraufhin wütende Briefe an alle Eltern des Wohnblocks geschickt. Wolfgangs Mutter war cool geblieben, hatte sich nicht aufgeregt. Wieder spielte ein Lächeln auf seinen Lippen, jetzt verging aber nur ein Augenblick, bis die Realität es fortwischte. Wolfgang kam seine Wohnung jetzt noch stiller und einsamer vor als sonst. Wenn ihn nicht alles täuschte, sollte er doch noch …

Er ging zu dem Kasten, auf dem seine alten Schachteln getürmt waren. Und tatsächlich: Nach ein paar Versuchen fand er eine, in der wirklich Spielzeug aus seiner Kindheit deponiert war. Er schaffte es, die Schachtel sicher auf den Boden zu verfrachten, obwohl sein Gleichgewichtssinn mittlerweile stark beeinträchtigt war. Sein alter Cowboyhut! Er setzte ihn auf – oder eher: legte ihn auf den Kopf, weil der Hut inzwischen viel zu klein war –, schnallte sich den Revolvergürtel um. Gleich darunter: Das eigentlich wichtigste Stück der Sammlung. Der Sheriffstern, den Helmut ihm irgendwann geschenkt hatte, bevor die Wege der Buben sich für immer getrennt hatten. Beim Anstecken des Sheriffsterns stach er sich ein wenig in die Brust, spürte das aber kaum. Im Revolver waren sogar noch Platzpatronen. Wolfgang stellte sich breitbeinig vor den großen Spiegel, zielte auf sein Spiegelbild und drückte ab, verschoss alle sechs Knaller. Er versuchte ungeschickt, den Plastikrevolver nachzuladen, schaffte es endlich, und feuerte noch sechs Knaller leer. Dann ließ er den Revolver sinken, sah sich im Spiegel an, betrachtete nachdenklich, was aus ihm geworden war, was die Jahre aus ihm gemacht hatten. Er hätte sich noch ein Bier holen können oder sich auch einfach hinlegen, aber etwas hielt ihn fest. Als durfte er diese Erinnerung, die sein Spiegelbild umwölkte, nicht aus den Augen lassen, um sie nicht zu verlieren.

Und da krachte es plötzlich hinter ihm. Von einer Sekunde auf die andere waren Leute in seiner Wohnung.

Wolfgang verstand gar nicht, was gerade passierte. Er drehte sich zu dem Cobra-Beamten um, der längst seine Waffe auf ihn gerichtet hatte. In der Hand, das hatte

Wolfgang im Schreck vollkommen vergessen, immer noch den Spielzeug-Revolver …

„Diese Papierschlangen-Knallerpatronen, die es heute gibt, die wären sicher leiser gewesen“, erklärte Wolfgang dem Richter bei der Verhandlung. „Und dann sind da meine Vorstrafen, weil ich immer Waffen haben wollte, aber nicht durfte … und das haben die Nachbarn natürlich gewusst, die haben mich schon mehrmals angezeigt, wenn ich im Hinterhof geschossen habe …“

„Damals waren es aber echte Waffen!“, ergänzte der Staatsanwalt. Die Verhandlung hatte mit einer Überraschung begonnen: Wolfgang und Richter Wasakovski waren als Kinder befreundet gewesen – Verteidiger und Staatsanwalt erkannten aber keine „Befangenheit“ und hatten den Richter daher nicht abgelehnt.

„Und der Widerstand?“, fragte Wasakovski jetzt.

„Ich habe mich nur ganz kurz gewehrt und einem Polizisten einen Haken versetzt. Das tut mir auch sehr, sehr leid“, sagte Wolfgang mit gesenktem Kopf.

„Wenn diese Beamten nicht absolute Profis wären, gäbe es diese Verhandlung heute nicht“, meinte Richter Wasakovski und sah Wolfgang durchdringend an.

„Dafür aber ein schönes Begräbnis“, sagte der Verteidiger.

„Begräbnisse sind nie schön“, gab Wasakovski zurück und rief den nächsten Zeugen auf. Es war der Cobra-Beamte, der als Erster in den Raum gegangen war und seine Waffe gegen Wolfgang erhoben hatte.

„Wir haben gewusst, dass der Angeklagte mehrere Vorstrafen wegen illegalen Waffenbesitzes hat, dass er herumgeschossen hat", begann dieser mit seiner Aussage. „Die Anruferin war sich sicher, dass er wieder mit einer echten Waffe in seiner Wohnung hantiert und geschossen hat. Wir waren dementsprechend vorbereitet. Und dann stehe ich hinter ihm, und wie er sich zu mir umdreht … sehe ich einen Typen mit Cowboyhut und Sheriffstern, Revolvergurt und Waffe in der Hand. Normalerweise fokussiert man sofort die Waffe, aber irgendwie … ich habe den Sheriffstern gesehen und mein Instinkt hat mir gesagt, dass der Mann nicht brandgefährlich ist. Ich kann es gar nicht besser erklären. Deshalb habe ich zugewartet."

Richter Wasakovski war begeistert von der Coolness des Mannes. „Ich liege vor Ihnen! Ein Wahnsinn. Man darf gar nicht nachdenken, wie die Geschichte ausgehen hätte können. Ich gratuliere!"

„Danke", meinte auch Wolfgang, „dass Sie ein echter Sheriff sind!" Die Aussage wirkte komisch, ohne es überhaupt zu sein. Alle Anwesenden wussten, was gemeint war. Für Wolfgang ging die Sache nicht nur in der Hinsicht glimpflich aus, dass er noch am Leben war. Auch die Strafe wegen Widerstandes gegen die Staatsgewalt war sehr überschaubar, weil die Beamten meinten, es sei kaum erwähnenswert. Cobra-Beamte sind Profis. Und Lebensretter.

Am Ende wollte Wolfgang den Sheriffstern an Wasakovski zurückgeben, der nahm ihn aber nicht an. Ein Geschenk nimmt man nicht zurück.

# Josip und Giovanni
## Unbekannter Feind

Josip war Jungunternehmer, ohne dabei noch besonders jung zu sein. Er betrieb einen Pizza-Stand samt kunstvoll ummantelter Mikrowellen im Look italienischer Holzöfen. Diese Ummantelung schien aber nicht auszureichen, damit er sich dauerhaft über Wasser halten konnte. Die nötigen Kundenmassen, um sein Schwimmziel zu erreichen, fanden sich nicht. Allerdings: So gab es jede Menge Luft nach oben, nach der Josip sich strecken konnte, um nicht zu ertrinken. In dieser Situation entschied er sich für einen Apnoetauchgang …

Der erste Punkt in seinem Plan: Eine starke Anhebung der Versicherungssummen für seinen Stand. Bald war Josip gegen alles versichert. Nicht nur gegen Vandalismus, sondern gegen Ameisenstraßen, Vulkanausbrüche, Schimmelbefall, Beschuss durch Raumsonden, Blitzschläge und Eisbärenangriffe. Angeblich der feuchte Traum mancher Versicherungsvertreter.

Das Problem hierbei: Die nun hohen Versicherungsprämien setzten Josip noch mehr unter Zugzwang. Wäre das nicht so gewesen, hätte er seinen Plan vielleicht besser ausfeilen können, so musste es jetzt aber schnell gehen.

Eine gute Inszenierung war für das Gelingen sehr wichtig. Er schaffte deshalb in einer weiteren Investition ein Prepaidhandy an und begann, sich von diesem selbst Drohbotschaften zu schicken. Die Mafia wolle Schutzgeld von ihm erpressen, erklärte er kurz darauf bei der örtlichen Polizeistelle, wo man die Gefahr sehr ernst nahm. Gegen die Mafia musste man auf jeden Fall entschieden vorgehen. Die Kriminalabteilung wurde eingeschaltet.

In weiterer Folge wurde Josips Pizzastand zu seiner Sicherheit observiert. Zuerst blieb die Ausbeute gering. Den Beamten ging ein Duo ins Netz, das illegalen Zigarettenhandel betrieb, grob mafiöse Umtriebe konnten aber nicht beobachtet werden. Trotzdem gingen weiter heftige Botschaften bei Josip ein. Das heißt: „Heftig" waren sie *wahrscheinlich*, denn so richtig bestätigen konnte das niemand. Wenn die Beamten die Sprachbox-Nachrichten abhörten, lauschten sie dabei gestammelten Silben und Wörtern, auf die sie sich keinen Reim machen konnten. Klar war nur, dass das kein Italienisch sein konnte. Nicht nur nuschelte der Anrufer fürchterlich, es klang auch sehr dumpf, als habe der Anrufer ein Tuch über das Mikrofon gelegt, um seine Stimme zu verfremden. Josip war der Einzige, der die Botschaften so richtig verstand – wie ihm das gelang, konnte niemand sagen. Es half nur, hier mehr in die Tiefe zu gehen. Nachdem man deshalb Josips Telefon anzapfte, blieben die Anrufe aber überraschend aus. Höchstens die eine oder andere Drohung wenig zufriedener Kunden des Pizzastands ging noch ein.

Doch dann kündigte sich ein Durchbruch an. Eines

Nachts erschienen zwei kriminell aussehende Mittvierziger in einer schwarzen Limousine. Sie parkten vor Josips Stand ein, gingen bedächtig und mit schweren Schritten auf ihn zu. Dann bestellten sie Bier und Pizza und fuhren ohne weiteren Kommentar wieder davon.

Nichtsdestotrotz trat die Katastrophe ein: Josips kleines Lokal brannte ab, und er selbst trug dabei Verbrennungen im Gesicht und auf dem Oberkörper davon. Im folgenden Verfahren wurde Josip dann Versicherungsbetrug und Brandstiftung vorgeworfen, er blieb aber hartnäckig bei seiner Mafia-Geschichte, eine Sichtweise, die auch sein Verteidiger einnahm. Josips Verteidiger sah in den kriminell aussehenden Mittvierzigern aus der schwarzen Limousine den Beweis dafür, dass die italienische Unterwelt Josip tatsächlich nach dem Leben trachtete, die Anklage Josips also falsch war.

Diese Verteidigungsstrategie wurde sehr schnell schwieriger als erwartet: Bei den „beiden düsteren Gestalten“ handelte es sich in Wahrheit nämlich um zwei sogenannte „verdeckt ermittelnde Beamte“, die einen italienischen Suchtgift-Lieferanten dingfest machen wollten – und dies dann auch noch taten. Warum das also überhaupt erwähnenswert ist? Weil Josips Verteidiger geistesgegenwärtig umsattelte und nunmehr die Schuld auf diesen Suchtgiftlieferanten schob, der für eine italienische Mafia-Familie mit jahrzehntelanger Erfahrung im internationalen Drogenhandel tätig war: Giovanni. Giovanni sollte also Josips Pizzastand angezündet haben. Nach Meinung von Josips Verteidiger jedenfalls.

„Ich liefere Ware", erklärte Giovanni mit einem gewissen Stolz. „Immer Ware. Ich bin nicht dafür da, Botschaften des Padrone auszurichten." Eine klare An- und Aussage. Dennoch witterte Josips Verteidiger eine letzte Chance und zog Giovanni als Zeugen zu Josips Verfahren hinzu. Es kam also zu einer Gegenüberstellung.

„Sie kennen Herrn Josip?"

„Nein. Nie gesehen!", antwortete Giovanni in seiner Muttersprache. Eine Dolmetscherin war anwesend.

Der Verteidiger wollte seine Hoffnung aber nicht und nicht fahren lassen. „Haben Sie ihn je bedroht?"

Nur zum Verständnis: Schon einmal abgesehen davon, dass Giovanni sich als Zeuge in diesem Fall sogar einer Aussage entschlagen hätte können – es gab überhaupt keinen Hinweis in irgendeinem der Akte, dass Giovanni und Josip jemals miteinander zu tun gehabt hätten. Aber die Hoffnung stirbt eben nie. Und hier schien sich die des Verteidigers völlig überraschend zu erfüllen.

„Wenn er Ware von unserer Familie bekommen und dafür nichts bezahlt hat, dann habe ich mich darum gekümmert, das gehört schon zu meinen Aufgaben!", sagte nämlich Giovanni mit Überzeugung. Das Aufflackern in den Augen des Verteidigers war nicht zu übersehen.

„Sie haben ihn also bedroht, vielleicht mit dem Abfackeln seines Geschäftes?"

„Ich drohe nicht mit dem Abfackeln des Geschäftes. Wozu? Wer nicht bezahlt, kommt auf die Liste, wer auf der Liste ist, wird abgefackelt. Wozu drohen? Zeitverschwendung!"

„Dann haben Sie sein Lokal also abgefackelt?", wollte

der Verteidiger wissen, der somit endlich den schlüssigen Beweis für die Unschuld seines Mandanten Josip sah.

Giovanni tat ihm den Gefallen: „Wenn er auf unserer Liste war, dann wurde das gemacht, si si!"

Es war ganz still im Verhandlungssaal 101 im ersten Stock des Landesgerichtes für Strafsachen in Graz.

„Auf welcher Liste?", hakte der Verteidiger nach.

„Auf der Liste des Padrone."

„Und auf dieser Liste steht ‚Josip, Pizzeria Al Dente, Graz-Liebenau'?", mischte sich der vorsitzende Richter des Schöffensenates ein. Es war klar, dass hier jemand ganz schön im Dunkeln tappte.

„Wer?", fragte Giovanni.

Der Vorsitzende wurde langsam unrund. „Der Angeklagte! Josip, der hinter Ihnen auf der Anklagebank sitzt!"

„Kenne ich nicht persönlich, aber wenn er auf der Liste steht, dann wird er das sein."

„Andere Frage", der Vorsitzende wollte diese Sache endlich beenden, „hatten Sie den Auftrag, hier einen Pizzastand abzufackeln, weil der Besitzer Ihrem Padrone oder sonst wem Geld geschuldet hat?" Die Dolmetscherin übersetzte es Giovanni ebenso laut, wie auch der Vorsitzende sprach, dessen Nerven langsam nachgeben wollten. Giovannis Blick sagte tausend Worte. Er musste alle in diesem Saal für Idioten halten.

„Mutter Gottes! Heilige Jungfrau, hilf! Ich verstehe die Frage nicht", gab Giovanni endlich zurück. „Ich war hier in – wie heißt die Stadt? – Graz, danke, weil ich fünf Kilogramm Kokain abliefern und das Geld dafür übernehmen sollte. Pedro und Luigi waren falsche Käufer, verstanden.

Polizia, verstanden. Aber was will das Gericht mir da anlasten? Ich habe bei dem Pizzalokal geliefert, habe aber nichts angezündet. Wo soll es denn gebrannt haben?" Ehrliche Verzweiflung in der Stimme.

„Da verwechselt jemand Äpfel mit Birnen", sagte der Richter kopfschüttelnd zum Verteidiger, der wollte aber immer noch nicht aufgeben – bis dann endlich auch Giovanni der Geduldsfaden riss, der dafür aber klarere Worte fand als zuvor der Richter.

„Was ist daran so kompliziert, Advocado? Ich habe Kokain geliefert, nicht offene Forderungen sanktioniert, ist das so schwer zu verstehen?"

In seinem eigenen Prozess zeigte Giovanni sich übrigens ebenso verständig. Er gestand umfassend und fragte nur nach, wo der lustige Anwalt vom letzten Mal sei. Weniger schuldeinsichtig war Josip. Er leugnete immer noch verbissen, sich selbst mehrfach angerufen und bedroht zu haben, und leugnete auch bis zuletzt, selbst das Benzin ausgegossen und sich beim Legen des Feuers selbst schwer verletzt zu haben. Er blieb bei seiner Version des Mafia-Anschlages.

Die eingesetzten Diensthunde der Exekutive witterten Brandbeschleuniger an drei unterschiedlichen Stellen, das mit der Brandstiftung stimmte also schon einmal. Dann besahen sich aber die Gerichtsmediziner Josips Verletzungen und schlossen definitiv aus, dass Josip mit Benzin überschüttet gewesen wäre. Vielmehr bestätigte sich die Ansicht, dass Josip selbst zuerst an drei Stellen Benzin in der Küche ausgeschüttet hatte, dann mit dem Benzin eine Spur bis an den Eingangsbereich leerte – und die Tatsache außer Augen gelassen hatte, dass nicht Benzin brennt, sondern seine Dämpfe; sprich: das Gemisch von Benzin und Luft. Josip musste sein Zündhölzchen also nicht erst an das Benzin-Rinnsal führen. Schon als er das Streichholz anrieb, gab es eine solche Explosion, dass Josip von der Wucht samt Türe ins Freie geschleudert und die auf Pizzaofen gestylten Mikrowellen in der näheren Umgebung verstreut wurden.

Die katastrophale Geschäftsentwicklung hätte Josip fast zum Selbstmörder gemacht. Es ist unsicher, ob das im Rundum-sorglos-Paket der Versicherung gedeckt gewesen wäre … und was er davon gehabt hätte.

# Bodo
## Spion auf Rechnung

Bodo war knapp unter siebzig Jahre alt. Den Verhandlungssaal betrat er mit perfekt geglätteten Bundfalten, sein Krawattenknopf wie mit dem Lineal ausgerichtet. Gepflegtes, kurz geschnittenes Haar. Nur das Muster seines Sakkos wirkte ein wenig aus der Zeit gefallen und dürfte eher vor einer ganzen Weile in Mode gewesen sein.

Auf die personenbezogenen Fragen, die jede Verhandlung einleiteten, antwortete Bodo nicht etwa mit einem einfachen Ja, sondern eher zackig mit „korrekt" oder „zutreffend".

„Pensionist?"

„Stimmt auch!"

„Wie hoch ist Ihre Pension? Oh, Rente, meine ich natürlich, so sagt man in der Bundesrepublik, oder?", fragte der Richter.

„Ich sage nicht ‚Bundesrepublik', ich sage nur ‚Deutschland'!", entgegnete der Angeklagte.

„Eigentlich stammen Sie ja aus der DDR, der Deutschen Demokratischen Republik." Es war keine Frage, sondern eine Feststellung.

„Ich stamme aus dem Osten“, bestätigte Bodo. „Das war noch eine andere Zeit. Eine bessere als heute.“

„Finden Sie wirklich? Stichwort Menschenrechte, Freiheit, staatliche Überwachung, Grenze, Todesschützen, Berliner Mauer und so“, hielt der Richter dagegen.

„Die staatliche Überwachung war notwendig.“

„Ach so?“, warf der Staatsanwalt ein.

„Es kann nicht sein, dass die Leute tun, was ihnen gefällt“, sagte Bodo, als ob das eine Selbstverständlichkeit wäre. „Sie überwachen den Staatsbürger ja auch!“

„Ich überwache gar niemanden“, deponierte der öffentliche Ankläger, „ich klage ihn an, wenn er gegen das Strafgesetz verstößt. Das ist ein Unterschied, mein Herr.“

„Und dass es so weit gar nicht kommt, haben wir den Bürger überwacht“, setzte der Angeklagte unvermittelt fort.

„Bespitzelt, würde ich sagen. Mit Vorbeugung hatte das nichts zu tun!“, konterte umgehend der Ankläger.

„Ich bin auch kein Freund der Stasi“, unterbrach der Richter und versuchte wieder zurück zum Thema zu kommen, „aber darum geht es jetzt nicht. Wie hoch ist Ihre Pension?“

„345 Euro, dazu bekomme ich eine Art Ausgleichszulage und eine … Anpassungsberechnung, heißt das, glaube ich. Die deutsche Pensionskasse zahlt etwas dazu und auch die österreichische, insgesamt sind das so knapp an die 1.100 Euro.“

„Und seit wann sind Sie jetzt in Österreich, und warum?“ Auf diese Standardfrage hatte der Richter von „die Leute sind hier nicht so aufdringlich“ bis „höchste

Sozialunterstützung" schon alles Mögliche gehört. Manche fanden das Land auch „einfach schön".

„Seit circa fünf Jahren. Deutschland ist mir zu viel Westen, das ist mir als ehemaligem Ossi nicht so angenehm. Österreich ist nicht so westlich", antwortete Bodo.

„Das höre ich auch zum ersten Mal – was haben Sie früher beruflich gemacht?", wollte das Gericht wissen.

Der Angeklagte zögerte. Der Richter blickte ihn an. „Also?"

„Ich habe für den Staat gearbeitet."

„Als …?"

„Als Beamter."

„Schön, hätte ich mir denken können. Aber in welcher Beamteneigenschaft? Lehrer, Polizist, Bibliothekar, Staatssekretär …"

„Ich war für die Sicherheit zuständig!"

„Schön, also Volkspolizist! Vopo, so hat das einmal geheißen, oder? Oder waren Sie im Außenamt, Geheimdienstbeamter, Soldat?"

Der Angeklagte blickte den Richter weiter an. Auge in Auge. Bodo sagte kein Wort.

„Na geh', sagen Sie schon. So spannend ist das auch wieder nicht!", rutschte dem Staatsanwalt heraus. Bodo blieb stumm.

„Sie waren bei der Stasi!", rief der Richter, ohne den Angeklagten aus dem Blick zu lassen. „Sie waren bei der geheimen Staatssicherheit, stimmt's?"

Der Angeklagte reagierte noch immer nicht.

„Okay, und was haben Sie da gemacht?", bohrte der Richter weiter, davon überzeugt, dass seine Behauptung zutraf.

„Ich war für die Sicherheit zuständig“, sagte Bodo.

„Haben wir schon gehört. Wie muss ich mir das vorstellen?“ Die Universalfrage schlechthin. Sie passte in fast jeden Kontext.

„Ich war unter anderem für Notlandungen von Flugzeugen auf Autobahnen zuständig“, erklärte Bodo jetzt.

„Das geschah so oft in der DDR?“

„Ja, doch.“

„Und da machten Sie dann was genau?“

„Ich war für das Organisatorische zuständig!“

Das wäre schon die nächste passende Stelle für die Universalfrage gewesen, aber es wurde langsam Zeit, zum Tatgeschehen zu kommen. Was man an Kompetenzen mitbringen musste, um Notlandungen von Flugzeugen auf Autobahnen zu organisieren, sollte im Dunkeln bleiben.

„Na gut. Lassen wir das so stehen“, erklärte der Vorsitzende des Gerichtes also. „Was sagen Sie zur Anklage wegen schweren Betruges? Dieser Tatbestand ist ja in der BRD – und auch in der seinerzeitigen DDR – sehr ähnlich gefasst, um nicht zu sagen, gleich.“

„Des Betruges bin ich nicht schuldig. Ich habe niemanden betrogen und mich auch nicht durch Täuschung über Tatsachen unrechtmäßig bereichert.“

„Na bitte, Sie wissen, worum es geht. Als ehemaliger staatlicher Sicherheitsbeamter weiß man so etwas natürlich“, ergänzte der Staatsanwalt. Offenkundig hatte er Gefallen am Angeklagten gefunden.

„Ich habe nie jemanden getäuscht. Ich habe vielleicht zu viel versprochen, aber nie jemanden getäuscht“, erwiderte Bodo mit fester Stimme. „Außer mir konnte der

Dame niemand helfen, also habe ich mich ihres Problems angenommen. Meine Leistung habe ich erbracht, daher stand mir auch eine Geldforderung zu."

„Aber was war Ihre Leistung?", wollte der Richter wissen. „Die fünf oder sieben Seiten, die Sie an den Europäischen Gerichtshof für Menschenrechte geschickt haben? Das war Ihre Leistung? Ernsthaft?" Der Richter musste selbst lächeln, während er mit den handbeschriebenen Blättern aus dem Akt wedelte. „Das haben Sie geschrieben?"

„Ja, das ist meine Ausarbeitung."

„Mit der Rechtschreibung scheinen sie eher auf Kriegsfuß zu stehen. Und diese ganzen Rechtsnormen, die Sie anführen, haben Sie woher? Studiert oder vom Hörensagen?"

„Aus dem Internet, da habe ich recherchiert!"

„Und daher muss das alles richtig sein, oder wie?"

„Ich bin davon ausgegangen."

„Aber Sie glauben doch wohl selbst nicht, dass wegen eines Nachbarstreits, in dem es um einen umgeschnittenen Baum geht, der Europäische Gerichtshof für Menschenrechte angerufen werden kann?"

„Ich bin davon ausgegangen. Hier geht es um das Naturrecht."

„Naturrecht hat nichts mit Bäumen zu tun!", unterwies der öffentliche Ankläger, dem diese Verhandlung nun doch langsam zu absonderlich wurde.

Der Richter versuchte, zurück zu den wichtigen Fragen zu kommen. „Bitte, nochmals; ich muss darauf zurückkommen: Was war Ihre Leistung? Das …" – dabei wedelte der Richter erneut mit den Zetteln – „kann es ja nicht gewesen sein!"

„Ich bin Monate an dieser Sache gesessen! Ich habe allein schon zehn Ordner mit Anwaltsschreiben und Gerichtsbeschlüssen durchgelesen!“

„Und deshalb hat die Beratene Ihnen dann fast 20.000 Euro zahlen müssen?“

„So in etwa“, sagte Bodo, jetzt wieder ruhiger.

„Fürs Lesen und diese … Ausarbeitung?“

„Ja.“

„Ein seriöser Rechtsanwalt hätte nicht so viel gekostet. Nachdem dieses Schreiben als unzulässig zurückgewiesen wurde … wie würden Sie Ihre Leistung nachträglich beziffern?“

„Meine Arbeit wurde immer wertgeschätzt und anerkannt. Schon in meiner mehr als fünfunddreißigjährigen Dienstzeit!“

„Ja, mit 345 Euro, oder so?“ Die Reaktion des Gerichtes, wenn auch nicht ganz korrekt, bewirkte interessanterweise dennoch ein gewisses Umdenken bei Bodo.

„In Ordnung. Ich gebe jetzt zu, dass meine Ausarbeitung höchstens eintausend Euro wert sein wird.“

„Und sonst haben Sie nichts versprochen oder behauptet?“

„Nein, was hätte ich versprechen sollen?“

„Dass Sie als Doktor sich auskennen, alles in die Wege leiten werden, dass Sie Überwachungsmaßnahmen setzen et cetera. Nichts mehr in Erinnerung?“, meinte der Richter, im Akt blätternd.

„Nicht, dass ich wüsste!“

Während der Angeklagte selbstsicher auf der Anklagebank posierte, startete das Beweisverfahren mit der ersten

Zeugin, einer rüstigen Pensionistin und Bekannten des Opfers.

„Ich lernte ihn als Buschauffeur kennen, er fuhr die Linie 30. Wir sind ins Gespräch gekommen, weil ich an der Endhaltestelle aussteige, und dort hat er dann auch immer Pause gemacht. Wir haben uns öfter unterhalten, und dabei habe ich ihm halt auch von meiner Bekannten aus dem Singkreis und dem Streit mit ihrer Nachbarin erzählt. Er meinte, er werde sich des Problems annehmen, weil er schon seit Jahrzehnten in der Sicherheitsbranche wäre und mit einem Partner eine Security-Firma betreiben würde. Ausforschungen, Observierungen, Satelliteneinsätze und so. Auch ganz geheime Angelegenheiten, das wäre sein Thema. Immer wenn es um Menschenrechte gehe, sei er sowieso der richtige Mann. Er sei europaweit in Sicherheitsfragen unterwegs“, führte die Zeugin aus.

„Und da arbeitet er als Busfahrer?“, warf der Richter ein.

„Ja, als Aushilfe; und zur Tarnung.“

„Wie sind Sie darauf gekommen, dass diese Behauptungen stimmen könnten?“

„Er hat mir ja seine Visitenkarte gegeben, die habe ich heute auch mit. Hier steht es auch, sehen Sie: Security – Business – Safety International, Commander Lieutenant …“ Die Zeugin gab dem Richter das Kärtchen.

„Da ist ein Kampfhubschrauber drauf?“, sagte der Richter zum Angeklagten. „Sollen wir Sie also ‚Herr Commander Lieutenant‘ nennen? So steht es auf der Karte.“ Bodo wirkte regelrecht zusammengefallen. Entweder das oder er war tatsächlich seit Beginn der Verhandlung ein wenig geschrumpft.

„Das ist nicht meine Karte“, entgegnete er leise.

„Aber Sie haben sie der Zeugin gegeben!“

„Kann sein.“

„Was heißt ‚kann sein‘? Ja oder nein?“

„Ich habe sie ihr gegeben, ich habe aber nicht gesagt, dass das meine Firma sei. Die war erst in Gründung.“

Jetzt mischte sich die Zeugin ein: „Er hat gesagt, dass er mit einem Sheriff gemeinsam internationale Investigationen machen würde. Sie wären quasi Marktführer in Europa, hätten beispielsweise gestohlene Autos in Italien gefunden, weil sie Zugriff auf die Satelliten haben, und deshalb die besten Bilder bekommen. Dass das alles Hand und Fuß hat, habe ich bemerkt, wie sie im Radio berichteten, dass in Genua diese Autobahnbrücke eingebrochen wäre. Das sagten sie gerade im Radio und ich bin direkt nach den Nachrichten zur Bushaltestelle. Er war auch dort und hat mir erklärt, dass er die nächsten Tage nach Genua müsse, um das aufzuklären. Allein, dass er schon davon gewusst hat“, sagte die Zeugin ehrfürchtig, „da war ich mir sicher, dass er sich da wirklich auskennt.“

„Das könnte er aber, wie Sie selbst ja auch, aus den Nachrichten gehabt haben …?“, konstatierte der Richter perplex.

„Das glaub ich nicht. Er ist ja vor dem Bus gestanden, wie hätt’ er da Radio hören sollen? Ich weiß auch, dass er im Zuge seiner Ausbildung sogar mit dem Putin zusammengearbeitet hat. Jetzt sind sie auf Du und Du. Er war ja auch bei der Hochzeit von dieser Ministerin und hat dort sogar den Wodka von Herrn Putin trinken dürfen. Der kennt Leute! Er hat mir auch ein Foto von dem Herrscher von Nordkorea gezeigt, für den hat er auch einmal gearbeitet."

„Frau Zeugin", unterbrach das Gericht, „nur eine rasche Zwischenfrage: War auf dem Bild des nordkoreanischen Diktators auch der Herr Angeklagte selbst abgebildet?"

Die Zeugin: „Nein! Wieso?"

Es gab also wenigstens etwas zum Schmunzeln. Von der Selbstsicherheit des Angeklagten war inzwischen nicht mehr so viel übrig.

Zeugin Nummer zwei stand der ersten in nichts nach. Sie erklärte sofort, wie Bodo durch seine Kontakte auf Satelliten zugreifen könne, wenn etwas überwacht werden solle. So könne er auch ihren Garten überwachen, weil es ja dauernd Streitigkeiten mit der Nachbarin gebe.

„Ich habe mir den Akt des Verfahrens zwischen Ihnen und Ihrer Nachbarin vom Bezirksgericht geholt, da gibt es ja laufend Streitigkeiten", erörterte der Richter. „Darin ist auch ein Schwarz-Weiß-Foto, auf dem tatsächlich zu sehen ist, wie eine ältere Dame mit hochgezogenem Rock und hinuntergezogener Unterwäsche vor Ihrer Eingangstüre hockt … Stammt dieses Bild von dem Angeklagten?" Nur für einen Sekundenbruchteil gab es einen Möglichkeitsraum. Einer, in dem dieser Ex-DDR-Spion tatsächlich eine solche Luftaufnahme mit seinen geheimen Verbindungen per Satellit anfertigen …

„Von ihm? Das Bild? Ja …" – dem Richter wurde es im Magen bereits leicht flau – „ja, das wäre schön gewesen. Aber so war es nicht. Das ist von meinem Nachbarn aus dem fünften Stock. Die Qualität ist nicht atemberaubend, aber damit hatte ich dann doch den Beweis, dass meine Nachbarin mir vor die Tür, entschuldigen Sie vielmals den Ausdruck, geschissen hat."

„Unfassbar … dem Herrn Nachbarn haben Sie dafür aber keine 20.000 Euro bezahlen müssen?"

„I wo. Ich habe ihm nur versprechen müssen, dass ich nicht sage, von wem ich das Bild hab."

Na dann. Somit erhärtete sich auch die Verdachtslage, dass der Herr Angeklagte sich als falscher Herr Doktor unrechtmäßig bereichert hatte, indem er Satellitenüberwachung, Gerichtsentscheid des EuGH und Einschaltung der – nicht vorhandenen – Sicherheitsfirma nicht nur zugesagt, sondern auch entsprechend verrechnet hatte.

Am Ende der Verhandlung ergab sich auch das Motiv: Bodo fand trotz Pension und Nebentätigkeit als Busfahrer kein Auslangen.

„Kann ich das in Raten abstottern?", fragte Bodo am Ende kleinlaut.

„Ja, wenn die Geschädigte damit einverstanden ist. Was stellen Sie sich an monatlicher Leistung vor?"

„Wären zehn Euro möglich?", fragte der Angeklagte.

„Dann würde niemand von uns eine Gutmachung des Schadens erleben!"

„Wenn er einhundert Euro im Monat zahlt, wäre ich damit einverstanden", meinte die Zeugin da aber, und dann, zum Angeklagten gewendet: „Aber nicht, dass Sie nach Südamerika auswandern!" Sie sah den fragenden Blick des Richters und setzte erklärend hinzu: „Er war lange Zeit in Südamerika, weil er dort in den Anden eine Machbarkeitsstudie für die Eisenbahn angefertigt hat."

Der Angeklagte versank vollständig in seinem altmodischen Sakko. Nach dem Urteil soll es eine Machbarkeitsstudie bezüglich eines Rechtsmittels gegeben haben.

## Peter, Heinz' Angestellter

30 Gramm Kokain und 2.000 Kondome

Peter hatte nach einer durchzechten Nacht in einem Chinarestaurant bereits einmal Bekanntschaft mit der Justiz gemacht. (Weshalb jene, die „In allen Punkten“ gelesen haben, ihn bereits kennen.) Das hielt ihn aber nicht davon ab, weiterhin im Rotlichtmilieu beschäftigt zu sein, offiziell nach wie vor als Teilzeitkellner. Wirklich erfolgreich war er in Wahrheit aber eher in zwei anderen Dingen: Zuhälterei, und – man möchte meinen: hauptsächlich – dem Vertrieb von Kokain. Das dürfte wirklich gutes Zeug gewesen sein, denn sein Kundenkreis reichte irgendwann von den anfänglichen Möchtegern-Zuhältern mitten in die Business-Welt hinein, mit Unternehmern und Kaufleuten, über einige Stadtpolitiker bis hin zu Rechtsanwälten und Mittelschullehrern. Nicht zu vergessen: Die sogenannte Schickeria von Veranstaltern und Lokalbesitzern, Kulturschaffende, Profisportler … Sogar ein Bezirksrichter fand über die Juristenszene zu Peter. Da lief also Großes. Aber obwohl alle Spatzen in Graz diese Dinge von den Dächern zwitscherten, gab es keine Zeugen dafür. Niemanden. Und für die Polizei war das nicht das einzige Hindernis, kam doch noch dazu, dass wichtige Personen des Zulieferkreises stets schon vorgesorgt hatten, bevor es zu einer Razzia kam. Offensichtlich hatten die Verantwortlichen ihre Verbindungen also auch bei der Polizei selbst.

Guter Rat war teuer. Wirklich sehr teuer. Aber: Gelegentlich hilft dem Tüchtigen das Glück.

Peter war im Grunde ein gutmütiger Kerl. Auch seine Frau Nadja-Marija liebte er innig, deshalb fing er irgendwann an, den Umstand zu hinterfragen, dass sie immer noch in Rimini auf dem Straßenstrich anschaffen ging. Immerhin hatten sie ein wenig gespart, wie er ihr darlegte. Ihre Zukunft würde anders aussehen, so würde es nicht weitergehen. Jetzt aber müsse er erstmal weg, nach Graz, erklärte Peter ihr weiter, werde allerdings schon am Freitag wieder bei ihr in Italien sein. Bis dorthin solle sie nicht anschaffen gehen. Es reichte. Dann holte er ein kleines Plastiksäckchen hervor und zog sich innerhalb weniger Sekunden fast den ganzen Inhalt durch die Nase.

„Jetzt muss ich nur mehr Melanie, Olga und Jana holen", erklärte er schniefend und wischte sich mit den Fingern die Nase ab.

„Jetzt? Nach … der Nase …?", entgegnete Nadja-Marija skeptisch.

„Egal. In einer Viertelstunde fängt ihr Dienst an. Ich habe schon versprochen, sie heute zu fahren."

Wenig später war Peter schon in seinem goldenen Mercedes unterwegs. Er würde die Frauen einsammeln und dann alle zur Nationalstraße bringen. Das Wetter wurde schon so richtig sommerlich, und das Geschäft begann jetzt bereits am frühen Nachmittag. Die Kunden:

Biedere Familienväter, deren Familien gerade am Strand waren. Peter hatte zahlreiche „Kollegen", mit denen gemeinsam er auf die Damen aufpasste, sie beobachtete, Fahrzeugkennzeichen der Kunden notierte; früher waren sie ihnen manchmal sogar nachgefahren, vor allem, wenn es schon spät wurde und die Dunkelheit die Menschen in den Wagen verbarg. Eine Zeit lang hatte es infolge eines Bandenkrieges zwischen österreichischen, italienischen und albanischen Prostitutionsringen Szenen gegeben, in denen sich Rivalen als Freier ausgegeben hatten, dann aber die Frauen schlugen, manchmal sogar mit Rasierklingen im Gesicht verletzten oder Zigaretten auf ihnen ausdrückten, um ihr Äußeres – und damit ihre Geschäftstüchtigkeit – zu zerstören. Vereinzelt hatte es Fälle gegeben, bei denen Damen mit Heroin geschäftsuntüchtig gemacht worden waren, was in einigen Fällen leider zum Tode geführt hatte. Prostitution ist ein sehr gefährliches Geschäft. Die österreichischen „Urlaubsväter", wie man sie nannte, waren vor diesem Hintergrund umso beliebter. Unproblematische, gern gesehene Freier. Was wollte man mehr verlangen?

Trotz dieser wichtigen Aufgaben war Peter heute sein Glück nicht hold, denn kaum auf der alten Nationalstraße, wurde er von einer Carabinieri-Streife angehalten. Die italienische Justiz sah Zuhälterei nicht ganz so gerne, deshalb wurde der Nachmittag zu einer Nacht in der Polizeistation. Auf den folgenden Entscheid der Behörde musste Peter nicht lange warten. Fahren in beeinträchtigtem Zustand, Besitz einer geringen Menge Kokains, unerlaubter Waffenbesitz und Zuhälterei. Er bekam sofort seine Ausweisung überreicht. Er hatte Italien binnen vierundzwanzig Stunden zu verlassen, andernfalls warte auf ihn die Zelle. Ob man auch Anklage erheben würde, musste sich im Laufe der Erhebungen noch zeigen – das Verfahren war bereits eingeleitet. Die Behörden betonten ihr Anliegen jedenfalls mit einer Hausdurchsuchung, die nebst dreißig Gramm Kokain auch 2.000 Kondome und einen Haufen 9-mm-Patronen zutage förderte. Das alles sah gar nicht gut aus, Peter beschloss also, sich freiwillig zurück in seine Heimat zu begeben. Peter beruhigte seinen Boss Heinz, redete die Vorfälle und Vorwürfe klein – und fuhr, nun dauerhafter als ursprünglich geplant, zurück nach Graz.

Hier begann dann seine echte Dealer-Karriere, die, wie oben bereits erwähnt, nach einiger Zeit riesige Kreise zog. Peter war ein zuverlässiger Mann, deshalb hatte Heinz, sein Boss, ihm das hiesige Geschäft – mit Ergebnisverantwortung – übergeben. Und das alles fiel just in eine Zeit, in der sich in der Grazer Szene herumsprach, dass Kokain, etwa auf den Penis gerieben, wahnsinnig gute Auswirkungen auf die Potenz hätte. Ein Orgasmus der ganzen Drogenszene, mit Peter als Begünstigtem. Immerhin war er nun Heinz' neuer Chefkassier.

Dass das alles viel zu gut lief, war wohl auch Peter selbst klar. Womit er aber nicht gerechnet hatte: Die italienische Polizei verbrachte nicht etwa Jahre damit, die Anklage gegen ihn vorzubereiten, sondern meldete sich überraschend bald. Dass die italienische Justiz vor allem, wenn es um Prostitution ging, auch in Abwesenheitsverfahren teilweise drastische Strafen verhängte, war allseits bekannt, Peter hatte es aber geschafft, sich diese Sache im Gespräch mit Heinz auch selbst sozusagen kleinzureden.

Die Berichterstattung, die bei Untersuchungsrichter Wasakovski in Graz auf dem Schreibtisch landete, war ausführlichst dokumentiert – und rechtfertigte auf jeden Fall eine Untersuchungshaft, die auch sogleich vollstreckt wurde. Wasakovski hatte zu diesem Zeitpunkt schon länger darauf gewartet, dass sich endlich ein guter Hebel in dieser Sache auftat, und nun war es möglicherweise so weit. Er aktivierte sogleich den gesamten Suchtgiftfahnderstab. Diese Chance sollte nicht ungenutzt bleiben.

Die Aktion war als Kahlschlag geplant. Volles Programm der Justiz, zig Hausdurchsuchungen, Safes wurden geöffnet, Autos beschlagnahmt, Kokain und Bargeld sichergestellt. Kein Stein blieb auf dem anderen.

Letztendlich wurden Hunderte Konsumenten ausgeforscht … es wurde aber auch bald klar, dass trotz allem nur sehr wenig über die Lieferanten zutage kam. Sogar Peter selbst konnte letztlich nur mit ein paar Gramm belastet werden. Er hatte seine Hausaufgaben gemacht. Die italienischen Unterlagen hatten einiges geliefert, aber das Tüpfelchen auf dem i, das Indiz für die ganz große Sache, fehlte am Ende. Einige Prostituierte wurden befragt, die über Peter nur das Allerbeste zu berichten wussten. Er sei ein echter Freund, aber ganz bestimmt kein Zuhälter. Höchstens Taxifahrer. Eine der Damen erklärte tatsächlich, dass Peter sie vor dem Ertrinken gerettet habe. Die Damen waren ganz offensichtlich perfekt gebrieft worden. Es war klar, dass hier nicht einmal Beugestrafen etwas gebracht hätten, obwohl allen Anwesenden auffiel, dass die Deckenbalken im Raum sich bei den Aussagen so sehr bogen, dass man Einsturzgefahr fürchten musste.

Bei Peter selbst war das nicht anders, bis auf die Tatsache, dass Peter im Gegensatz zu den Damen glaubwürdig auftreten konnte. Er gab dem Untersuchungsrichter zwar zu, dass er Kokain genommen habe, bestritt aber auf seine typische, charmante Art, jemals ein Mädchen der Prostitution zugeführt zu haben. Auf sie aufgepasst hätte er, aber nie etwas dafür verlangt. Er habe ja auch seine eigene Frau von der Straße weggeholt. Die Waffe habe er besessen, weil man dort – auf der Straße, war gemeint – ja nie wissen könne. Und so weiter. Hier soll nicht unerwähnt bleiben, dass Peters erste große Karriere jene als Staubsaugerverkäufer war. Stimmt wirklich.

Jedenfalls: Ein Schuldnachweis im Sinne eines gewerbsmäßigen, groß angelegten Suchtgifthandels kam nicht zustande, und auch der Vorwurf des Menschenhandels stand auf schwachen Beinen. Ein bisschen Zuhälterei, Suchtgifterwerb und -besitz, Übertretung nach dem Waffengesetz, sonst war nichts herauszuholen.

Peter pochte darauf, dass auf dieser Grundlage langsam auch die Untersuchungshaft unverhältnismäßig wurde. Er protestierte und ließ sich als Zeichen seines Protests sogar seine lange und wallende Haarmähne abrasieren. Wasakovski hatte ihn bei ihrem letzten Verhör kaum wiedererkannt. Wie sollte man weiter vorgehen?

„Wir lassen ihn einfach frei", erklärte Wasakovski den Sachbearbeitern der Kripo und dem Staatsanwalt. Die Beamten waren unsicher, woraufhin Wasakovski weiter ausführte: „Wenn der Herr Peter wirklich unser großer Verteiler ist, dann führt er uns direkt zu seinem Lieferanten. Da bin ich mir sicher. Denkt euch das doch durch: Seit Peter in Untersuchungshaft ist, gibt es kein Suchtgifteinkommen für die gesamte Truppe rund um ihn und Heinz. Das Geld aus der Prostitution kommt nicht an. Sicher ein ganzer Haufen Schulden, den irgendwelche Abnehmer bei der Gruppe haben. Das Geld muss her – und unser Herr Peter wird sich darum kümmern müssen, sobald er draußen ist. Wenn wir richtigliegen, dann haben die keinen Ersatz für Peter, und die ganze Szene ist schon unruhig geworden. Dafür lege ich die Hand ins Feuer."

„Na gut", stimmte Staatsanwalt Menzel letztlich bei.

Man würde Peter also entlassen, ihn aber observieren, und möglichst einen verdeckten Ermittler einschleusen.

„Ich wusste immer, dass Sie ein gerechter Mensch sind, Herr Rat!", erklärte Peter mit seinem neuen Kurzhaarschnitt bei der Enthaftung. „Ich bin wie die Jungfrau zum Kind gekommen, ehrlich; mich sehen S' hier nie wieder. Danke!"

Untersuchungsrichter Wasakovski machte noch freundliche Miene zum bösen Spiel. Nun lag alles an dem verdeckten Ermittler und der Observierung.

Eine solche ist zeitlich beschränkt zulässig, wenn sie zur Aufklärung einer Straftat oder zur Ausforschung eines Beschuldigten erforderlich scheint. Der Gesetzgeber spricht von einer „einfachen Observation", wenn die Beobachtung nicht länger als 48 Stunden dauert und nicht außerhalb Österreichs stattfindet. Hier ist aber klar festzuhalten: Einfach ist weder die einfache noch die nicht einfache Observation.

Wenn Sie, liebe Lesende, keine Angst vor einer kleinen

Amtshandlung haben, lade ich Sie ein: Beobachten Sie einmal eine Person so richtig. Verfolgen Sie sie, notieren Sie sich alles, was diese Person tut. Wo geht sie hin? Wen trifft sie? Wann, wo? Entledigt sie sich irgendwelcher Gegenstände – oder holt sie welche ab? Wann, wo, wie viele? Verschenkt sie etwas? Bekommt sie etwas geschenkt? Von wem? Wann? Wo? Wie viel? Fährt sie mit dem Fahrrad, dem Auto, der Straßenbahn, besorgt sie Tickets, Geld oder sonst was? Wann und wo? Gleichzeitig dürfen Sie sich natürlich nicht erwischen lassen. Schwierig.

Aber zurück zu Peter: Der dürfte sich über seine Enthaftung ehrlich gefreut haben – sie war, wie erwartet, aber auch sein Weg zurück in seine Probleme. Zuerst wollte er vorsichtig sein, sich ja nichts mehr zuschulden kommen lassen. Aber nun musste Nadja-Marija alleine das Geld verdienen, und daran hatte Peter eben auch keine große Freude. Außerdem sprach sich erwartungsgemäß schnell herum, dass er wieder auf freiem Fuße war. Die Kontakte warteten schon, ebenso wie die Polizei.

Wasakovski war in der Zwischenzeit anderweitig beschäftigt, denn aus Italien waren weitere Akten eingelangt. Tausende Seiten waren übersetzt worden und landeten jetzt auf seinem Schreibtisch. Es war sofort klar, dass da einiges an Brauchbarem dabei war.

Als dann am Samstagabend – natürlich musste das an einem Samstagabend stattfinden … – das Diensttelefon klingelte und der Chef der verdeckten Ermittler persönlich am Rohr war, hob sich Wasakovskis Stimmung gleich noch einmal.

„Wir haben ihn!“

„Peter?“

„Ja. Unser Mann hat einen hervorragenden Job gemacht.“

„Na großartig. Wie viel?“, fragte Wasakovski ungeduldig.

„Ein Kilo netto, beste Qualität. Peter hat jetzt Erklärungsbedarf.“

„Und Geld?“

„Er hat kassiert, definitiv, wir haben mehr als fünfzig Abnehmer!“

„Sehr schön, danke. Also, so wie immer. Einliefern, ich bin morgen vormittags im Büro, da verhänge ich wieder die Untersuchungshaft!“

Und so kam es dann auch. Richter Wasakovski war an diesem strahlenden Sonntagmorgen schon vor halb zehn im Büro. Insgesamt sieben Haften sollten bearbeitet werden, gerade für einen Sonntag war also ganz schön was los. Als endlich die siebte Person, Peter, an der Reihe war, merkte man der Journaldienstkanzleibeamtin – was für ein Wort! – schon ihre Frustration an.

„Immer, wenn Sie hier sind, Herr Rat, strömen uns die Haften nur so herein. Das nächste Mal tausche ich meinen Dienst, wenn ich Ihren Namen sehe.“

„Ich werde mich beeilen!“, versprach Wasakovski und lächelte.

„Das glaub ich Ihnen nicht. Ihr Freund, der Herr Peter, ist ja noch dran …“, konstatierte die Beamtin und ging leicht frustriert davon.

„Ach so?“ Wasakovski tat überrascht. „Ich mach’s kurz, versprochen!“

Gesagt, getan.

„Was soll ich sagen?“, begann Peter, nachdem Wasakovski ihm gegenüber Platz genommen hatte.

„Gar nichts, ist nicht notwendig“, gab der Richter entspannt zurück.

„Schöne Scheiße!“

„Kann man sagen. Halt nicht g’scheiter geworden.“

„Wie lange wird’s jetzt dauern?“, wollte Peter wissen.

„Achtzig oder neunzig Zentimeter, geschätzt“, antwortete Wasakovski in Anspielung darauf, wie weit Peters Haar bis zum Ende der Haft gewachsen sein würde. „Vielleicht geht sich ein Meter aus!“

Peter verstand sofort. „Echt?“

„Locker!“

„Chance auf einen halben Meter?“

„Nicht wirklich. Quatschen oder spielen?“

„Quatschen.“

„Dann melde ich mich, wenn es sich zeitlich ausgeht …“

Man verstand sich. Die Journaldienstkanzleibeamtin war in freudiger Überraschung, nun doch so schnell nach Hause zu können.

Aus Peters ursprünglichem „Nicht schuldig“ wurden an die fünfundsiebzig Zentimeter.

# Heinz, Peters Boss

## Der Tod und Venedig

Fasching. Ein feuchtfröhlicher Abend, trotzdem es so kalt war. Die Stimmung in dem Tanzcafé im Westen der Stadt Graz war schon ordentlich angeheizt gewesen, als Franz mit seinen Bekannten eingetreten war. Franz tanzte leidenschaftlich gern, und zu tanzen gab es in dieser Nacht nicht zu wenig. Eine Frau verzauberte ihn völlig. Sie hatte ihm zugeprostet, Franz sie ein paar Mal angetanzt. Nun gesellte sich aber ein junger Mann zu ihr, und es sah sehr danach aus, als ob dieser Jemand in Wahrheit ihr Freund war. Franz fiel sofort sein eifersüchtiger Blick auf. Die Enttäuschung schlug ihm aufs Gemüt. Die Party war noch in vollem Gange, aber für ihn, so dachte er jetzt, gab es hier nichts mehr zu gewinnen. Vielleicht sollte er sich einfach aus dem Staub machen, bevor es noch zu Streit kommen würde. Ohnehin war es inzwischen weit nach Mitternacht. Franz verabschiedete sich vom noch vorhandenen Rest seiner Begleiter, holte seinen Mantel aus der Garderobe und trat hinaus in die feuchte, dunkle Nacht.

Draußen machte er ein paar Schritte, sog die frische Luft ein und malte sich aus, wie dieser Abend mit ein wenig Glück unter anderen Vorzeichen vielleicht besser ausgegangen wäre. Plötzlich trat jemand an ihn heran, auf einmal fielen vier Schüsse. Franz schleppte sich noch ein paar Meter, dann war er tot.

Gustav bestellte gerade noch ein Bier, als zwei in Mäntel gehüllte Männer ins Lokal traten, kurz ausharrten, um sich umzublicken, und dann zielstrebig auf ihn zukamen.

„Herr Gustav?"

„Ja?", gab Gustav zurück. Einer der beiden hatte eine Hand in der Manteltasche. Gustav musste sich täuschen, aber er hatte den Eindruck, der Mann hätte dort eine Waffe. Auf einmal hielt der andere Gustav bereits einen Dienstausweis unter die Nase.

„Kripo. Herr Gustav, wir hätten einige Fragen an Sie."

Gustav erging es im Folgenden nicht gut. Man nahm ihn in Untersuchungshaft, fand Schmauchspuren an seiner Kleidung, ganz so, als ob er kürzlich eine Pistole abgefeuert hätte. Später stellte sich aber heraus, dass auch andere Kleidung von Gustav solche Schmauchspuren aufwies. Auch welche, die er seit der Tat an dem Abend gar nicht getragen hatte. Das war nun schwierig zu klären. Das Rätsel beschäftigte die zuständigen Institutionen und Behörden, bis man schließlich herausfand, dass diese Pulvereinsprengungen von Konservendosen stammten, die Gustav in seiner Arbeit als Schlafwagenkellner haufenweise öffnete. Gustav war also nicht der Mörder, wie sich im Zuge der Erhebung endlich herausstellte. Das hieß aber auch, dass der wahre Täter noch auf freiem Fuße war.

Unweit des Mailänder Domes eilten die Kellner zwischen den vollbesetzten Tischen herum. Sogar Einheimische waren in großer Zahl zugegen, obwohl es die Preise hier in sich hatten. So weit wie möglich abseits von dem ganzen Rummel saß ein Mann in Lederjacke und blätterte in einer Zeitung. Ab und an wanderte sein Blick über den Rand der Zeitung hinaus, schweifte durch das Meer der hin- und herflutenden Menschen. Nun fixierte er einen bestimmten Punkt in diesem Menschenmeer. Den Punkt, an dem eben ein auffällig hagerer Kerl in einem leichten Sommermantel aus der ununterscheidbaren Menge auftauchte und den Blick des Mannes in der Lederjacke fing. Sie sahen einander kurz an. Der Hagere, Luigi, nickte und wartete auf dieselbe Reaktion des Sitzenden, was hieß, dass er zum Tisch kommen konnte, aber diese Reaktion kam nicht. Stattdessen sah der Mann in der Lederjacke ihn böse an und signalisierte ihm mit einer überraschend deutlichen Handbewegung, dass er gefälligst sofort herkommen solle. Luigi kam herüber und setzte sich, der andere herrschte ihn impulsiv und ohne Begrüßung an.

„Du verdammter Idiot, du verfluchter! Du Volltrottel hast den Falschen erwischt!", presste der Typ in der Lederjacke heraus, und musste sich schwer beherrschen, nicht zu laut zu werden.

„Kann nicht sein. Ich hab ihn gesehen, hab ihn sogar mit seinem Namen angesprochen. Die Sache ist erledigt. Wo ist das Geld?"

„Das kannst du dir abschminken! Sei froh, dass der Chef nicht seine Anzahlung zurückfordert. Ich will gar nicht wissen, was der sich denkt – aber wie soll ich diesen

Idiotenhaufen denn lenken? So unfähig kann man doch gar nicht sein."

„Blödsinn. Will der Alte sich um die Bezahlung drücken?"

„Was? Spinnst du? Schau in die österreichischen Tageszeitungen, wenn du es nicht glaubst. Du hast den Falschen erledigt, so einfach ist das."

„Ein Blödsinn!", wiederholte Luigi. „Die Bullen fabrizieren was, weil sie im Dunkeln tappen."

„Hör zu …" Der Mann in der Lederjacke zitterte jetzt vor Zorn. „Du kannst froh sein, wirklich heilfroh froh sein, wenn der Alte dich dafür nicht über die Klinge springen lässt."

„Dann nehm ich ihn mit", erklärte Luigi mit einem toten Gesichtsausdruck, „wenn ich hochgehe, geht er auch hoch. Ich hab ihn am Arsch, und das weiß er. Sag ihm, dass ich mein Geld bekomme wie vereinbart." Er sagte es langsam und deutlich. Dann stand er auf, und war einen Augenblick später wieder im Menschenmeer untergegangen. Darauf würde der Boss nicht gut reagieren. Der Mann in der Lederjacke war nicht sicher, ob er Luigi noch einmal lebend zu Gesicht bekommen würde.

„Mordkommission, Gruppe Franz. Bitte."

„Hören Sie gut zu", sagte der Anrufer. „Ihr habt da einen Toten, diesen Franz … der Anschlag galt mir, der Täter muss mich verwechselt haben. Also ihn, den anderen Franz."

Anschließend an das Telefonat kam Herr Franz vorbei und erzählte seine Geschichte. Danach stand für die

Beamten fest, dass der Tote offenbar tatsächlich der falsche Herr Franz gewesen war.

Heinz warf die Tür des Ferrari zu. Selten in seinem Leben war er so froh über ein bisschen Ruhe gewesen. Er trottete hinauf in sein Appartement, warf sich in den mit rotem Plüsch bezogenen Sessel. Endlich Ruhe. Stille. Er sah aus dem Panoramafenster auf den See hinunter. Auch der lag ganz ruhig da, das Wasser glatt wie gebügeltes Papier. Heinz schenkte einen Cognac ein, setzte sich wieder hin. Ein Haufen Idioten. Es war eine Katastrophe, wenn man sich in diesem Geschäft nicht auf seine Leute verlassen konnte. Alle gemeinsam kamen sie nicht auf ein ganzes Hirn.

Heinz entstammte einer Fleischerfamilie, und man konnte durchaus auch von ihm selbst behaupten, dass er mit Fleisch arbeitete, in Ausmaßen, von denen das Geschäft seiner Mutter nur träumen konnte. Heinz war praktisch der Fleischhändler Nummer eins. Von hier, dem ganzen Süden Österreichs, bis zur Adria. Das einzige Problem war es, dass er als Boss dieses Imperiums immer souverän sein musste, und das war auf Dauer die größte Herausforderung von allen. Vor allem mit diesen –

Es klingelte und Heinz presste unwillentlich die Augenlider zusammen. Wenn man ihm wenigstens ein paar Minuten für sich selbst lassen würde … Heinz rieb sich die Schläfen, erhob sich und ging zur Tür, wünschte sich in seinen Ferrari zurück, auf die lange, einsame Fahrt hierher. Sein Leben hatte ihn rasch eingeholt, da war nicht einmal der Ferrari schnell genug gewesen. Vor der Tür waren ein paar seiner Männer mit einigen Mädchen. Es war eine weitere

PREMIUM CROATIAN WINE ESTATES

grandcro.hr

GRAND CRO

Europska unija
Zajedno do fondova EU

EUROPSKI STRUKTURNI I INVESTICIJSKI FONDOVI

Operativni program KONKURENTNOST I KOHEZIJA

Projekt je sufinancirala Europska unija iz europskog fonda za regionalni razvoj.

Kleinigkeit schiefgegangen, weshalb sie bei ihm ein wenig untertauchen wollten. Heinz hatte gehofft, sie würden etwas später kommen. Nun gut, es half nichts. Er öffnete die Tür, und sofort warf sich Sandra an seine Brust, freute sich, wieder bei ihm zu sein. „Was gibt's zu trinken?"

„Ist alles da", sagte Heinz und küsste ihr flüchtig die Stirn. „Wenn ihr essen wollt, müsst ihr was bestellen, der Kühlschrank ist leer", rief er Peter nach, der eben genau das kontrollieren wollte.

„Ich brauch erst mal eine Stärkung!", rief Manfred, der auf einem kleinen Holztisch schon dabei war, eine Linie Kokain für sich vorzubereiten, woraufhin die Mädchen protestierten und kreischend ihre Anteile einforderten.

Als Heinz am nächsten Morgen die Augen aufmachte, lag er nackt auf dem Bett, Sandra schlief neben ihm, in Embryonalstellung. Ihre Wimperntusche war über den Kopfpolster verteilt. Er betrachtete ihr schlafendes Gesicht. Sie sah gut aus, immer noch, trotz des Lebenswandels, das musste man schon anerkennen. Natürlich hinterließ das alles Spuren, hatte sie schneller altern lassen. Noch war sie eine seiner Topverdienerinnen, die auch wesentlich jüngeren den Rang ablaufen konnte. Sie ließ sich gehen, das war das Problem. Oder würde es über kurz oder lang sein. Da war Nadja-Marija etwa anders, Peters Frau. Die hatte schon nach eineinhalb Jahren im Geschäft dem Alkohol entsagt. Immer noch machte sie das zu einer seiner verlässlichsten Damen, und auch sie war längst nicht mehr das jüngste Pferd in seinem Stall. Sandra kam ihm zu teuer, das war eines der Probleme. Sie kokste viel zu viel.

Heinz stand auf. Alles schien noch zu schlafen, die Türen verschlossen; er blickte kontrollierend hinaus zur Einfahrt, sah, dass Peters Mercedes als einziges Auto fehlte. Wie immer war er der einzige von Heinz' Männern, der sich produktiv betätigte. Es war eine gute Wahl gewesen, Peter die Geschäfte in Graz regeln zu lassen. Er war sehr zuverlässig, genauso wie seine Frau. Wenn Heinz bloß mehr solche Leute hätte und nicht – da fingen draußen zwei Gestalten seinen Blick. Sie kamen an die Tür, klingelten. Heinz hatte keine Ahnung, wer das sein konnte, aber ihm war instinktiv klar, dass gerade etwas Unangenehmes geschah. Einer der Kerle hielt einen Ausweis vor die Kamera neben der Tür.

„Finanzpolizei! Bitte machen Sie auf!"

Heinz atmete durch. Um die Finanzpolizei hatte er sich noch nie Sorgen gemacht. Wofür auch? Er zahlte brav seine Miete in dieser Wohnung, die offiziell seiner Mutter gehörte, hier konnte es also keine Probleme geben, er leistete sich nicht einmal Strafmandate wegen Falschparkens oder dergleichen. Er ging ins Wohnzimmer zurück, öffnete nach der Reihe die Türen, hinter denen alle schliefen, und weckte sie. „Wir haben Besuch! Und räumt den Stoff weg, das muss nicht jeder gleich sehen."

Dann ging er wieder zur Haustüre, an der es inzwischen erneut läutete. „Machen Sie auf", rief es von draußen. „Wir wissen, dass Sie da sind!"

Na gut. Heinz öffnete die Tür, einer der Beamten stellte sofort einen Fuß in den Türrahmen, damit er sie nicht mehr schließen konnte. Heinz blieb cool, witzelte ein wenig mit den Beamten, während hinter ihm zwei junge

Frauen durch den Raum stolperten. Die Beamten erklärten, dass sie ohnehin nur eine Kleinigkeit fragen wollten, und Heinz fühlte sich in seiner Ansicht bestätigt, dass es hier nicht um viel gehen könne.

„Das rote Cabriolet vor der Türe, wem gehört das?“, wollte der eine Beamte wissen.

„Mir, wem sonst?“

„Sie sind also nicht nur der Zulassungsbesitzer?“

„Nein, es gehört mir! Seid ihr schwer von Begriff?“

„Wir wollten nur sichergehen“, gab der Beamte zurück und fuhr in lockerem Plauderton fort: „Das Fahrzeug ist beschlagnahmt.“

Heinz begann sofort, sich lauthals zu beschweren, aber die Finanzbeamten ließen sich nicht irritieren. Der eine händigte ihm sogleich die Unterlagen aus, die für die Beschlagnahmung zu unterzeichnen waren.

„Ach ja“, sagte der Beamte dann, „noch etwas.“ Und damit reichte er Heinz gleich die nächsten Zettel. „Damit wir es nicht vergessen – dieser Zettel betrifft die angeordnete Hausdurchsuchung.“

Was immer Heinz als Nächstes sagen wollte, blieb ihm im Hals stecken. Eine Hausdurchsuchung? Für das bisschen Steuerhinterziehung, die er betrieb? Wer zum Teufel könnte so etwas gegen ihn angeordnet haben, und warum? Er griff zum Telefon, um sofort seinen Anwalt einzuschalten, und noch während das Telefon klingelte, läutete es schon wieder an der Tür. Die Finanzbeamten öffneten und gaben den Blick auf einen ganzen Trupp weiterer Uniformierter frei, die draußen bereits warteten. Heinz’ Anwalt ging nicht ans Telefon, und wenn die anwesenden Beamten nicht hartgesottene Exemplare gewesen wären, hätte es obendrauf gleich Anzeigen wegen Beleidigung gegeben, nachdem Heinz wütend und unverrichteter Dinge wieder auflegte. Aber das wäre jetzt ohnehin Heinz' geringstes Problem gewesen. Schon übergab ihm jemand den nächsten Zettel: die Haftanordnung. Und bevor er sich versah, war er schon in Handschellen, gerade rechtzeitig, als zwei Beamte aus den Zimmern kamen, die kleine Säckchen mit weißem Pulver und zwei Pistolen in den Händen hielten.

„Kannst du mir sagen, was eigentlich los ist?", fauchte er seinen Anwalt wenige Stunden später im Besprechungsraum der Haftanstalt an.

„Was muss ich dir denn erklären?", fragte dieser kühl. „Im Beschluss für die Untersuchungshaft steht doch eh alles drin. Steuerhinterziehung, aber auch Suchtgifthandel, Waffen … und jetzt werden noch Zuhälterei und Menschenhandel dazukommen, so wie ich das sehe."

„Du hast gar nichts zu sehen! Biete ihnen eine Kaution an, ich will hier wieder raus."

„Keine Chance. Du sitzt wegen Fluchtgefahr, Tatbegehungs- und Verdunkelungsgefahr. Nie im Leben lassen die dich gehen."

„Aber die haben nichts gegen mich in der Hand! Es kann gar nichts geben, bei uns singt mit Sicherheit niemand und sonst weiß keiner was", erklärte Heinz mit Nachdruck.

Sein Anwalt hatte bereits Akteneinsicht gehabt und blieb bei Klartext. Sie kannten einander schon lange, und es war nötig. „Die arbeiten deine gesamte finanzielle

Situation auf, das wird eine ganz große Steuerhinterziehungssache. Sie werden dir alles vorrechnen, was du besitzt, dir offiziell aber gar nicht leisten können solltest, verstehst du? Alles vom Schwarzgeld von deinen Nutten. Du wirst irgendjemandem auf die Zehen getreten sein, und derjenige hat gesungen. Vielleicht bist du ihnen auch sonst irgendwie aufgefallen, lässt ja auch immer und überall den großen Macker raushängen. Ich hab dir schon tausendmal gesagt, dass du das nicht tun sollst. Und dann teilst du auch noch das Weiße so großzügig aus. Das kann auf Dauer ja gar nicht gut gehen."

„Ja, und den Stoff, ebenso wie meine Mädchen, kriegst unter anderen auch du. Jetzt kannst du zeigen, was du draufhast, also außer Ficken und Ziehen. Alles klar, Herr Anwalt?"

Dann blieb Heinz erst einmal zehn Tage ununterbrochen in seiner Zelle. Am zehnten Tag holte man ihn ab und brachte ihn wieder ins Besprechungszimmer, wo diesmal der Untersuchungsrichter, ein gewisser Wasakovski, ihn schon erwartete. Heinz hatte sich inzwischen beruhigt. Er wusste, dass er sich wenigstens darauf verlassen konnte, dass niemand gegen ihn aussagen oder sonstiges belastendes Material liefern würde. Er setzte sich hin, bemühte sich, seine Entspannung auch nach außen hin zu zeigen. Der Richter sah ihn aber nur an, sagte nichts. Heinz merkte, wie ihm die Situation unangenehm wurde. Er musste etwas sagen.

„Womit kann ich dienen?", fragte er also schließlich.

„Dienen? Mir? Sie können mir mit gar nichts dienen. Sie können sich selbst behilflich sein", erklärte der Richter mit dem Anflug eines Lächelns. „Wo haben Sie das alles gewonnen?“

„Was?“

„Bitte, heißt das. Und was ich meine, sollten Sie auch wissen. Sie haben einen Ferrari, Geld, Liegenschaften, dabei arbeiten Sie aber nichts. Das Geld muss ja wo herkommen.“ Das Lächeln war aus Wasakovskis Gesicht verschwunden. Diese Auflage konnte Heinz aber dennoch nicht ablehnen.

„Ich habe ein Händchen dafür. Für das Spielen, meine ich.“

„Nicht schlecht. Wo und wie viel?“

„Überall und nirgends. Wann immer sich eine Möglichkeit ergibt, eben.“

„Glück im Spiel, aber dafür Pech in der Liebe?“

Was sollte diese Frage? „Die Richtige war noch nicht dabei“, sagte Heinz irritiert, weil ihm nichts Besseres einfiel.

„Also Pech bei den Frauen?“

„Nein, läuft eh ganz gut.“

„Was Festes oder nur was Oberflächliches?“

„Nichts Festes, hab ich eh schon gesagt.“ Heinz war nicht ganz klar, was dieser Mensch von ihm wollte.

„Aber Kontakte haben Sie schon, oder?“

„Gelegentlich. Ich bin beim Spielen viel unterwegs …“

„Wo?“

„Hie und da hier im Land, aber gelegentlich auch in der Schweiz. Man muss seinen Horizont erweitern, sag ich immer.“

„Wem?“

„Was?" Heinz kannte sich gar nicht mehr aus. Er konnte nicht einmal genau sagen, worüber sie eigentlich gerade sprachen. Der Richter war offenbar ein Amateur, hatte kein Ziel vor Augen.

„Wem Sie das sagen? Wer soll seinen Horizont erweitern?"

„Na … alle. Dafür gibt es immer Möglichkeiten."

„Möglichkeiten wofür?"

„Na, um Geld zu machen."

„Womit?"

„Mit allem! Man muss gute Kontakte haben, dann weiß man, was läuft."

„Wie in jedem Business?"

„Ja, genau."

„In welchem sind Sie?"

Nun war es an Heinz, zu lächeln, denn er ertappte sich, bevor er etwas Weiteres sagte. „Ich bin in keinem Business", erklärte er dann.

„Genau!", sagte Wasakovski. „Darum geht es mir ja. Wie kommt die Kohle zu Ihnen? Offenbar sind Sie ja gut in dem, was Sie machen."

„Ja, ich bin ein ziemlich guter Spieler."

„Glücksspiel ist bei uns verboten, das werde ich Ihnen nicht erklären müssen, oder?"

„Klar, weiß ich. Aber nicht in der Schweiz oder Italien."

„Also haben Sie dort gewonnen? Wie viel denn?"

„Keine Ahnung, ich zähl nicht mehr nach."

„So viel? Nicht schlecht." Wasakovski nickte anerkennend, hob die Augenbrauen und sah Heinz über seine Brille hinweg an. „Aber wie kommt das Geld dann hierher?"

Heinz sah ein, dass er nicht nur den Mund halten sollte, sondern das am besten schon die ganze Zeit getan hätte. Sein blödes Mundwerk war wieder einmal mit ihm durchgegangen. „Dazu sag ich nichts."

„Okay, hab ich mir eh gedacht!", sagte Wasakovski und erhob sich sogleich von seinem Stuhl. Erst beim Hinausgehen blieb er noch kurz im Türstock stehen. „Damit ich es nicht vergesse: Ich ermittle jetzt auch wegen Drogenhandels und grenzüberschreitender Prostitution gegen Sie. Bei uns nennt man das ‚Menschenhandel'. Das Waffengesetz lass ich natürlich auch nicht aus. Die Unterlagen bekommen Sie schriftlich, sobald sie fertig sind. Schönen Tag noch!"

Und damit ging er ohne weitere Worte hinaus und ließ Heinz allein.

Auf Wasakovski wartete viel Arbeit. Im Laufe der nächsten Wochen wurden die gerichtlichen Voruntersuchungen immer weiter ausgedehnt. Bald gab es drei weitere Inhaftierte, deren Kartenhäuser geprüft wurden. Unter diesen auch Peter, Heinz' Mann in Graz. Dieser wurde zwischenzeitlich dann wieder auf freien Fuß gesetzt und erfüllte die Hoffnungen der Ermittler, indem er sie direkt zu seinen Kokain-Lieferanten führte.

Heinz machte die Warterei fast wahnsinnig. Er war es nicht gewohnt, untätig zu sein. So gut wie nie wurde er über irgendetwas befragt, die ganze Sache verlief so gut wie ohne seinen Einfluss. Einmal holte der Untersuchungsrichter ihn kurz zu sich, um ihm Fotos zu zeigen, die Heinz beim Sex mit Sandra und anderen Frauen abbildeten. Heinz erklärte, er könne sich nicht alle Namen der Frauen merken, mit denen er im Bett gewesen sei, und der

Richter schickte ihn wieder in seine Zelle. Das Ganze dauerte nur Minuten.

Der Polizist staunte nicht schlecht, als auf der Autobahn vor ihm ein Dreiergespann viel zu schnell heranraste, und zückte sofort die Radarpistole. Sein Kollege, der ein Stück weiter stand, nahm seinen Signalstab zur Hand und bedeutete den Wagen, rechts ranzufahren. Er ging zu dem vordersten Auto, klopfte an die Scheibe, die sofort heruntergelassen wurde.

„Die Fahrzeugpapiere, bitte. Mein lieber Mann, das wird teuer. Hundertsechzig in einer Hunderterbeschränkung … und die anderen waren auch so schnell, macht ihr ein Rennen?“

„Die gehören zu uns“, sagte der Mann im Auto. „Und, bitte, Herr Bezirksinspektor, machen Sie sich keinen Stress.“ Dabei holte er ein Papier hervor und reichte es dem Beamten durch das offene Autofenster.

„Schau dir das an“, sagte der Polizist ungläubig zu seinem Kollegen, der nun auch herankam, und hielt ihm das Schreiben hin. „Die *dürfen* so schnell fahren … so etwas hab ich auch noch nie gesehen …“

„Das macht nichts“, sagte der Fahrer des Wagens freundlich. Sekunden später beschleunigte er bereits wieder und fädelte sich in den Verkehr ein.

Dass Wasakovski auf dem Weg nach Venedig war, um dort Prostituierte zu vernehmen, erfuhr auch Heinz. „Du setzt dich sofort in dein verschissenes Auto. Ich will dich dabeihaben, wenn dieses Arschloch die Nutten dort ausfragt“, befahl er seinem Anwalt. Der Auftrag war klar.

Keine Stunde später war auch Heinz' Anwalt auf dem Weg nach Venedig.

Als Wasakovski an das Gerichtsgebäude am Markusplatz kam, das den Flair eines Palazzos ausstrahlte, war es kurz vor zehn am Morgen. Der italienische Untersuchungsrichter hatte bereits seine volle Unterstützung zugesichert, ein eigenes Carabinieri-Team stand dem Richter und seinem Tross zur Verfügung. Neben Wasakovski selbst waren auch der Staatsanwalt Menzel und einige Polizeibeamte mitgekommen. Alles war bereit.

Als Wasakovski aber am Einvernahme-Raum ankam, war dort der gesamte Wartebereich völlig leer.

„Wir haben ein Problem", rief es da über den Gang. Es war Fojadelli, der italienische Untersuchungsrichter. „Aber wir arbeiten schon daran!"

Man beschloss also, in der Zwischenzeit einen Kaffee am pittoresken Markusplatz zu trinken, mit Blick auf die imposante Fassade des Markusdoms.

Zu Mittag meinte Fojadelli noch immer, dass man am Problem arbeiten würde, und als es bereits auf die fünf am Nachmittag zuging, hatte sich das noch immer nicht geändert. Staatsanwalt Menzel hatte sich zu diesem Zeitpunkt schon wie ein Staubsauger durch die Menüs gearbeitet – eine denkwürdige Leistung des eher schlanken und sportlichen Mannes, dem niemand es zugetraut hätte, für zehn zu essen. Als die Sonne unterging, war klar, dass man heute niemanden mehr vernehmen würde. Keine einzige der geladenen Zeuginnen war erschienen.

Der Carabinieri-Streifenwagen parkte unter einer vertrockneten Pappel ein. Zwei Polizisten schwangen sich aus dem Fahrzeug, einem Alfa-Romeo, und marschierten zielstrebig zu dem Mehrparteienhaus. Gingen hinein, klopften dort an eine Türe. Warteten. Leise Geräusche wurden hörbar, dann klackte es, die Tür ging ein kleines Stückchen auf und eine junge Brünette sah vorsichtig heraus. Einer der Polizisten stellte sofort einen Fuß in die Türe.

„Avanti, mitkommen!"

Wenige Hundert Kilometer weiter spielte sich genau dieselbe Szene ab. Dina war noch gar nicht lange von der Arbeit heimgekommen und stand mit Ludmilla, mit der sie sich die Wohnung teilte, auf dem Balkon im obersten Stock, wo sie nachdenklich in die Ferne sahen, leise miteinander sprachen. Dina hatte eben geduscht und stand im Bademantel da. Als es ganz leise klopfte, erstarrten die beiden. Sie sahen einander wortlos an. Das konnte nur zweierlei bedeuten: Entweder Heinz oder Peter, die gerade in Untersuchungshaft waren, hatten jemanden vorbeigeschickt – oder es war die Polizei. Für Polizisten kam ihnen das Klopfen aber zu zurückhaltend vor. Kaum, dass man es überhaupt gehört hatte.

Dina sah durch den Türspion. Der Gang vor der Tür war leer. Erlaubte sich einer der Nachbarsjungen einen Scherz? Sie drückte vorsichtig die Klinke hinunter, als gelte es, genauso leise zu sein wie das Klopfen zuvor, und öffnete langsam die Tür. Im selben Moment riss ihr schon jemand die Tür aus der Hand, und ehe sie sich versah, standen zwei Polizisten vor ihr und drängten sie in die Wohnung zurück.

Der Sturz vom Balkon dauerte nur einen einzigen, winzigen, endlosen Augenblick. Niemand hörte das dumpfe Geräusch, als Dinas und Ludmillas Körper im nördlichen Hof des Wohnkomplexes auf die Waschbetonplatten prallten.

Wasakovskis Augen wurden groß, als Fojadelli ihm unterbreitete, dass die wichtigsten Zeuginnen tot waren. Die ganze Szene wirkte kulissenhaft, unwirklich. Sie saßen zu dritt in Fojadellis Büro. Die beiden Untersuchungsrichter und eine gerichtsfremde Person, die dolmetschte. Das war mehr als unüblich, Fojadelli klärte aber bald auf, indem er die Übersetzerin Wasakovski erklären ließ, dass er, Fojadelli, seinen eigenen Leuten nicht trauen könne. Die von ihm ausgewählte Dolmetscherin wisse hingegen, was sie sagen dürfe, und was nicht, wenn Wasakovski verstünde. Er nickte. Fojadelli müsse wohl nicht extra betonen, so ließ er die Dolmetscherin weiterreden, dass alles, was nun zur Sprache komme, unter ihnen bleiben müsse. Wieder nickte Wasakovski.

Er habe ihn beobachtet, erzählte Fojadelli. Wasakovski erinnere ihn an sich selbst, als er noch jünger gewesen sei. Fojadelli sprach mit Hingabe davon, wie er in jüngeren Jahren die „Familie“ verfolgt habe. Dann überflogen sie gemeinsam den aktuellen Ermittlungsstand. Dass die beiden Hauptbelastungszeuginnen jetzt tot waren – mit ziemlicher Sicherheit ermordet – war ein schwerer Schlag, auch für die Ermittlungen. Einige Randfiguren waren in Haft, und sehr wahrscheinlich würde man diese auch in einigen Punkten anklagen. Das Wichtigste fehlte aber:

Belastbare Beweise oder Zeugenaussagen, die Heinz' Rolle als Drahtzieher der ganzen Sache bestätigten. Es gab Angaben bezüglich einzelner Geldübergaben, einiger Fahrzeuge, sogar ein paar Fahrer kannte man, aber für das Ganze, für Heinz' Rolle in diesem Ganzen, fehlte der entscheidende Beleg.

Fojadelli atmete durch. Eine Sache wäre da noch. Es gehe um einen Österreicher, der in Italien lebenslang inhaftiert sei. Zusätzlich zu seiner Haft sei dieser Mann im Zeugenschutzprogramm, wäre seit Jahren völlig abgesondert von den restlichen Häftlingen im Hochsicherheitstrakt. Er habe schon mehrere Mordanschläge überlebt.

„Er hat uns ganze Familien und Clans geliefert. Die Cosa Nostra hat ein beachtliches Kopfgeld auf ihn ausgesetzt", sagte die Übersetzerin. „Jetzt sagt er, er müsse unbedingt mit Ihnen sprechen. Mit niemandem sonst."

Und dabei legte Fojadelli einen Akt auf den Tisch zwischen ihnen. „Wir arbeiten seit Jahren daran, das sind die bisherigen Erhebungen. Die Sache spielt in ganz Oberitalien, und reicht bis nach Graz", übersetzte die Dolmetscherin. „Selbstverständlich sind diese ganzen Erhebungskopien ebenso vertraulich wie unser Gespräch gerade."

Die Nacht wurde kurz. Wasakovski brütete über den Papierstapeln, die er bekommen hatte. Das meiste war klarerweise in Italienisch, aber auch so war ersichtlich, dass die Unterlagen eine große Hilfe in Graz sein würden. Der Tag nach dieser Nacht begann, wie schon die letzten, mit einem Problem.

Einer der Mithäftlinge des Österreichers, der Wasakovski unbedingt sprechen wollte, wurde am Morgen erhängt in seiner Zelle aufgefunden. Seine Zunge fehlte. Auf einem Zettel zu Füßen der Leiche war zu lesen, dass Zungen sich eben manchmal auflösten. Geschehen war das ebenfalls im Hochsicherheitstrakt, und konnte nur einer Sache gelten, von der eigentlich niemand, aber auch gar niemand, wissen sollte. Aus Vorsicht wurde der Flug des Gefangenen storniert und an dessen Stelle ein Sondertransport organisiert. Das dauerte. Auch für Wasakovski, der nun also einen weiteren Tag in Venedig warten musste, hieß das, dass er sein heutiges Mittagessen in einem zuvor komplett geräumten Lokal und unter Bewachung durch schwer bewaffnete Männer zu sich nahm.

Der Regen peitschte nachtschwarz auf den Platz. Das kleine Boot tanzte auf den Wellen, näherte sich langsam. Im schwachen Licht der Anlegestelle gelang es dem Bootsführer nur mit Mühe, alles zu vertäuen. Ein paar dunkle Gestalten versuchten, das schaukelnde Boot unbeschadet zu verlassen. Dann folgte noch eine Figur, und kaum war diese aufgestanden, wurde ihr schon eine Decke über den Kopf geworfen. Die anderen stellten sich rund um den Bedeckten herum auf und verschmolzen im strömenden Regen mit der zentralen Figur zu einem Knäuel, das sich rasch in Bewegung setzte und mit jedem Schritt schneller wurde. Die Decke flatterte im Sturm. Die Beamten, die die Gruppe am Gerichtsgebäude empfingen, trugen Maschinengewehre und winkten die Ankommenden ohne Worte durch. Die Flügeltüren schlossen sich, und ein schweres Gitter wurde herabgelassen.

Als Wasakovski den Raum betrat, saß da ein mittelgroßer Mann mit schwarzen Haaren und einem Dreitagebart. Seine Haltung war gebückt, trotzdem er saß, mehrere Beamte in Zivil waren an seiner Seite.

„Mein Name ist Wasakovski", stellte sich der Richter vor. „Ich bin Untersuchungsrichter in Graz. Herr Jürgen, Sie wollen mit mir sprechen?"

„Ich weiß", begann Jürgen, „dass Sie alles Mögliche erheben gegen einen und gegen viele andere auch. Drogen, Waffen, Prostitution. Zufällig kenne ich da ein paar."

Wasakovski blieb unbewegt. „Warum wollen Sie mir behilflich sein? Und wie weiß ich, dass Sie die Wahrheit sagen?"

„Ich habe nichts zu verlieren. Was ich Ihnen sagen will, ist die Wahrheit. Sicher werden Sie einiges ganz leicht nachprüfen können", erklärte Jürgen ruhig.

„Was erhoffen Sie sich davon? Bei der italienischen Justiz kann ich Ihnen keine Vorteile verschaffen, die können Sie nur selbst aushandeln. Ich kann den Kollegen nur sagen, ob es gestimmt hat, was Sie erzählen wollen."

„Ich weiß. Ich will nichts von Ihnen. Ich will nur, dass Polizei und Justiz besser auf meine Familie schauen. Sie sind in Österreich. Sie haben Schutz, aber wir haben es hier mit Profis zu tun. Da stirbt dann auch mal jemand in einer Zelle, in die eigentlich niemand hineinkann. Und schneidet sich selber die Zunge raus. Verstehen Sie? Von hier ist es nicht weit bis Österreich. Da ist man gleich."

„Alles klar."

„Vielleicht könnt ihr euch dann auch ein wenig abputzen."

„Abputzen?"

„Na klar, ich hab doch die ganzen Zeitungsartikel gesehen. Tausend Spuren habt ihr, aber dann den Falschen eingesperrt, und der richtige Täter geht heute noch gemütlich spazieren – und sein Auftraggeber auch. Gegen den habt ihr schon ein bisschen was, aber ganz andere Sachen. Kleinigkeiten."

„Ach so? Ist das so? Wenn Sie schon von den Zeitungen reden … da sieht man ja auch gleich, dass vieles sowieso allgemein bekannt ist."

„Auch, wenn ich Ihnen sage, dass es den falschen Franz erwischt hat?"

„Nichts Neues für uns."

„Und wenn ich Ihnen sage, dass die Waffe eine Kaliber 7,65 war, FM?"

„Okay. Und weiter?"

„Ich habe für denselben Auftraggeber gearbeitet."

„Als?" Draußen prasselte der Regen in unveränderter Schwere an die Scheiben.

„Dasselbe. Habe Dinge erledigt. Auch gemeinsam mit dem anderen."

„Der in Graz war?"

„Ja. Wir haben Probleme gelöst. Größere und kleinere. In Österreich, aber auch in Italien. Die jetzige Kundschaft ist auch problematisch. Zwei Probleme wurden gelöst, vorgestern."

„Das wissen Sie? Sitzen Sie nicht abgesondert im Hochsicherheitstrakt?"

„Wir wissen es manchmal früher als die Offiziellen. Das mit der zweifachen Problemlösung hat auch mit dem Jemand zu tun, bei dem ihr nur Kleinigkeiten habt."

„Und davon würden Sie mir auch erzählen?“

„Ja.“

„Warum tun Sie das?“

„Die haben meinen Bruder erledigt, seine Frau auch. Da gibt es sogar schon ein Gerichtsverfahren, in Vorarlberg, glaube ich, oder Innsbruck. Ich liefere sie jetzt alle aus, lasse alle hochgehen. Das hat mit Wien zu tun, und auch wieder mit den Kontakten in Graz. Es geht um das Geld aus der Prostitution, mehr oder weniger aus ganz Oberitalien. Das Geschäft in Graz ist dagegen Peanuts. Für die Italiener fahren permanent Leute hin und her, mit Hunderttausenden im Auto, aber ihr seht es nicht. Und damit die ungarischen oder tschechischen oder rumänischen oder österreichischen Mädels in Italien stehen dürfen, müssen die Österreicher den Italienern auch Kokain abnehmen. Und das zahlen die wiederum unter anderem mit Waffen. Capito?“

„Die Autobombe?“, fragte Wasakovski, ohne Details zu nennen.

„Eine der vielen Stellen, an denen die Kreise sich schließen. Einer der Italiener hat sich was vom Kokain abgezweigt. Die Österreicher haben sich dafür revanchiert, denn die hätten das Zeug zahlen sollen. Der Kerl, der Abzweiger, hat aber dummerweise auch zur Familie gehört, und die sieht so was nicht so gerne, auch nicht, oder gerade nicht, bei Geschäftsbeziehungen. Also war schon wieder Revanche angesagt. Ihr falscher Franz hat das Pech gehabt, nicht nur so zu heißen, sondern dem Gesuchten auch noch ähnlich zu sehen. Unglaubliches Pech, oder? Und dann noch zu Faschingsbeginn. Der Scherz zeigt, dass auch Profis mal einen Fehler machen.“

„Und der Auftragsmörder?"

„Lebt jetzt in Mailand. Ich habe fünf Jahre lang mit ihm gearbeitet. Ich kenne ihn sehr gut."

„Und Sie geben mir das alles, alles, was Sie jetzt gesagt haben, im Detail zu Protokoll, mit Unterschrift und neuerlicher Wahrheitserinnerung?"

„Ja. Ich sag Ihnen auch, wen ich alles erschossen habe. Oder erschießen sollte, ich hab's ja auch zweimal verpatzt."

„Darüber können Sie auch schweigen. Das Gesetz sagt, dass Sie sich nicht selbst belasten müssen."

„Ganz ehrlich? Ich scheiß auf das Gesetz. Ich habe nichts, gar nichts mehr zu verlieren. Ich bin allein, die ganze Zeit, schau durch die Gitter aufs Meer hinaus. Mein Leben ist vorbei. Ich werde nie wieder rauskommen. Nicht lebend. Es gibt genug korrupte Bullen, die das verhindern werden, nicht nur hier in Italien. Und wenn die mich schon morgen erschießen, ist es mir auch recht. Ich will nur, dass meine Frau und mein Kind eine Ruhe haben. Die können nichts dafür, dass ich mein Leben lang nur Fehler gemacht habe. Ich hab mir die Kugel verdient! Das streite ich nicht ab! Je früher, umso besser, wenn Sie mich fragen. Also: Sagen Sie einfach, was Sie wissen wollen, und ich erzähl Ihnen alles."

Und tatsächlich: So schlossen sich manche Kreise, andere blieben – wahrscheinlich für immer – offen. Heinz und einigen seiner Handlanger wurde der Prozess gemacht. Menschenhandel, Suchtgifthandel, Zuhälterei, Betrug, Steuerhinterziehung, unerlaubter Waffenbesitz. Für Heinz und jeden seiner Kompagnons regnete es lange Haftstrafen.

Die Vorsitzende des Schöffengerichtes versuchte sogar, Heinz ins Gewissen zu reden. „So eine ausgezeichnete Metzgerei hat Ihre Mutter. Warum haben Sie nicht einfach dort gearbeitet? Das wäre eine Perspektive gewesen! Und was Anständiges!"

Heinz reagierte standesgemäß: „Schau ich aus wie einer, der den anderen das Fleisch aufschneidet?"

Und das bringt uns auch zu den Kreisen, die sich nicht richtig geschlossen haben. Als Luigi ausgeforscht wurde, war er schon längst tot. Dass er es war, der Franz „aus Versehen" öffentlich hingerichtet hatte, ist sehr wahrscheinlich, konnte aber nie abschließend bewiesen werden. Es wird wohl immer ein „Cold Case" bleiben.

# Özmed

## Von Gurken und Gürkchen

Özmed kochte vor Zorn, während er die Kratzer an der Stoßstange besichtigte. Mariha war gerade nach Hause gekommen und hatte ihm erzählt, was geschehen war. Der Unfallgegner habe sie auf der Straße angemacht, an der Ampel. Nachdem Mariha diesem Herrn zurückgegeben hatte, dass er sich „ficken" solle, hatte der sie ausgebremst. Die Folge war ein sehr leichter Auffahrunfall gewesen – im Ganzen konnte man sagen, dass Özmeds Ruhe schwerer angeknackst war als die Stoßstange.

Natürlich rief er sofort den gegnerischen Zulassungsbesitzer an, um ihn zu fragen, ob er noch alle Tassen im Schrank habe. Man vereinbarte ein persönliches Zusammentreffen. Dumm daran: Özmed betrieb ein Lebensmittelgeschäft in der Innenstadt, und das konnte er nicht einfach so tagsüber verlassen. Also musste der Kontrahent zu ihm kommen. Özmeds höflicher Einladung folgte dann nicht nur Achmed, der Fahrer des gegnerischen Wagens, sondern auch sein Beifahrer und Bruder Erol. Mariha wurde von Özmed nicht hinzugezogen. Das würde als Männerangelegenheit abgehandelt werden.

Vor Gericht endete die Sache letztlich als Verfahren wegen schwerer Körperverletzung. Özmed hatte aus der Männerangelegenheit massive Verletzungen im Gesicht davongetragen.

Zum ersten Termin der Hauptverhandlung erschien nur Erol, der gleich einmal deponierte, dass der Vorfall Achmed, seinen Bruder, so belaste, dass der inzwischen in seine Heimat verzogen sei, wo er nun Getränke und frisches Obst am Strand verkaufen wolle.

„Na dann!", sagte der Richter. „Kommen wir zu Ihnen: Was sagen Sie zum Strafantrag? Haben Sie dem Herrn Özmed ein Glas ins Gesicht geworfen?"

„Ich fühle mich schuldig. Teilweise zumindest."

„Soll heißen?"

„Na ja. Das Ganze ist etwas ausgeartet. Eigentlich wollten wir uns ja nur unterhalten. Das haben wir dann auch gemacht, am Anfang wenigstens. Dann gab es ein Gerangel, dann ist der Bruder des Gemischtwarenhändlers auch noch dazu gekommen – und dann haben wir mit Obst und Gemüse geworfen …"

„Wie?"

„Also, der andere hat gesagt, wir sollten aus seinem Laden raus, und dann hat er meinen Bruder mit einer Tomate abgeschossen. Der hat dann eine Gurke zurückgeschmissen. Sozusagen als Retourkutsche."

„Retourgemüse", korrigierte der Richter. „Und dann?"

„Dann habe ich irgendein Grünzeug ins Gesicht bekommen!"

„Sie wurden verletzt?", wollte der Richter wissen, um

schön langsam auf das Thema zu kommen, ob eine Notwehrsituation vorlag.

„Nein, natürlich nicht. War ja nur Gemüse. Die anderen drei haben dann wie wild mit Gemüse aufeinander eingeschossen."

„Und wie kam es zu dem Glaswurf?"

„Das ist ganz instinktiv passiert … Ich habe in das Regal gegriffen und hab dort ein Glas mit eingelegtem Gemüse erwischt, und dann hab ich das einfach geworfen … das tut mir auch wirklich leid."

„Seien Sie froh, dass nicht mehr passiert ist! Mit einem vollen Gurkenglas können Sie jemanden umbringen auch, wenn Sie Pech haben. Also Sie beide."

„Ich weiß! Ich wollte ihn aber wirklich nicht umbringen!"

„Was hat Ihr Bruder dann getan?"

„Der hat auch weiter geworfen, aber nur mit den Gurken, die aus dem kaputten Glas herausgefallen sind. Sonst war kein Gemüse mehr da. Und ein Radieschen von der Theke hat er auch genommen, und das auch geworfen."

„Also Gurken und ein Radieschen? Aber nicht mit einem Glas?"

„Nein."

„Und wo kamen dann die vielen Scherben her?"

„Von anderen Einmachgläsern. Die habe ich aber nur runtergeworfen, nicht auf jemanden geschossen oder so."

Im Zuge der Verhandlung konnte geklärt werden, dass der Angeklagte, Achmed, entgegen der ursprünglichen Anzeige gegen ihn keine Gurken, sondern nur Gurkerl geworfen hatte. Der Vorwurf vorsätzlicher Körpermisshandlung stand damit auf recht schwachen Beinen.

Erol wurde aber wegen schwerer Körperverletzung und Sachbeschädigung zu einer nicht unerheblichen Geldstrafe verurteilt.

# Johann, Manfred und Franz gegen Otto und Sepp

## Länderkampf der anderen Art

Die Zuhälter hatten die Straßenzüge der Großstadt untereinander aufgeteilt. Die Grenzen waren abgesteckt, Zimmer gemietet und vorbereitet, das Geschäft konnte laufen. Und es lief. Der gelernte Homo oeconomicus fand hier ein gutes Auskommen. Auch, wenn das alles natürlich nicht nur viel einbrachte, sondern auch viel kostete.

„Ich bin für die Sicherheit zuständig, und das kostet!“, meinte zum Beispiel Manfred, der sich innerhalb dieses Systems in relativ kurzer Zeit einen Namen gemacht hatte. Man kann sagen, Manfred gehörte noch zur alten Garde. Er wirkte generell nicht uncharmant, sein Lachen hatte etwas Schmieriges, aber nichts Aufgesetztes, gelegentlich klang es ehrlich. Sicherheit kostet, klar. Und Manfreds Sicherheit war sicherlich nicht die schlechteste. Seine Mädchen mussten sich nicht beispielsweise mit gewaltbereiten Freiern einlassen, wie das bei anderen Zuhältern durchaus üblich war. Nein, Manfred war da anders. Aber gerade deshalb dann doch auch schon gerichtsbekannt, weil er zur Sicherheit der Damen ab und an etwas zu unbekümmert seine Fäuste benutzte – was wenigstens zeigte, dass Arbeiten ihm nicht völlig fremd war. Ein Freier, dessen Abreibung Manfred früher einmal vor den Richter gebracht hatte, war ein nicht ganz Unbekannter gewesen, den man etwa aus den Seitenblicken des ORF kannte. Er konnte wochenlang vor keiner Kamera erscheinen. Ein anderes Mal hatte Manfred einen Gegner umgehauen, der mit dem Hinterkopf so unglücklich aufschlug, dass er nie wieder aufstehen sollte. Manfred kam eine Weile hinter Gittern. So wichtig war Manfred die Sicherheit seiner Mädchen.

Diese Sicherheit musste aber in beide Richtungen gehen. Und das tat sie nicht immer. Dieser Gedanke ging ihm durch den Kopf, als er denselben samt der Schulter heftig gegen die versperrte Tür schlug. Dann die Faust.

„Mach sofort diese beschissene Türe auf!"

Aber nichts rührte sich. Manfred sammelte seine Sinne. Das war ob der großen Wut nicht einfach. Dann trat er mehrmals wuchtig gegen das Türblatt, bis die Pressspanplatte endlich nachgab und die Tür aufflog. Dahinter ein Raum ganz in Rosa. Schillernde Plüschherzen und Fotos von nackten Frauen hingen an den Wänden. Vor dem Bett ein künstliches Eisbärenfell. Ein schwarzer Slip lag daneben. Niemand hier.

„Wo ist diese Schlampe?"

Manfred ging hinaus, trat einige Meter zur Seite und wiederholte die Prozedur an der nächsten Türe, die seinen Tritten krachend nachgab. Von der Dekoration her unterschied dieser Raum sich kaum vom letzten, allein: hier war jemand. Auf diesem Eisbärenfell räkelte sich eine braungebrannte Blondine, auf dem Bett saß ein älterer Mann, der Manfred jetzt völlig entsetzt und verängstigt anblickte.

„Wo ist diese verfluchte Schlampe?", schrie Manfred wieder.

„Sie ist nicht da!", schrie die Blondine genauso laut zurück. „Und jetzt: Raus!"

Am liebsten hätte Manfred ihr in den Unterleib getreten. Aber vor dem Kunden ging das nicht.

„Wo ist sie?", schrie er nochmals die Blonde an.

„Wer?"

„Du weißt genau, wen ich meine! Elisabetha!"

„Keine Ahnung!"

„Red' keinen Scheiß!"

Als die Blonde nicht sofort antwortete, ging er die paar Schritte zu ihr hin und packte sie mit beiden Händen an den Haaren. Nun bekam sie es doch mit der Angst zu tun. So kannte man Manfred eigentlich gar nicht.

„Sie wollte zu ihrem Neuen", sagte sie endlich, damit er sie wieder losließ.

„Na also! Warum nicht gleich so?"

Manfred stieß sie von sich, unter dem Blick des älteren Mannes, der völlig schreckerstarrt auf dem Bett saß und keinen Mucks machte.

„Gutes Gelingen, du Wichser!", rief Manfred ihm zu und machte sich auf den Weg.

Im Lokal öffnete er sich eben das vierte Bier, als er Franz in Begleitung eines kleineren, dafür sehr kräftig aussehenden Typen eintreten sah. Sie kamen zu ihm.

„Was ist?", sagte Franz ohne weitere Einleitung.

„Auf die Weiber ist kein Verlass. Elisabetha ist weg, und Nina hab ich auch schon seit drei Tagen nicht mehr gesehen. Die sind sicher bei diesen zwei Depperten, du weißt eh …“, gab Manfred zurück, dann begann ihn der Blick des kleineren Mannes, den er nicht kannte, zu irritieren.

„Wer ist der da?“

„Er ist mein neuer Mann, Johann … oder Hans, oder Joe. Ganz wie du willst.“

„Und was kann er?“

„Er ist Experte im Tunnelgraben.“

„Was? Willst du mich verarschen?“ Manfred merkte, dass er schon wieder zornig wurde. „Schau ich aus, als ob ich gerade einsitzen würde?“

Franz’ Gesicht blieb völlig ernst. „Nein, ehrlich, er schöpft bei einer Tunnelfirma. Er kennt sich aus. Mit Sprengstoff und so.“

„Je lauter der Bums, umso größer das Loch“, meinte unvermittelt der andere, Johann, Hans oder Joe. Er grinste, aber auch dieses Grinsen war irgendwie ernst. Manfred gab auf.

„Okay. Und wo sind die anderen?“, wollte er nunmehr wissen.

„Keiner da, keine Zeit!“, gab Franz zurück.

„Typisch. Die Arschlöcher sind nie da, wenn man sie braucht …“ Manfred überlegte einen Augenblick. „Egal. Wir fahren jetzt dorthin.“

Der Pager gab ein Geräusch von sich, das einem in Mark und Knochen fuhr. Untersuchungsrichter Wasakovski hatte Bereitschaftsdienst, was bei insgesamt nur sieben Untersuchungsrichtern im Landesgericht für Strafsachen leider nicht so selten war. Das hieß: Journalwochendienst, von Freitag, 7 Uhr 30, bis zum folgenden Freitag um dieselbe Zeit Dauerbereitschaft. Man war de facto für alles zuständig, was Kriminalpolizei und Staatsanwaltschaft benötigen konnten.

Handys, damals noch „Mobiltelefon“ genannt, gab es da schon. Die Akkus waren sogar inzwischen auf die Größe eines Buches geschrumpft – die hohen Anschaffungskosten sorgten aber dafür, dass es für die Untersuchungsrichter beim Pager bleiben musste.

Sonderlich beliebt waren diese nicht. Abgesehen vom infernalischen Ton waren das auch noch recht alte Modelle, bei denen man nicht entnehmen konnte, wer einen angepaget – sagt man das so? – hatte. Dann machte man sich also telefonisch auf die Suche nach potenziellen Anrufern. Das Ganze bestenfalls um vier Uhr morgens. Der erste Versuch erging üblicherweise an die Kriminalpolizei, dann die Landesgendarmerie, die Staatsanwaltschaft und/oder die Gerichtsmedizin. Alle eben, die über die Nummer verfügten. Die Abneigung gegen diesen Pager hatte schon solche Kreise geschlagen, dass man nunmehr paradoxerweise besonders darauf aufpasste – wenn dem Gerät etwas geschehen wäre, hätte einem niemals jemand geglaubt, dass es unabsichtlich passiert war, also fahrlässig, nicht vorsätzlich. Und immerhin handelte es sich dabei um Bundeseigentum. Jeder wollte dieses Ding tot sehen. Und das wussten auch alle anderen. Und gerade deshalb war das Gerät in Sicherheit. Womit wir wieder bei Manfred wären.

Heute wählte Wasakovski instinktiv gleich die richtige

Nummer. Die des Journaldienstes der Kriminalabteilung beim Landesgendarmerie-Kommando.

„Danke für den Rückruf! Die ungarischen Kollegen suchen drei österreichische Staatsbürger. Dürfte sich um eine Rotlichtgeschichte handeln, eine Schießerei im Milieu, sogar mit Handgranaten, wir haben aber noch nichts Genaueres. Sobald wir mehr wissen, bräuchten wir Haftbefehle."

Als etwa zwanzig Minuten später der Pager wieder sein furchteinflößendes Piepsen ausstieß, handelte Wasakovski geistesgegenwärtig und rief diesmal nicht beim Landesgendarmerie-Kommando an, sondern bei der Kriminalpolizei der Landeshauptstadt. Gelernt ist gelernt.

Der Beamte musste nur erklären, dass es eine Interpol-Nachricht gebe, nach der drei Österreicher …

„… in Ungarn herumgeschossen und mit Handgranaten geworfen haben! Eine Rotlichtgeschichte!", vervollständigte Wasakovski den überraschten Kriminalbeamten. Ein guter Untersuchungsrichter weiß eben alles.

Wenig später konnten schon alle drei Gesuchten, also Manfred, Franz und Johann, Hans oder Joe, in ihren Wohnungen verhaftet werden. Sie leisteten keinen Widerstand. Wenig überraschend: Alle drei hatten nicht einmal die geringste Ahnung, worum es überhaupt gehen könnte. In Ungarn seien sie schon gewesen, das sei aber per se ja nicht strafbar. Für eine Untersuchungshaft reichte es trotzdem. Auch wenn die Informationen aus Ungarn nur sehr träge hereinflossen, gab es an der Beteiligung der drei an einer Schießerei nicht viel zu rütteln. Ebenso wenig überraschend: Auch in der Untersuchungshaft wurde die

Erinnerung der drei Männer nicht besser, und die Zeugen bequemten sich nicht, den Weg von Szombathely nach Graz auf sich zu nehmen. Trotz Kostenersatzes.

Wenn der Prophet nicht zum Berg kommt, muss der Berg halt zum Propheten kommen – nach diesem Motto machte sich also Untersuchungsrichter Wasakovski auf nach Ungarn, um die Opfer selbst zu befragen und etwaige Hintergründe aufzudecken.

„Sie stehen jetzt als Zeuge unter Wahrheitspflicht, auch wenn diese Befragung im Rechtshilfeweg hier in Ungarn erfolgt, das ist Ihnen schon klar?“, wollte Wasakovski gleich zu Beginn der Befragung ausräumen.

„Eh klar“, meinte mit bestem wienerischem Ausdruck der Zeuge. „Ich leb schon seit Jahren friedlich da in Ungarn, wissen Sie.“

„Na ja, wirklich friedlich war es ja in dieser einen Nacht nicht. Also: Was war los, als es gekracht hat?“

„Ich weiß nicht. Wir wollten eigentlich den Laden schon dicht machen, als da plötzlich Leute aufgetaucht sind. Keine Ahnung, wer die waren und was die wollten.“

„Keine Ahnung, wer die waren? Das glauben Sie wohl selber nicht!“, gab der Richter zurück.

„Ehrlich, ich habe keine Ahnung, was die wollten und worum es da ging!“, beharrte der Gefragte, und auch sein Bruder blieb dabei. Gar keinen Tau, was diese Aktion bedeutet hätte. Ehrlich!

Ein Rat an alle Straffälligen: Verwenden Sie nicht das Wort „ehrlich“. Da gehen bei einem Richter alle Alarmglocken los. Wenn Sie es öfter sagen, wird es sogar noch unglaubwürdiger. Das war auch hier der Fall, wo noch dazu die Vorstrafen der Opfer dem Richter schon bekannt waren, womit er auch einiges über ihre Hintergründe erfahren hatte.

„Ehrlich, ich weiß nichts!", betonten beide Brüder unisono und versuchten, ihr Lächeln zu unterdrücken. „Ist ja auch nichts passiert. Die ungarischen Behörden übertreiben da ein bisschen", erklärte der Ältere, woraufhin der Jüngere nachschob, dass die Versicherung ohnehin für den kleinen Schaden aufkomme.

„Und Ihr Auto? Wo ist der Wagen?", wollte jetzt Wasakovski wissen.

„Der steht schon in der Werkstatt, ein Bekannter richtet ihn her. Hat nur ein paar Kratzer, vielleicht bin ich auch irgendwo angestreift."

„Ich will das Auto sehen!", hakte Wasakovski nach. Damit hatten die Brüder offenbar nicht gerechnet. Wenigstens kommunizierte das ihr Gesichtsausdruck.

„Das ist nicht da, steht in einer Werkstatt bei einem Freund, nichts Offizielles, wenn Sie verstehen."

„Wo?"

„Nicht hier!" (In Wahrheit: „Ned do!")

„Wo."

„Ich weiß gar nicht, wie das Kaff heißt."

„Dann fahren wir jetzt dort hin."

„Ich hab kein Auto!", erwiderte der Befragte.

„Macht nichts, Sie fahren mit uns!", befahl Wasakovski. So wurde der Ortsaugenschein ausgeweitet, was auch der ungarischen Staatsanwaltschaft nicht unrecht war, den auch diese hatte den Wagen bereits erfolglos gesucht.

Anwesend waren bis auf Wasakovski und die Zeugen/Opfer auch der ungarische Untersuchungsrichter und der österreichische Staatsanwalt.

Gute dreißig Minuten später stand man bei einem Schuppen in der Nähe eines Bauernhofes mitten in der ungarischen Tiefebene. Felder, so weit das Auge reichte.

„Ich sehe keine Werkstatt“, fuhr Wasakovski den Zeugen an.

„Wie gesagt: Ist alles privat, Sie verstehen?“, meinte dieser verlegen.

„Sie lassen den Schaden also im Pfusch richten, schwarz?“

„Ja sicher, ist ja nicht viel geschehen!“, erwiderte der Zeuge.

Nach langem Hin und Her, all möglichen Diskussionen mit der Frau des Landwirtes, der gar nicht da, sondern auf irgendeinem seiner Felder mit dem Traktor unterwegs war, erklärte sich diese letzten Endes bereit, das Schloss des Schuppens zu öffnen, was ihr von den Zeugen einen mehr als heißen Blick einbrachte. Zum Vorschein kam ein wunderschöner, roter Mercedes Benz. Ein 450 SL Coupé mit der damals stärksten Motorisierung.

Auf den ersten Blick fehlte dem Fahrzeug nichts.

„Sag ich ja, nichts Ernstes, ein kleiner Kratzer vorne unter dem Scheinwerfer, könnte auch ein Steinschlag gewesen sein!“, betonte der Besitzer des Fahrzeuges.

„Stellen Sie den Wagen raus, ich muss mir das genau anschauen“, konstatierte der Richter.

„Echt? Wozu? Ich hab nicht mal einen Schlüssel mit, den hat mein Hawara.“

„Da ist Schlüssel", meinte jetzt lächelnd die Bäuerin und zückte ebendiesen. Wasakovski lächelte auch. Die Zeugen lächelten nicht. Ihre Blicke wirkten eher, als ob sie der Bäuerin nun endlich wirklich am liebsten um den Hals gefallen wären – allerdings nicht im positiven Sinne. Der Wagen wurde also in die Sonne geschoben, und Wasakovski wurde auch rasch fündig. Einschusslöcher.

Nach der Besichtigung des Autos sah sich der Richter auch noch das Lokal von innen an. Lediglich einige dunkle Spuren an den Holzböden waren noch vorhanden, die Wände waren augenscheinlich frisch gestrichen. Kam auch nicht so oft vor, dass die Opfer die Täter so tatkräftig schützten. Der Abend mit den Zeugen im Amtsgebäude des ansässigen Gerichtes wurde sehr lang, da die beiden Brüder weiterhin darauf bestanden, dass gar nichts Erwähnenswertes geschehen sei. Bilder, die Wasakovski in der Zwischenzeit erhielt, wiesen aber darauf hin, dass es mehrere Explosionen gegeben haben dürfte, und im begutachteten Auto wurden mehrere Projektile gefunden. Eines im Kofferraum, eines im Spoiler – zwei weitere im Fahrersitz und sogar in der Nackenstütze. Das hätte also sehr leicht ins Auge gehen können.

Und dann gab es da noch eine Videoaufnahme, ein Überwachungsvideo. Das Bild war sehr dunkel, weil es mitten in der Nacht aufgenommen war. Eine einzige Lampe versuchte, die Zufahrt auf einen Parkplatz auszuleuchten. Am Haus dahinter blinkten rote Glühbirnen. Langsam näherten sich mit ausgeschalteten Scheinwerfern zwei Sportlimousinen. Als sie zum Stehen kamen, verging keine Sekunde, bis drei Personen ausstiegen und durch die Eingangstüre liefen. Kurz darauf sah man zweimal relativ rasch hintereinander ein Leuchten aus den Fenstern, als explodierte dort etwas. Dann flohen die beiden Brüder aus dem Haus, sprangen in ein Coupé, das ebenfalls auf dem Parkplatz abgestellt war, und versuchten mit durchdrehenden Reifen so schnell wie möglich davonzukommen. Die Eingangstür sprang erneut auf, diesmal lief das Trio vom Beginn des Videos heraus, einer von ihnen hastete gleich weiter zu einem der vorhin abgestellten Wagen. Nicht weit hinter dem Coupé mit den beiden Flüchtenden, das es eben geschafft hatte, vom Parkplatz zu kommen, gab es eine weitere Explosion, es fielen mehrere Schüsse. Das Coupé raste davon, nur Augenblicke später nahmen die anderen schon die Verfolgung auf.

Spätestens nach der Sichtung des Videos war also relativ klar, was passiert war. Zurück in Graz wurde daraufhin eine Tatrekonstruktion abgehalten, obwohl die dortigen drei Verdächtigen weiterhin nicht sehr gesprächig waren. Das Ganze geschah im Innenhof eines großen Polizeikommandos. Die Amtshandlung wurde von schwer bewaffneten Sondereinsatzbeamten überwacht.

„Und Sie zeigen mir jetzt, was Sie getan haben!“, forderte Richter Wasakovski Manfred auf und hielt ihm eine – freilich ungeladene – 9-mm-Pistole hin. Damit hatte Manfred nicht gerechnet. Natürlich lag es ihm nun daran, den Eindruck zu vermitteln, er wisse eigentlich gar nicht, was das eigentlich sei, eine Waffe. Er stellte sich so blöd wie nur irgend möglich an. Weit jenseits jeglicher Glaubwürdigkeit, auch wenn Manfreds Hintergrund nicht bekannt gewesen wäre.

„Kommen Sie, Manfred“, insistierte der Richter genervt. „Sie haben ja schon zugegeben, dass sich ein Schuss gelöst hat. Wie ist das passiert? Was haben Sie mit der Waffe gemacht?“

Manfred, weiterhin den Überforderten mimend, hielt die Pistole mittlerweile zwischen den Innenflächen seiner gespreizten Hände. Die Situation hatte etwas Groteskes an sich. Sogar ein Kind weiß, hoffentlich höchstens aus Filmen, wie eine Waffe ungefähr zu halten ist. Wasakovski nahm Manfred diese Vorstellung nicht ab, und wartete geduldig zu, was Manfred nun weiter tun würde. So geduldig, dass letztlich der Mitangeklagte Johann (oder Joe oder Hans) zuerst die Geduld verlor und Manfreds Show sprengte.

„Alter, was ist denn mit dir?“, rief er im breitesten steirischen Dialekt. „Bist total deppert oder was? Scheißt dich jetzt an? Alter, ich pack ihn nicht!“ Und damit sprang er so energisch auf Manfred zu, dass Polizei und Justizwachebeamten schon zusammenzuckten. Johann entriss Manfred die Pistole, stellte sich breitbeinig hin, hielt die Waffe dabei fest in beiden Händen, zielte auf einen vorgestellten Punkt in der Ferne und rief laut „Peng, peng, peng! – Und ich bin dahinter gestanden und hab dem Mercedes eine Handgranate nachgeworfen!“

Manfreds Blick ähnelte jetzt dem der beiden Zeugen in Ungarn, als die Bäuerin den Schlüssel für das Auto gezückt hatte.

„Alter, was soll’s?“, rief Johann. „Scheißt dich jetzt an oder was, Mandi?“

Manfred, also „Mandi“, war einen Moment kreidebleich, dann fasste er sich wieder, griff unvermittelt auf das Dach des daneben abgestellten Polizeiwagens, packte den Pager des Untersuchungsrichters und feuerte ihn mit Karacho an Johanns Kopf.

Nach dieser Aktion war eigentlich alles klar. Johann setzte dann auch direkt dort an und legte „voll nieder“, wie man im Jargon sagte. Der Grund für den nächtlichen Einsatz: Manfred waren zwei Mädchen abgesprungen, die nun für die Brüder in Ungarn anschafften. Damit standen auch Mandis Karten schlecht – auch wenn er insgesamt zweimal Glück haben sollte. Nicht nur, dass die Kopfstütze seine Kugel abgefangen hatte, die dem Beschossenen sonst mitten in den Hinterkopf gefahren wäre, sondern auch, dass diese Schussabgabe zwar als Mordversuch betrachtet wurde, die Geschworenen im Verfahren aber meinten, dass er, Mandi, den Fliehenden höchstens absichtlich verletzen habe wollen und nicht töten. Die Existenz dreier weiterer Projektile im Auto änderte diese Sichtweise nicht. (Sie belegten aber, dass Mandi in Wahrheit ein sehr guter Schütze sein musste.)

Und außer dem Angeklagten hatte noch jemand Glück: alle, die im Landesgericht ihren Journaldienst versahen. Denn der Pager hatte sich nach Manfreds Wurf in seine Bestandteile zerlegt und konnte nun endlich ersetzt werden. Eine Welle der Dankbarkeit strömte zu Manfred. Vielleicht hat auch das die Urteilsfindung in seinem Sinne beeinflusst.

Manfreds Mittäter bekannten sich im Prozess schuldig – des „Handgranatenwurfes bei schwerem Nötigungshintergrund“. Das geht auch angenehm von der Zunge.

Entgegen ihrer Aussagen blieb Manfred aber dabei, dass er mit Prostitution nichts am Hut habe. Eh klar.

Nun sagt man aber, dass man sich im Leben immer öfter als ein Mal trifft. Eine weitere Begegnung mit Manfred kennen alle schon, die „In allen Punkten" gelesen haben. Dort tritt er als Freund des Weltreisenden Erhard auf. Hier noch andere Begegnungen, die sehr gut zeigen, wie klein unsere Welt in Wahrheit ist.

Jahre nach dem Handgranatenvorfall holte Wasakovski seine jüngste Tochter von einer Spätabendveranstaltung ihrer Höheren Schule ab und wartete vor dem Gebäude im Wagen, als sich ein hochpreisiges Coupé vor ihm einparkte. Es war kurz vor Mitternacht. Dann erschien eine ausgestreckte Hand aus dem Seitenfenster, Handfläche nach oben. Just in diesem Moment kam eine leicht bekleidete Dame herbeigelaufen, stoppte in ihren High Heels neben dem Fahrzeug und legte ein Bündel Geldscheine in die geöffnete Hand. Der Richter, der das gut beobachten konnte, schaltete das Aufblendlicht ein und tauchte die Szene damit ins Rampenlicht. Kurz darauf öffneten sich die beiden vorderen Türen des edlen Coupés. Auf der Fahrerseite stieg ein Hüne aus, ein Mann wie ein Schrank, und ging sofort auf Wasakovskis Auto zu. Als er eben bei der Seitenscheibe hineinfragte, ob es etwa ein Problem gebe, kam auch der Beifahrer zu Wasakovskis Wagen und schaute dort nun auf der anderen Seite, beim Beifahrerfenster, herein. Wasakovski schaltete die Innenbeleuchtung ein und lächelte den Menschen am Beifahrerfenster an.

„Herr Manfred, schönen guten Abend! Ein Problem soll es geben?"

Mandi erstarrte. „Nein, sicher nicht."

„Und was habe ich da jetzt gerade gesehen? Sie kassieren von einer Prostituierten?"

„Ich? Nein! Sie hat nur ihre Schulden bei mir bezahlt!"

„Eh klar und ganz sicher, mein lieber Herr Manfred. Das stimmt genauso, wie Sie auch nicht schießen können!"

PS: In Wien erzählte Manfred später einmal einem verdeckten Ermittler, dass er in Graz mit einem Richter „einen Kelch habe" – was im Milieu eine Auseinandersetzung meint – und deshalb ein Ortswechsel zweckmäßig sei. In Graz sah man ihn daraufhin eine Weile nicht. Dann aber, zufällig am Tag der ersten Präsentation von „In allen Punkten", lief er Wasakovski in Graz über den Weg. Man erkannte einander sofort. Vom Buch habe er schon gehört, meinte Manfred, für die Präsentation habe er aber gerade keine Zeit. Zu viel zu tun. Leben würde Manfred jetzt in Thailand. Bestimmt ganz sauber, wie Wasakovski annahm. Ehrlich.

# Anneliese und ihr Feldwebel

## Fanfaren für das Gericht

„Um neun Uhr ist der Termin“, sagte Oberoffizialin Kurzer. „Bin gespannt, ob sie kommt. Die Polizei sagt, sie hätte die Ladung nur sehr widerwillig übernommen …“

„Aber übernommen hat sie sie. Immerhin. Wenn sie nicht kommt, lassen wir sie vorführen, so einfach ist das“, brummte Strafrichter Wasakovski. „Irgendwann ist es vorbei mit lustig.“ Er hatte schon im Akt einiges an Absurdem gefunden und war jedenfalls auf das Schlimmste vorbereitet.

Bereits eine Minute vor neun klopfte es an der Tür, die sodann auch gleich regelrecht aufgerissen wurde. So energisch, dass der aufreißende Mann sich fast selbst mit der Tür niederstieß, dabei gegen die Dame hinter ihm prallte und dieser einen Stapel von unzähligen Blättern aus der Hand schlug. Zwischen den Blättern landete auch seine Trompete am Boden, und der Türöffner wollte sie sogleich wieder aufheben, wobei er der Frau, die sich eben hinkniete, um die Seiten aufzuklauben, gleich noch einen Stoß gab und sie damit endlich ganz niederwarf. Sie fluchte während des ganzen Vorfalles heftig, und man konnte erkennen, dass die beiden auch unter den draußen Wartenden große Aufmerksamkeit auf sich zogen. Unter weiteren Kraftausdrücken schaffte sie es letztlich, alle Blätter aufzuheben, und kam nun endlich richtig im Einvernahmebüro an.

„Guten Morgen! Sie sind …?“, fragte Wasakovski die Eintretende.

„Ich? Ach so, ja, guten Morgen. Weiss, Dr. Weiss, mein Name … Dr. Anneliese Weiss … einen Moment bitte …“, damit drehte sie sich zu ihrem Begleiter um, „Herrschaftssakrament noch einmal. Wofür sollten wir diese ganzen Zettel mitnehmen?!“

Und damit machte ihr Begleiter nun auch einen Schritt in das Büro, baute sich in Habt-Acht-Position auf, führte die Trompete an seine Lippen und blies mit Inbrunst eine Fanfare, die jeden Western-Affinen an eine Kavallerie-Attacke erinnern musste. Der intonierte Gerichtsangriff hallte durch das Gebäude wie durch den Antilope-Canyon.

„Feldwebel Hochlöhner meldet: Alles bereit für den Termin! Die Frau Doktor steht zu Ihrer Verfügung!“, rief der Mann. Damit wollte er eben wieder die Trompete an den Mund setzen, aber der Richter schaffte es gerade noch, ihm „danke, weitermachen“ entgegenzurufen.

„Jawohl, weitermachen!“, rief der vermeintliche Feldwebel, stieß mit den Fersen zusammen, dass man ein dumpfes „Klapp“ hörte, und nahm demonstrativ wieder seine Grundhaltung ein.

Nachdem die Frau Doktor es endlich an ihren Platz geschafft hatte, alle Papiere vor sich auftürmte, stellte sich ihr Begleiter neben ihr auf und verkündete: „Euer Ehren, ich bin der Rechtsbeistand der lieben Frau Doktor. Außerdem habe ich dies behufs auftragsgemäß zu dokumentieren, dass die sehr verehrte Frau Doktor der gerichtlichen Einladung gefolgt ist." Er zog plötzlich einen Fotoapparat aus seiner Tasche und fotografierte die neben ihm am Sessel sitzende Frau, griff dann nochmals in seine Tasche und förderte auch noch ein Diktiergerät zutage.

„Bild eins: Frau Doktor Weiss sitzt am Stuhl im Einvernahmebüro der Gerichtsabteilung 18!", diktierte er laut und deutlich. „Bild zwei: Frau Doktor Weiss bei der Nennung ihrer personenbezogenen Daten! Bitte, Frau Doktor!", fügte er hinzu und knipste gleich das nächste Bild.

Erst jetzt nannte sie ihre Daten. Geburtsort, Beruf und so weiter. Ein einziges Mal stockte sie für eine Sekunde, und sofort sprang der Feldwebel ein, als ob er darauf nur gewartet hätte.

„Schulbildung, bitte, Frau Doktor!"

Noch bevor sie auch nur ein weiteres Wort sagen konnte, machte er ein Foto von sich selbst und diktierte klar und deutlich: „Bild drei: Feldwebel Hochlöhner unterstützt bei der Befragung von Frau Doktor Weiss!"

Nachdem er daraufhin gleich noch ein Bild von sich selbst machte und „Feldwebel Hochlöhner bei der Befragung von Frau Doktor Weiss, Bild vier!" in sein Diktiergerät rief, befragte er Dr. Weiss auch gleich nach ihrem Einkommen, den Verbindlichkeiten und sonstigen Vermögensverhältnissen.

Für Richter Wasakovski und Oberoffizialin Kurzer war unklar, ob man gerade Schabernack mit ihnen trieb. Im Akt war zu lesen, dass die Frau und ihr Feldwebel bereits auf der Polizeidienststelle für Aufsehen gesorgt hatten, weil der Herr Feldwebel sich nicht von seiner Trompete hatte trennen mögen. Beinahe sei es zum Widerstand gegen die Staatsgewalt gekommen, sagte der Akt.

Der Feldwebel war gerade beim sechsten Bild angelangt, als es klopfte und ein Untersuchungsrichter seinen Kopf hereinsteckte. „Gab es bei euch gerade Trompetenspiel?“

„Melde gehorsamst, Feldwebel Hochlöhner! Als Unterstützung der Befragung von Frau Doktor Weiss, deren Zahnarztpraxis mittlerweile den Bach hinuntergegangen sein soll, weil Verbindlichkeiten nicht bezahlt worden seien!“

„Gutes Gelingen!“, rief der Untersuchungsrichter und war draußen, so schnell er konnte.

Auch der Rest der Beschuldigteneinvernahme lief ohne großes Zutun der Kanzlei oder Wasakovskis ab. Der Feldwebel und die Ärztin spielten das volle Programm durch. Nicht nur alle relevanten Daten, sondern auch die Aussagen zu den Anschuldigungen spulten sie ab, zackig durchstrukturiert durch den Feldwebel. Ausschlaggebend für die schlechte Zahlungsmoral der Ärztin seien nicht etwa säumige Patienten gewesen, sondern hauptsächlich die Ärztekammer, die wie ein Raubritter mit wucherhaften Beitragsforderungen alle Überlebensgrundlage der Praxis vernichtet habe.

„Ansonsten wäre die Zukunftsprognose hervorragend gewesen! Für die Frau Doktor, nicht die Zähne“, schloss Feldwebel Hochlöhner. Daraufhin schoss er ein weiteres Foto von sich selbst und diktierte vernehmlich: „Bild 15, gutachterliche Schlussfolgerungen!“

Untersuchungsrichter Wasakovski nickte, die Oberoffizialin schrieb. Die Amtshandlung konnte damit fertiggestellt werden. Die Räumlichkeiten noch fotografisch zu dokumentieren, wurde dem Feldwebel untersagt. Auch sein Vorhaben, zur Beendigung der Amtssache noch einen Marsch zu spielen, als kleines Dankeschön.

„Nicht notwendig, wir dürfen nichts annehmen!", rief der Richter.

„Schade, aber gegen einen kurzen Trompetenstoß kann niemand was sagen – auch nicht die ganzen Präsidenten oder Oberpräsidenten!" Sprachs, zückte die Trompete und blies zum Abschied ein kurzes „Halali" an.

Der Feldwebel sollte übrigens Monate später von mehreren Sachverständigen auf seine Zurechnungsfähigkeit geprüft werden, aber das ist eine andere Geschichte. Als es für die Zahnärztin Dr. Weiss wieder bergauf ging, spielte er schon eine Weile in einem Wanderzirkus. Stimmt wirklich.

# Lorenz und Michael

## Die Home-Invasion

Die ersten Zuhörer betraten den getäfelten Raum. Die Luft war stickig und sauerstoffleer. Kein Lüftchen regte sich. Die schweren Vorhänge trugen den Staub von Jahrzehnten. Er hatte vieles erlebt, dieser Saal. Eine Gedenktafel erinnerte daran, dass vor gar nicht so langer Zeit hier noch Todesstrafen ausgesprochen – und praktisch gleich um die Ecke vollzogen – worden waren. Unter ihnen etwa ein Mann, der 1941 Adolf Hitler öffentlich einen Massenmörder genannt hatte, und das auch vor Gericht nicht widerrufen wollte. Auf derselben Anklagebank saßen später Menschen, denen man Verstöße gegen das Verbotsgesetz zur Last legte, weil sie Hitler glorifiziert hatten. Dieser Saal hatte vieles erlebt. Ein Bauprojekt namens „Geschworenensaal 2022" würde bald zu einer Restauration des gesamten, geschichtsschweren Saales führen, aber heute war noch alles beim Alten.

Die mehr als einhundert Sitzplätze füllten sich langsam. Zahlreiche Medienvertreter waren bereits anwesend. In den Morgennachrichten im Radio hatte es einen ausgedehnten Beitrag über das anstehende Verfahren gegeben. Die beiden Angeklagten, Lorenz und Michael, wurden in den Saal geführt – und würdigten einander keines Blickes. Dem Vorsitzenden des Schwurgerichtshofes fiel das sofort auf.

Gleich zu Beginn der Verhandlung verwunderte Lorenz' Verteidigerin, indem sie im Eröffnungsplädoyer erklärte, dass Lorenz sich des Raubes, der Entwendung unbarer Zahlungsmittel, der Urkundenunterdrückung und des Hausfriedensbruches für schuldig erkläre – nicht aber hinsichtlich des Mordversuches. Der Verteidiger des Zweitangeklagten Michael stellte hingegen weniger überraschend sofort klar, dass sein Klient gar nicht dabei gewesen sei und mit der Angelegenheit nichts zu tun habe. Somit war von Beginn an fix, dass es ein umfangreiches Beweisverfahren geben würde.

Eine der ersten Handlungen des Richters war es, den Zweitangeklagten Michael aus taktischen Gründen wieder aus dem Raum zu schicken und Lorenz gesondert einzuvernehmen.

Nun wäre es sinnvoll gewesen, dem Angeklagten erst einmal die Möglichkeit zu geben, die ganze Geschichte aus seiner Sicht zu erzählen. Lorenz begann aber unmissverständlich deutlich: „Zu den Anklagepunkten zwei bis fünf schuldig, zum Punkt eins nicht schuldig. Mehr sage ich nicht."

Der Gerichtsvorsitzende blickte auf sein Pult hinunter. Dort lagen die Fotos, die das Rettungsteam gemacht hatte. Das Opfer lag am Boden, das Messer steckte noch im Rücken. Sichtbar waren auch die weiteren Einstiche. Das Wunder an der Sache war, dass das Opfer das alles überlebt hatte. Auch die beiden Treffer mit dem Baseballschläger gegen den Hinterkopf.

„Beim schweren Raub fühlen sie sich also auch schuldig?", fragte der Richter dann.

„Ja, schon. Es ist aber ein Einbruchsversuch gewesen“, antwortete Lorenz überraschenderweise.

„Das müssen Sie mir jetzt aber erklären“, sagte sofort der Vorsitzende.

„Wir wollten nur einen Einbruchsdiebstahl begehen.“

„Wir?“

„Ja. Ich war nicht alleine.“

„Und der andere? Wer ist das?“ Das war ein wesentlicher Faktor, hatte doch der Zweitangeklagte Michael kein Sterbenswörtchen gesagt. Man wusste aus früheren Verhandlungen mit Michael, dass es fast unmöglich war, ihn zum Reden zu bringen. Alles Weitere würde viel einfacher werden, wenn Lorenz etwas lieferte …

„Das sage ich nicht.“

„Aber Sie waren nicht alleine.“

„Ja.“

„Richtige Antwort“, meinte der Richter, „jeder andere hätte jetzt Nein gesagt. Sie verstehen also eine doppelte Verneinung … wer war der andere?“

„Dazu sag ich nichts.“

„Und wie sind Sie zu dieser Örtlichkeit gekommen?“

„Sag ich nicht.“

„Haben Sie dieses Haus ausgesucht?“

„Nein!“

„Also der andere?“

„Sag ich nicht!“

„Aber wenn Sie es nicht ausgesucht haben, dann wird es der andere gewesen sein. Oder haben Sie es gemeinsam ausgesucht?“

„Nein.“

„Was ‚nein‘?“

„Ich hab das Haus nicht ausgesucht.“

„Habe ich schon gehört; bezieht sich das Nein auf das ‚gemeinsam‘?“

„Ja.“

„Na also, warum einfach, wenn es auch kompliziert geht, Herr Lorenz, oder? Also: Der andere hat die Lokalität ausgesucht.“

Lorenz hatte außer seinen beiden Eröffnungssätzen eigentlich nichts Weiteres sagen wollen. Er verfluchte sich innerlich. Der Richter verlor keine Zeit, setzte sofort nach.

„Und wie kommt der andere auf diese Lokalität?“

„Weiß ich nicht.“

„Haben Sie darüber nie mit ihm gesprochen?“

„Doch. Er hat gesagt, dass es da was zu holen gebe.“

„Was zum Beispiel?“

„Einen Safe und Geld und Schmuck.“

„Und woher weiß er das?“

„Keine Ahnung.“

„Und der Plan dazu kam jetzt von wem?“

„Er hatte sich was überlegt. Ich war einverstanden.“

„Weil Sie Geld gebraucht haben, dringend sogar, oder?“

Lorenz senkte den Kopf. Er hatte Michael, der schon als Jugendlicher häufig angeeckt war, in Haft kennengelernt, vor einer Weile. Beide hatten sie nicht viel Glück im Leben gehabt, für beide war es schon damals nicht die erste Haftstrafe gewesen. Michael kannte seinen eigenen Vater nicht, und irgendwie war Lorenz ein wenig in diese Rolle hineingewachsen, war eine Art Vaterfigur geworden für den, den er jetzt ans Messer liefern sollte. Später war es für Lorenz nötig gewesen, den Kopf einzuziehen, und Michael revanchierte sich, gewährte Lorenz bei sich daheim einen Unterschlupf. Michael hatte nie Miete verlangt, zahlen tat alles Michaels Frau, Saskia, die ihre Dienste dafür im Internet anbot. Es war schwierig, das alles. Die Tat, die eben verhandelt wurde, hätte der Ausweg sein sollen. Der Plan war es gewesen, ein gutes, größeres Ding durchzuziehen, dafür aber mit den ganzen kleineren Sachen aufzuhören. Es war ihnen so sicherer vorgekommen.

„Hier, Ihr Versicherungsdatenauszug", sagte der Richter und zog einige Seiten Papier von einem Stapel. „Schon lange keine Beschäftigung mehr, Exekutionen gibt es auch gegen Sie. Und Ihr strafrechtliches Vorleben kennen wir auch. Kurzum: Sie brauchten Geld. Dringend. Stimmt's? Nun sagen Sie schon!"

„Ja, das stimmt."

„Und daher haben Sie dann was genau gemacht?"

„Wir sind zu diesem Haus gefahren und wollten einbrechen."

„Am Vormittag, am helllichten Tag!"

„Ja."

„Warum haben Sie dann eine Maske aufgesetzt?" Es war nicht eigentlich als Frage gemeint, sondern eine Feststellung, die das Motiv fassbarer machen sollte.

„Damit ich nicht erkannt werde. Heutzutage gibt es überall Videoüberwachung."

„Aber dort nicht."

„Das habe ich nicht gewusst."

„Weil der andere das Haus ausgesucht hat?"

„Ja!"

„Aber der andere trug keine Maske!“

„Ja.“

„Warum nicht?“

„Weiß ich nicht!“

„Sie tragen also eine Maske, um nicht durch eine Videokamera erkannt zu werden, der andere aber, der alles ausgekundschaftet hat, nicht. Das müssen Sie mir erklären!“

„Dazu sag ich nichts.“

„Soll ich den Zweitangeklagten fragen?“

„Ich sag dazu nichts.“ Lorenz senkte wieder den Blick. Vor seinem geistigen Auge das Bild eines sonnendurchfluteten Vormittags. Das Haus schon in Sichtweite.

„Und Sie hatten den Baseballschläger dabei?“

„Ja“, entfuhr es Lorenz beinahe unbewusst.

„Der Baseballschläger gehörte Ihnen?“

„Nein, nicht mir.“

„Wem dann?“

„Dem anderen.“

„Der hat ihn Ihnen gegeben?“

„Ja.“

„Wozu?“

„Für den Einbruch.“

„Dafür brauchen Sie einen Baseballschläger?“

„Die Türe hat verglaste Stellen, die hätte ich eingeschlagen.“

„Und dann?“

„Hätte ich hineingegriffen, um die Türe zu öffnen.“

„Hätte, wäre; es ist aber nicht so. Die Tür ist unbeschädigt.“

„Als wir vor der Tür gestanden sind, ist die plötzlich aufgegangen, und dann ist eine ältere Frau vor uns gestanden. Sie wollte die Tür gleich wieder zumachen."

„Und Sie haben sich dagegen gedrückt und sind hinein ins Haus?"

„Der andere ist gleich hinein."

„Was hat er da gemacht?"

„Sag ich nicht."

„Und Sie? Sie sind dann auch hinein? Mit dem Baseballschläger?"

„Ja."

„Was haben Sie gemacht?"

„Ich bin mit der Frau in die Küche gegangen, habe ihr gesagt, dass sie sich beruhigen soll. Dass ihr nichts geschieht. Mehr sag ich dazu nicht."

„Und das Kind? Wo war die Dreijährige?"

„Auch in der Küche."

„Und Sie landen also mit dem Baseballschläger und der Maske vor einem dreijährigen Kind. Gratuliere, tolle Aktion!"

„Ich war vollkommen überrascht!"

„Wovon? Dass jemand im Haus war? Glaub ich Ihnen nicht. Was hindert Sie daran, wegzugehen? Die Dame macht die Tür auf, Sie laufen weg. Wäre doch ganz einfach!"

„Ich war wirklich überrascht!"

„Ist das Ihre Telefonnummer?", fragte der Richter unvermittelt und las sie vor.

„Ja."

„Haben Sie damit telefoniert?"

„Kann sein."

„Es kann auch sein, dass heute Nachmittag schönes Wetter kommt! Was sein kann, interessiert mich nicht!" Der Richter wurde laut. „Haben Sie telefoniert, mit dieser Nummer, an diesem Tag? Ja oder nein?"

„Ich sag nichts mehr!"

„Ja oder nein?!"

„Ja."

„Warum?"

„Weil der andere gesagt hat, ich soll."

„Und daher haben Sie zweimal an diesem Tag, also unmittelbar vor dem … nennen wir es einmal ‚Einbruch', eine Festnetznummer angerufen?"

„Ja."

„Noch einmal: warum?"

„Weil der andere gesagt hat, ich soll es tun."

„Sie haben beide Male mit einer Frau gesprochen, die Ihnen unter anderem auch gesagt hat, dass sie nur der Babysitter im Haus sei."

„Ich weiß nicht mehr, was die Frau gesagt hat."

„Aber eine Frau war es, darüber sind wir uns einig?"

„Kann sein."

„Nochmals: ‚Kann sein' interessiert mich nicht, Herr Angeklagter! Ja oder nein?"

„Ja."

„Und Sie rufen im Auftrag des anderen an. Was hat er Ihnen gesagt, was Sie sagen sollen?"

„Ich weiß es nicht mehr!"

„Glaube ich Ihnen nicht!" Und damit holte der Vorsitzende das entsprechende Protokoll aus dem Akt und las laut vor, was die Frau ihren Angaben nach am Telefon zu Lorenz gesagt hatte. Alle Blicke im Saal lagen auf Lorenz.

„Ja“, sagte er, nachdem der Richter mit der Verlesung fertig war.

„Was ‚ja‘?“

„Es stimmt, was die Zeugin vor der Polizei ausgesagt hat.“

„Das haben Sie also in diesen beiden Anrufen mit ihr gesprochen, im Auftrag Ihres Kompagnons?“

„Ja.“

„Also, noch einmal: Ich glaube Ihnen nicht, dass Sie überrascht waren. Sie haben durch diese Anrufe einen männlichen Mitbewohner aus diesem Haus weggelockt, indem Sie durch die Frau ausrichten ließen, dass ein Bekannter eine Autopanne hätte und Hilfe benötigen würde. Und dieser Mitbewohner ist dann ja auch wirklich weggefahren.“

„Das habe ich nicht gesehen!“

„Aber Sie haben es gewusst!“ Jetzt pokerte der Vorsitzende ein wenig.

„Schon, der andere hat es mir ja gesagt.“

„Dass dieser Mann weggefahren ist?“

„Ja.“

„Und? Hat der andere auch gesagt, dass die Frau weggefahren ist?“

„Nein, ich habe mir aber gedacht, dass die auch mitfahren wird, weil der andere, dieser Mitbewohner, ja gehörlos ist …“

„Ein Gehörloser kann nicht alleine Auto fahren? Sagt wer? Und daraus ergibt sich gleich die nächste Frage: Woher haben Sie gewusst, dass er taub ist?“

Dass Lorenz wieder mit „ich sag nichts mehr" antwortete, zauberte dem Vorsitzenden nun schon fast ein Lächeln ins Gesicht. „Herr Angeklagter, jedes Mal, wenn es eng wird, sagen Sie nichts mehr, und der Zweitangeklagte bekommt bei seiner Befragung durch Polizei oder Staatsanwältin jedes Mal einen Epilepsieanfall. Der Mitbewohner hätte Widerstand leisten können, so sieht es aus, Herr Angeklagter! Ich bin sicher, dass Sie das einberechnet hatten. Eine Information von Ihrem Kompagnon? Ich warte!"

„Ich sage nichts mehr."

„Der andere hat ja alles ausgekundschaftet, nach Ihrer eigenen Aussage. Sie haben in seinem Auftrag dort angerufen, auch laut Ihrer eigenen Aussage. Dass dort zumindest eine Person sein sollte, wussten Sie auch, würde ich annehmen. Hat Ihnen der Zweitangeklagte Michael vielleicht auch gesagt, dass es einen gehörlosen Mitbewohner gebe?"

Lorenz saß mit hängenden Schultern da. Er sah zerzaust aus. Hoffte auf Mitleid. Auf die Anerkennung einer Rolle, die nicht so schlimm war wie die des anderen. Und mal ehrlich: Konnte so jemand aussehen, der um Haaresbreite zum Mörder geworden war? Dieses Häufchen Elend? Erst nach einer gefühlten Ewigkeit antwortete er. „Ja."

Was diese Antwort im Ergebnis bedeutete, war dem Vorsitzenden klar. Dass er nicht überrascht war, als die Dame die Tür öffnete, dass er gewusst hatte, dass es noch jemanden im Haus gab, bedeutete, dass sie praktisch nicht auf einen Diebstahl, sondern auf einen Überfall eingestellt gewesen waren. Sie hatten gewusst, dass es nötig war, eine anwesende Person zu konfrontieren. Zwischen einem

Diebstahl oder Einbruchsdiebstahl und einem Raubüberfall gibt es einen Riesenunterschied. Aber dies war ein Geschworenenprozess mit Laienrichtern, und diese allein hatten über Schuld und Unschuld zu entscheiden. Das Risiko einer Fehlbeurteilung durch Laienrichter gab es praktisch in jedem Geschworenenverfahren. Das Vorgehen stammte noch aus grauer Vorzeit, als man sich sorgte, dass das Gericht König oder Kaiser zu wohlmeinend betrachten könnte. In unserer Rechtsprechung bei Weitem nicht das einzige Thema, bei dem man sich mit potenziell überholten Prozessregelungen herumschlug. Die Schuldfrage ist auch sonst oft keine einfache, aber vor allem für Laien gibt es hier viel Raum für Irritationen und Verwirrungen, sogar wenn man Aspekte aus Haupt-, Zusatz- und/oder Eventualfragen außen vor lässt.

Für die Berufsrichter hieß das auch, dass vieles überklar darzustellen war, auch mitunter mehrmals wiederholt werden musste. Schon, ob die Geschworenen die Anklageschrift – die im Übrigen das Einzige ist, was ihnen im Vorfeld zur Verfügung gestellt wird – jemals ganz gelesen und verstanden haben, kann kein Mensch kontrollieren. Die wenigsten machten sich je Notizen oder wogen verschiedene Aspekte der Glaubwürdigkeit ab. Man glaubte eben – oder nicht. Was etwa ist eine „glaubhafte" Zeugenaussage? Ein Berufsrichter müsste erklären, woraus er die Glaubhaftigkeit ableitet, ein Laienrichter nicht.

„Ihr Kompagnon hat Ihnen also vom gehörlosen Mitbewohner erzählt. Woher wusste er davon?" Der Richter sagte das auch aus den eben erklärten Gründen. Der erste Satz sollte etwas als „erledigt" ausweisen, etwas, was feststand:

Der Mittäter hatte diese Informationen weitergegeben. Jetzt war es an Lorenz, diesen Umstand zu erklären.

„Er hat es mir nur gesagt. Woher er das wusste, weiß ich nicht!"

„Und er hat Ihnen auch gesagt, dass der Mitbewohner weggefahren ist?"

„Ja."

„Und im Ergebnis wussten Sie aber nicht, ob das Kindermädchen auch weg war?"

„Ich wusste es nicht, habe es aber angenommen, wie gesagt. Ich dachte, dass ein Gehörloser nicht alleine Auto fährt …"

„Okay. Gehen wir zurück ins Haus. Sie haben die ganze Zeit nur auf die Frau und das Kind aufgepasst?"

Obwohl Lorenz dazu eigentlich nichts sagen wollte, erzählte er sodann dem Gericht, dass er die ganze Zeit auf die beiden aufgepasst hätte, in der Küche. Er habe der Kleinen den Fernseher einschalten wollen, das sei aber nicht gelungen, weiß Gott warum. Sein Kumpel habe ihn dann beauftragt, die Frau mit Plastikband und Kabelbinder zu fesseln. Die Kleine sei ganz still gewesen, habe auch nicht geweint, weil man ihr ja nichts angetan habe. Alles in allem sei Lorenz vielleicht eine halbe Stunde bei den beiden gewesen, während „der andere" das Haus durchsucht habe.

Lorenz erzählte: „Ich habe so etwas noch nie erlebt, mit welcher Aggressivität er die Türen aufgebrochen und aus den Kästen und Kommoden alles herausgerissen hat, es hat nur gescheppert und gekracht, im Wohnzimmer ist alles am Boden gelegen. Ich habe dann auf seinen Auftrag hin die Frau ins Wohnzimmer gebracht. Sie ist vor der größeren Couch am Boden gekniet und hat sich mit dem Oberkörper daraufgelegt. Die Kleine war vor ihr auf der Couch."

„Woher und wo hatten Sie den Baseballschläger?", wollte das Gericht nochmals wissen, obwohl diese Frage zumindest teilweise schon beantwortet worden war. Man erinnere sich an die Wiederholung einer Wesentlichkeit.

„Vom anderen. Eigentlich hatte ich ihn immer bei mir, auch in der Küche."

„Dem anderen haben Sie den Schläger also nie gegeben?"

„Ja."

„Hatte der andere eine Waffe, etwa auch einen Baseballschläger?"

„Ich habe keine Waffe bei ihm gesehen."

„Wie kommt dann das Opfer zu fünf Messerstichen im Rücken? Sogar das Messer steckte noch in einer der Wunden. Eine zusätzliche, abgebrochene Klinge hat man erst im Krankenhaus entdeckt."

Lorenz schwieg und senkte wieder den Blick. „Ich sag nichts mehr."

„Warum nicht?"

„Das Opfer wird schon alles erklären."

„Das Opfer hat bei der Polizei schon alles erzählt, Sie kennen die Protokolle. Die Angriffe sind von hinten gekommen, und die Dame kann nicht sagen, wer ihr die Verletzungen zugefügt hat. Was soll das Opfer jetzt sagen, was Sie entlasten könnte?"

„Wie es war."

„Das hat es schon gesagt! Was sollte denn da noch kommen?"

„Dass ich nichts gemacht habe!"

„Also war das alles der andere? Die fünf Messerstiche in den Rücken mit einer Einstichtiefe von 15 bis 20 Zentimetern. Das muss man sich einmal vorstellen! Und dann noch zwei Schläge mit dem Baseballschläger gegen den Hinterkopf und je einen Schlag auf die linke und rechte Körperseite des Opfers, dass auf beiden Seiten die Rippen brechen? Wer war das? Sie?"

„Nein, ich nicht!"

„Wer dann?"

„Ich weiß es nicht!"

„Das wollen Sie mir erklären? Ernsthaft? Dass der andere alles zerlegt hat, haben Sie gehört, das sagten Sie gerade. Jetzt kniet das Opfer halb am Boden, Kopf und Gesicht auf der Couch. Sie sind daneben und sehen und hören nichts?"

„Ich habe nichts gesehen und nichts gehört."

„Sie wollen aber selbst gar nichts gemacht haben. Wer kann es dann gewesen sein?"

„Ich weiß es nicht!"

„Ein unbeteiligter Dritter?! Waren Sie zu dritt im Haus?"

„Nein, wir waren zu zweit!"

„Eben! Dann kann es nur der andere gewesen sein, wenn Sie es nicht gewesen sind, oder?"

„Dazu sage ich nichts!"

„Wenn Sie es nicht gewesen sind, Sie aber nur zu zweit waren, dann kommt nur der andere infrage." Der Richter musste Druck machen. Es war nötig, dass der Angeklagte sich positionierte. Die Sache mit den Laienrichtern wurde ja bereits beschrieben – man darf nicht vergessen, dass diese Sache immer noch zu einem „Non-Liquet-Fall" hätte werden können. Das heißt, dass man einfach nicht genau feststellen kann, wer was gemacht hat. Und, wie alle wissen: „Im Zweifel für den Angeklagten." Ein beidseitiger Freispruch war hier immer noch im Rahmen des Möglichen, obwohl eine ältere Dame brutal zugerichtet worden war und nur mit viel Glück überlebt hatte. Es hatte schon Geschworenenverfahren gegeben, in denen die Geschworenen den Angeklagten trotz umfassenden Geständnisses freigesprochen hatten …

„Ich weiß es nicht!"

„Aber Sie vermuten es?"

„Ja, es wird der andere gewesen sein, weil sonst niemand da war." Das war ja schon einmal etwas, auch wenn „wissen" und „vermuten" vor Gericht natürlich ein großer Unterschied ist.

Manche Vorsitzende hätten längst das Fragerecht an die Staatsanwältin oder den Verteidiger weitergereicht. Dieser hier hörte nicht auf zu fragen und entlockte Lorenz immer weitere Kleinigkeiten.

„Und wie kommen Sie zum Auto des Opfers?"

„Der andere hat mir den Schlüssel gegeben. Er war vorher schon beim Wagen, hat den gestartet und einiges hineingeworfen. Dann hat er gesagt, ich solle fahren, also hab ich das gemacht. Wir hätten uns in Graz wieder treffen sollen, hat er gesagt."

Genau bei dieser Fahrt war Lorenz von der Polizei

gestellt worden. Im Auto ein zerbrochener und blutiger Baseballschläger, ein Messergriff – der natürlich zu der abgebrochenen Klinge im Körper des Opfers passte –, Kabelbinder und Kunststoffbänder. Wie eben behandelt war das Auto jenes des Opfers. Da hatte man einiges zu erklären …

Der Vorsitzende schob seine Lesebrille nach unten und blickte Lorenz über ihren Rand hinweg an. „Herr Angeklagter, damit ich und vor allem die Damen und Herren Geschworenen alles richtig verstehen: Sie dringen mit einem anderen in ein Haus ein. Sie sind mit einem Baseballschläger bewaffnet, den Ihnen der andere zuvor gegeben hat. Sie flüchten nach der Tat mit dem Kraftfahrzeug des Opfers, in das der Mittäter nach Ihrer Aussage noch gewisse Dinge hineingegeben hat. Sie werden auf der Flucht von der Polizei gestellt und verhaftet, haben einen ganzen Haufen Dinge im Wagen“, hier zählte der Richter noch einmal laut auf, was man alles im Wagen gefunden hatte, „nur kein Stück der Beute. Und mit dem Fahrzeug unterwegs sind Sie, weil Ihr Mittäter zu Ihnen gesagt hat, dass Sie damit fliehen sollen. Könnte es sein, dass dieser Mittäter, den Sie nicht benennen und der im Gegensatz zu Ihnen mit der Beute vom Tatort weg ist, Sie da ans Messer geliefert hat? Schon mal überlegt?“ Der Richter machte eine kurze Pause, bevor er weitersprach. „Und nehmen wir einmal an, es stimmt, was Sie sagen, dass Sie mit dem Opfer nichts gemacht haben. Dann hat Ihr Kompagnon das alles gemacht. Das Opfer, eine alte Dame, vor den Augen ihres dreijährigen Enkelkindes mit einem Baseballschläger so schlimm verprügelt, unter anderem mit Schlägen gegen den Kopf, dass dieser Baseballschläger abgebrochen ist. Und im Anschluss sticht er dem Opfer mit einem Küchenmesser noch mehrmals tief in den Rücken. Das alles vor den Augen eines dreijährigen Kindes. Diesen Täter decken Sie! Ich wiederhole: So jemanden decken Sie! Dabei haben Sie selbst Kinder, eine Familie …"

Der Vorsitzende legte alles in diese Befragung, seine Erfahrung aus tausend anderen. Er musste versuchen, den Angeklagten in seinem eigenen Wertegefüge abzuholen. Speziell nach dem Aktenstudium war dem Richter klar, dass er aus Michael, dem anderen Angeklagten, nichts herausbringen würde. Der Weg zur Schuldklärung musste deshalb über Lorenz führen. Und Lorenz war angezählt, das konnte ein erfahrener Blick erkennen. Er bäumte sich nicht mehr auf, schien seine letzte Kraft verbraucht zu haben. Man musste jetzt an ein Ende kommen.

„Ist der andere derjenige, mit dem Sie im Zuge Ihres Fluchtversuches mehrfach telefoniert haben?"

„Ja."

Der Richter las eine Telefonnummer vor. „Das ist die Nummer?"

„Ja."

„Wem gehört sie?"

Sogar die Journalisten hörten an dieser Stelle kurz zu schreiben auf und blickten Lorenz an. Ein paar Sekunden vergingen. Man konnte fast hören, wie Lorenz' Gehirn arbeitete.

„Michael", sagte er dann.

„Wem?"

„Michael, dem Zweitangeklagten."

„Sie sprechen so leise! Sagen Sie es laut und deutlich, damit die Damen und Herren Geschworenen es hören können!"

„Ja, Michael G. ist mein Kompagnon. Er war dabei."

„Also war er es, der dem Opfer die Verletzungen zugefügt hat?"

„Ich weiß es nicht!"

„Sie wissen es nicht? Aber er war dabei, wie Sie sagten. Und Sie waren es nicht, und ein unbekannter Dritter auch nicht. Das haben Sie ja selbst gesagt. Nur er kann es dann gewesen sein, richtig?"

„Ja."

„Bitte? Ich höre Sie so schlecht, Sie reden so leise!"

„Ja!"

„Und er wird es auch deshalb gewesen sein, weil er Ihnen ja noch den Messergriff ins Auto geworfen hat!", ergänzte der Vorsitzende.

„Ja."

„Und dafür haben wir jetzt so lange gebraucht. Warum? Haben Sie Angst vor ihm?"

„Nein!"

„Hat er Sie bedroht?"

„Nein!"

„Dann frage ich anders: Sind Sie bedroht worden, vielleicht von jemand anderem?"

„Ich sag nichts."

„Hatten wir schon. Von wem?" Auf dem Papier mag eine solche Frage vielleicht seltsam wirken, der Richter hatte aber aus der Betonung des Angeklagten abgelesen, dass er, der Richter, mit diesem Ansatz nicht völlig im Dunkeln tappte.

„Ich sag nichts."

„Ich wiederhole, hatten wir schon. Von wem? Hier in der Justizanstalt?"

„Ja, durch die Türe … jemand hat durch die Tür gerufen, dass ich ja nichts sagen soll, weil ich die Justizanstalt sonst in einem Sarg verlassen werde." Mit dieser Aussage hatten bestimmt nicht viele gerechnet, die Annahme des Richters bestätigte sich damit aber.

„Na wunderbar, der nächste Held. Ich kann Ihnen alle Häftlinge vorführen lassen. Es sind vielleicht fünf- oder sechshundert, die lassen wir nachher alle diesen Satz sagen! Vielleicht erkennen Sie die Stimme! Sehen Sie? Wir machen alles, um Licht ins Dunkel zu bringen. Service is our success!" Der Vorsitzende lächelte. „Pause! Kaffee und WC. Fünfzehn Minuten!"

Nach der Unterbrechung wurde der Zweitangeklagte, Michael, in den Saal gebracht. Bei ihm war schon vorab klar gewesen, dass er nichts Nennenswertes beitragen würde. Bei einem seiner früheren Einbrüche hatte ihn eine Videokamera aufgezeichnet – und sogar dann sah er noch immer keine Veranlassung, irgendetwas einzugestehen. Der Typ auf dem Video sehe ihm eben ähnlich, na und? Auch diesmal hatte sich seine Vernehmung schwierig gestaltet. Gesagt hatte er nicht viel, ständige epileptische Anfälle hinderten ihn daran. Dennoch war sich die Polizei nicht zu schade gewesen, jede seiner spärlichen Angaben so gut es ging zu kontrollieren. Zur Tatzeit sei er etwa in einem mehr als dreißig Kilometer entfernten Geschäft gewesen, und trotzdem sich niemand an ihn erinnern konnte, sichteten die Beamten noch sämtliches Videomaterial der dortigen Überwachungskameras. Er war darauf nirgends zu sehen. Dazu kamen weitere Umstände: Um die Tatzeit herum war sein Mobiltelefon vier Stunden lang bei keinem Sender eingeloggt gewesen, kurz vor Lorenz' Verhaftung im Auto des Opfers gab es aber nachweislich Telefonkontakte zu diesem. Sehr auffällig war auch, dass auf Michaels Telefon ein Foto von einem Schmuckstück gespeichert war, auf dem auch die Finger der Person abgebildet waren, die das Schmuckstück eben vor die Linse hielt. Aufnahmedatum plus Uhrzeit waren in der Datei gespeichert, und die beiden Finger passten auch zu Michael, der bei einem Job in einer Reinigungsfirma eines der Reinigungsmittel nicht vertragen hatte. Danach sahen die Finger auf dem Bild auch aus … übrigens hatte auch unsere dreijährige Zeugin ihrer Mutter erzählt, dass der Mann mit Glatze, der schlimm zur Oma gewesen sei, komische Finger gehabt habe. Zufall? Vielleicht! Bestimmt kein Zufall: Nach der Tat war ein Schmuckstück in seiner Jacke gefunden worden, das aus dem Haus der Opfer weggekommen war. Dazu noch hatte sich Michael vor seiner Verhaftung in einem Wettbüro aufgehalten, wo er fast 500 Euro verzockt hatte. Das ist für jemanden in ständiger Geldnot auch nicht so einfach zu erklären. Aus dem Safe des Hauses fehlten 1.000 Euro in Bar.

Trotz allem: Niemand war überrascht, als Michael Platz nahm und auf „in allen Punkten nicht schuldig" plädierte. Aus Sicherheitsgründen war sogar ein Sachverständiger dabei, der etwaige Anzeichen eines epileptischen Anfalls frühzeitig erkennen sollte. Eine entsprechende Untersuchung im Krankenhaus hatte in dieser Hinsicht keinerlei Befunde erbracht. Fast, als ob er das nur gespielt hätte – aber das musste natürlich Spekulation bleiben. Ebenso spekulativ hätte man also folgern können, dass die Epilepsie in Wahrheit eine Verteidigungsstrategie ohne echten gesundheitlichen Hintergrund war.

Mit diesem Richter würde Michael es jedenfalls nicht leicht haben. Er durfte kein Wort zu viel sagen, musste den absolut Planlosen, Naiven und Überraschten mimen, mit einem ausdruckslosen, nichtssagenden Gesicht, ohne körperliche Reaktion einer Angespanntheit oder von Wut oder dergleichen. Er wusste ganz genau, dass er nur bestehen konnte, wenn er die Laienrichter mit treuherzigen, fragenden Blicken einwickeln konnte. Immerhin hatte ein Freund, den er in der Justizanstalt getroffen hatte, Lorenz an seine Verschwiegenheitsverpflichtung erinnert, der sollte also nicht viel gesagt haben.

Entgegen seiner Vermutung wurde Michael nochmals zum gesamten Tagesablauf des Tattages befragt. Was er bei der Polizei schon angegeben hatte, wusste er nicht mehr im Detail, und zahlreiche Zwischenfragen mahnten ihn immer wieder zur Vorsicht, sich ja nicht in Widersprüche zu verwickeln.

„Lange Rede, kurzer Sinn: Sie waren nicht dabei, daher nicht schuldig?“, fasste der Vorsitzende dann zusammen.

„Ja.“ Dem Richter war, als sei Michael sogar selbst aufgefallen, dass dieses Wort nicht mit der Überzeugung ausgesprochen war, die er eigentlich hatte hineinlegen wollen, denn Michael schien ein wenig zu erschrecken, als er es aussprach.

Ansonsten erstreckte sich die Varietät seiner Antworten von „weiß ich nicht" bis „habe dafür keine Erklärung".

„Und wie kommt ein Schmuckstück in Ihre Jackentasche?"

„Das kann ich mir nicht vorstellen."

„Ist aber so gewesen!"

„Ich habe dafür keine Erklärung."

„Ernsthaft?"

Das Lächeln des Richters wirkte echt. Spielte der Vorsitzende mit ihm, versuchte er ihn aus der Reserve zu locken? Cool bleiben, nahm Michael sich vor. Das war ganz wichtig. „Die Jacke habe ich erst erhalten, als ich bei der Einvernahme eine Zigarette rauchen durfte. Ich hatte sie zuvor abgegeben und bekam sie wieder, als ich zum Rauchen ging."

„Sie wollen mir erklären, dass die Polizei Ihnen das Beweisstück untergeschoben hat?", schoss der Vorsitzende sofort zurück.

Das habe er nie behauptet, erklärte Michael achselzuckend.

Taktik ist bei Verhandlungen nicht unwichtig. Das gilt für beide Seiten. Ohne auf das Beweisverfahren zu warten, spielte der Vorsitzende den Notruf des Opfers vor, als danach ein nach wie vor angeschlagener Lorenz wieder auf der Anklagebank saß. Zu hören war eine schwerstverletzte ältere Dame, die mit letzter Kraft versuchte, Rettung und

Polizei zu rufen und dabei gleichzeitig einen Schwall an Informationen über die beiden Täter zu vermitteln. Es war gut zu hören, wie die Dame schnaufte und kämpfte, um nicht in Ohnmacht zu fallen. Im Hintergrund hörte man die Dreijährige furchtbar schreien und weinen. Das Entsetzen, das sich im Verhandlungssaal ausbreitete, nahm der Vorsitzende in Kauf. Es gehörte ins Kalkül.

„Die Kleine war ruhig, wie Sie sagten, Herr Angeklagter“, stellte der Richter dann fest. „Für mich hört sich das nicht so an. Wohlgemerkt zu einem Zeitpunkt, zu dem Sie und der zweite Täter den Tatort bereits verlassen hatten. Was glauben Sie, warum schreit das Kind hier so?“

Die Frage traf ihn mit der Wucht eines Baseballschlägers in die Rippen. Das Kind auf der Aufnahme schrie noch immer, markdurchdringend, alles zerfetzend und zerstörend, es schrie Schmerz, Unsicherheit, Frage, Leid und Entsetzen gleichzeitig hinaus, während die Großmutter verzweifelt versuchte, zu reden. Der beisitzenden Richterin schossen Tränen in die Augen.

Unterbrechung. Für mindestens fünfzehn Minuten.

Nach der Pause wurde das Beweisverfahren eröffnet. Man startete mit Michaels Frau Saskia, die – für einige sehr überraschend – ihr gesetzliches Entschlagungsrecht nicht wahrnahm und aussagen wollte.

„Ihr Beruf?“

„Hausfrau.“

„Sie arbeiten aber auch als Teilzeitkraft!“

„Ach so, ja.“

„Als?“

„Bitte?“

„Als was arbeiten sie? Keine schwere Frage, oder?“

„Reinigungskraft.“

„Bei der Firma Helis Reinigung in Weiz! Ich weiß“, ergänzte der Vorsitzende.

„Warum fragen Sie mich dann?“

„Damit ich sehe, ob Sie mich anlügen oder etwas verschweigen, ganz einfach – außerdem sind Sie Sexarbeiterin. Sind Sie da selbstständig, oder arbeiten Sie in einem Club, Bordell oder so?“

„Wie reden Sie mit meiner Mutter!?“, alterierte sich nunmehr eine jüngere Frau aus der zweiten Zuhörerreihe.

„Ich rede mit Ihrer Mutter so, wie ich es für notwendig erachte! Und Sie setzen sich sofort wieder hin. Sie dürfen zuschauen und zuhören, und wenn Ihnen das nicht genug ist, verweise ich Sie! Könnte mich auch nicht daran erinnern, dass Sie Ihre Mutter verteidigt hätten, als der Zweitangeklagte sie damals bedroht und beschimpft hat. Ich kenne auch diesen Akt. Also lassen Sie bitte die Kirche im Dorf.“

„Ich habe damals die Anzeige zurückgezogen“, fügte die Zeugin hinzu.

„Falsch! Bei einem Offizialdelikt geht das gar nicht. Sie haben nicht ausgesagt, deshalb wurde das Verfahren eingestellt. Aber bitte, darum geht es jetzt nicht. Sondern darum, dass Sie als ‚immergeile Hausfrau‘ inserieren. Ich kann Ihnen die Texte gerne vorlesen.“

„Nein!“

„Gut, dann antworten Sie wahrheitsgemäß, sonst haben Sie ein Problem. Alles klar?“

Saskia startete einen Rettungsversuch: „Michael hat mich nicht dazu gezwungen.“ Obwohl sie inzwischen getrennt lebten, standen sie auf gutem Fuß miteinander.

„Na großartig, alles freiwillig. Das Geld, das Sie verdienen, liefern Sie auch freiwillig ab?“

„Ja, aber nicht alles.“

„Ich kann mich nur wiederholen: Großartig!“

„Wir wollen uns eh einvernehmlich scheiden lassen, aber das Bezirksgericht verlangt dafür vier- oder fünfhundert Euro. So viel haben wir leider nicht.“

„Und wenn ich Ihnen sage, dass Michael am Tage seiner Verhaftung beinahe fünfhundert Euro im Wettbüro verspielt hat?“

Und so ging es weiter. Dass das Beweisverfahren ein einziges Fiasko für beide Angeklagte wurde, muss wohl nicht erörtert werden. An einer Stelle forderte der Vorsitzende Lorenz auf, seine bisherigen Angaben im Beisein Michaels nochmals zu wiederholen. Er tat es. Lorenz war besiegt, er konnte nicht mehr. Am Ende drehte er sich tatsächlich zu Michael um und sagte vernehmlich: „Gib es zu, es hat eh keinen Sinn mehr …“ Man sollte nie unterschätzen, wie viel Sitzfleisch man braucht, um so eine Sache durchzuziehen. Das schaffen nicht viele. Auch von denen nicht, die sich das zutrauen.

Zuletzt und mit besonderer Spannung wartete man auf das Opfer, das die Tat überlebt hatte. In Abwesenheit der beiden Angeklagten schilderte die Dame den gesamten Vorfall, und gab auch einige Details zu Protokoll, die sogar aus den Erhebungen der Polizei so nicht hervorgingen. Eine erstklassige Zeugin.

Eine Sache aber musste noch geklärt werden. Der Vorsitzende nahm sich viel Zeit dafür. „Ich weiß, dass das für Sie alles andere als angenehm ist, es ist aber sehr wichtig, dass Sie uns auch das Geschehen schildern, wie Sie vor der Couch am Boden knien …"

Auch hier blieb die ältere Dame mehr als souverän. Die 62-Jährige mit dem grauen Haar hatte mehrfache Notoperationen durchgemacht, um über den Berg zu kommen.

„Der mit der Maske hat meine gefesselten Hände nach vorne gezogen, und dann lag ich mit ausgestreckten Armen auf der Couch und hab am Boden gekniet. Mein Gesicht war auf die Couch gepresst, damit ich die beiden nicht sehen konnte. Ich wollte sie auch gar nicht ansehen, damit sie mir nichts tun mussten, schon vorher in der Küche habe ich absichtlich immer auf den Boden geschaut. Ich habe es irgendwie geschafft, mein Handy aus der Küche mitzunehmen, ohne dass sie es bemerkt haben, das war zwischen meinem Bauch und dem Sofa eingeklemmt, ich habe inständig gehofft, dass es nicht runterfällt. Als sie meine Arme nach vorne gezogen haben, hab ich schon gewusst, dass jetzt etwas passiert. Und dann hat mich der Baseballschläger getroffen, am Hinterkopf, heftig, und gleich noch einmal; das Dröhnen hat man in der ganzen Wirbelsäule gespürt. Dann noch Schläge in die Rippen, auf jeder Seite einmal. Die Ärzte haben mir nachher gesagt, dass auf beiden Seiten die Rippen gebrochen waren … ich bin aber nicht ohnmächtig geworden, sondern war nur ganz kurz benommen. Und dann ist es mir irgendwie ruhig vorgekommen, obwohl die Kleine neben mir auf der Couch war und so geschrien hat. Ich habe schon überlegt, ob ich jetzt endlich jemanden anrufen könnte, weil ich ja dachte, die sind vielleicht weg. Aber dann war ein Schnaufen hinter mir und plötzlich ein wahnsinniges Brennen, als einer mir mit dem Messer in die rechte Seite gestochen hat, immer wieder, so richtig tief. Dann war noch einmal kurz Ruhe, und dann wieder dieses Schnaufen, und er hat mich in die andere Seite auch noch ein paar Mal gestochen. Ich war die ganze Zeit ruhig, habe nichts gesagt, nur versucht, die Kleine zu beruhigen, so gut ich noch konnte. Und dann waren sie endlich wirklich weg. Ich habe noch ein bisschen gewartet und dann den Notruf angerufen. Beim Telefonieren ist mir die Luft ausgegangen, da konnte ich nicht mehr …"

„Sie haben bei den Schlägen und den Stichen nicht aufgeschrien?"

„Nein, ich habe mich ganz still verhalten. Ich habe nur darauf gewartet, was noch kommt. Ich wollte, dass die beiden sich beruhigen und weggehen."

„Noch ein Punkt, dieses Schnaufen, das Sie erwähnt haben: Haben Sie das während der Schläge mit dem Baseballschläger auch gehört?"

„Nein, da war es ganz ruhig. Ich weiß gar nicht, ob da beide gerade hinter mir waren, ich glaube nicht. Zwischen den Schlägen und den Stichen ist auch ein bisschen Zeit vergangen."

„Unpackbar … Frau Zeugin, ich verneige mich vor Ihnen! Ich weiß ja auch, dass Sie noch im Notarztwagen weiter versucht haben, Hinweise zu den Tätern zu liefern. Nur durch diese Hinweise war es möglich, wenigstens einen der Angeklagten so rasch zu erwischen."

Im Anschluss erklärte sich die Zeugin zu einer Gegenüberstellung bereit und erklärte, dass sie Michael eindeutig identifizieren könne, obwohl sie ihn im Zuge des Überfalles nur ganz selten angesehen habe.

Die Beratung unter den Geschworenen dauerte fünf Stunden, aber dennoch war sogar, als der Vorsitzende das Urteil verkündete, immer noch greifbares Entsetzen in diesem alten und geschichtsträchtigen Raum, der bald einem moderneren weichen sollte. Man mag sich gar nicht ausmalen, was über die Jahre an Furchtbarem in diesem Raum hängen geblieben war, in den Sesseln, Tischen, Lampen und Holzvertäfelungen. Hoffentlich nicht in den Seelen jener, die darin viel Zeit verbrachten.

Der Spruch ergab lebenslange Haft für beide Angeklagte. Ob das ihren Taten gerecht wird, werden die Instanzen klären.

# Irene

## Widerstand mit schönen Beinen

„Meine Mandantin wird sich nur teilweise schuldig bekennen. Ich möchte dazu jetzt gar nicht mehr ausführen, sie wird das alles selbst erklären“, begann der Verteidiger sein Plädoyer. Die Mandantin war Irene, in der Anklage stand „Widerstand gegen die Staatsgewalt und Verleumdung“.

„Ich habe gar nichts gemacht, ich bin völlig unschuldig. Und ‚Verleumdung‘ schreibt man ohne ‚N‘“, bemerkte Irene gleich zu Beginn der Verhandlung. Im Strafantrag hieß es tatsächlich „Verleumndung“, als Lehrerin war ihr das sofort aufgefallen.

„Die Satzgestaltung im Strafantrag ist auch mehr als sonderbar“, fügte sie hinzu.

„Das ist Juristendeutsch“, erklärte der Verhandlungsrichter kurz angebunden und setzte die Befragung fort. Irene blieb dabei, dass sie nichts gemacht habe. Gar nichts.

„Sie sind alkoholisiert mit dem Fahrrad am Gehsteig gefahren und wurden dann von der Polizei angehalten, oder?“

„Schon, aber ich bin nicht am Gehsteig gefahren, um der Polizei davonzufahren!“

„Das behauptet auch niemand. Sie wurden ja angehalten, weil Sie schon am Gehsteig gefahren sind."

„Das stimmt nicht! Die haben mich angehalten, weil ich einen kurzen Rock getragen habe, die wollten mich anschauen!", entgegnete Irene selbstsicher.

„Herr Rat, ja, sie ist mit einem Minirock am Rad gesessen, also gefahren – am Gehsteig, das stimmt!", sagte der Verteidiger, der seine Mandantin streng ansah und genauso streng die letzten vier Wörter betonte.

„Sag ich ja …", meinte der Richter.

„Meine Mandantin glaubt aber, dass sie nur deshalb kontrolliert wurde, weil sie einen Minirock getragen hat."

„Den Grund für die Kontrolle werden wir die Polizisten fragen müssen", warf nunmehr der Staatsanwalt ein.

„Da gebe ich Ihnen recht. Ich wollte nur deponiert haben, dass das der Eindruck meiner Mandantin ist", erwiderte der Anwalt.

„Ich werde nämlich immer kontrolliert, weil ich schöne Beine habe!", warf jetzt die Angeklagte ins Gefecht.

„Hohes Gericht", brachte sich der Verteidiger nochmals ins Spiel, „meine Mandantin hat zugegebenermaßen schlanke und schöne Beine, wie man sieht. Das ist jetzt ja praktisch amtsbekannt, wenn ich so sagen darf. Die Begründung für die Kontrolle ist, dass sie am Gehsteig gefahren ist."

Damit war ein wesentlicher Teil der Geschichte schon abgehandelt. Das alkoholisierte Lenken des Fahrrades war einer Streife aufgefallen. Weil sich Irene dann nach der Anhaltung mit der Polizei angelegt hatte, wurde daraus ein Widerstand gegen die Staatsgewalt. Sie war einem Beamten davongesprungen, hatte dem zweiten ihr Rad entrissen und dann versucht, unter gellend lauten Hilfeschreien die Fahrt fortzusetzen. Das alles wäre wenigstens aus strafrechtlicher Sicht nicht besonders interessant gewesen. Dass sie aber dazu noch behauptete, der sie kontrollierende Beamte habe nicht nur auf ihren Busen gestarrt, sondern diesen dann auch im Zuge der Verhaftung mehrfach berührt, und habe sogar in ihr Kleid gefasst, um zu erkunden, ob sie einen Büstenhalter trüge, brachte ihr einen zweiten Anklagepunkt ein. Die zuvor genannte „Verleumndung“. Um eine eventuelle Strafe aufgrund betrunkenen Radfahrens selbst ging es in dieser Verhandlung nicht.

Auch nach einer längeren Hin- und Widerrede blieb Irene bei ihrer Ansicht. Die Streife habe sie nur angehalten, weil sie so schöne Beine habe. Und eben einen schönen Busen. Sie habe eine durchsichtige Bluse angehabt, dieser hätte der Beamte nicht widerstehen können.

„Aber warum sollte der Beamte in ihre Bluse greifen, um in Erfahrung zu bringen, ob Sie einen BH anhaben, wenn Sie ohnehin eine durchsichtige Bluse tragen?“

Damit hatte sie nicht gerechnet.

„Oder war das Ihre Wunschvorstellung?“, kürzte der Staatsanwalt ab.

Ein ärgerlicher Fehler für Irene. Sie gab dann doch zu, dass sie das alles erfunden hatte. „Fesch waren sie aber, die Herren in Uniform“, fügte sie hinzu.

Unbestätigten Gerüchten zufolge entwickelte sich später eine zarte Liaison zwischen der Verurteilten und einem Polizisten. Ob es einer der beiden Beamten aus dem Streifenwagen war, weiß man nicht genau.

# Was ist Schuld eigentlich?

„Strafbar ist nur, wer schuldhaft handelt." So steht es im Strafgesetzbuch.

Was „Schuld" ist, wird im Strafgesetz aber nicht definiert, über das Wesen der Schuld sagt der Gesetzgeber also gar nichts. Um strafbar zu sein, genügt es nicht, dass sich Täter oder Täterinnen tatbestandsmäßig und rechtswidrig verhalten haben – sie sind nur strafbar, wenn sie auch *schuldhaft* gehandelt haben. Diese Schuld ist somit eine unverzichtbare Grundvoraussetzung für jede Bestrafung. Gibt es keine Schuld, gibt es auch keine Strafe. Klingt nicht nur logisch – ist es auch.

Was ist aber Schuld im herkömmlichen Sinne? Was ist darunter zu verstehen?

Schuld wird eigentlich meist als Vorwerfbarkeit des begangenen Tatunrechts angesehen, man wirft somit dem Täter, der Täterin vor, dass er/sie sich nicht für ein normengerechtes Verhalten, sondern für das Unrecht entschieden hat. So weit, so gut.

Deshalb lautet auch wahrscheinlich nach Beginn der Hauptverhandlung beim Strafgericht – nachdem zunächst einmal die personenbezogenen Daten der Angeklagten abgeklärt sind, der Anklagevortrag des Staatsanwaltes erfolgt ist, der Verteidiger die Gegenausführung erstattet und der Richter sich vergewissert hat, dass die Angeklagten wissen, worum es überhaupt geht – die erste in dieser Hinsicht wirklich relevante und somit konkrete Frage des Strafrichters an die Angeklagten: „Fühlen Sie sich schuldig?"

Genau genommen sollte diese Frage natürlich lauten: „Sind Sie schuldig?" Denn ob sich jemand schuldig *fühlt*, ist etwas ganz anderes. Man kann sich sogar schuldig fühlen, ohne es zu sein. Und umgekehrt. Die meisten Angeklagten fühlen sich sogar dann unschuldig, wenn die Schuld aus rechtlicher Sicht bereits belegt ist. Das mit dem Gefühl ist immer so eine Sache.

Um all diese Probleme zumindest einigermaßen zu umgehen, lautet diese erste Frage als Ganzes meistens: „Fühlen Sie sich schuldig im Sinne der Anklage?" Hier ist dann der unter Anklage gestellte Sachverhalt also miterfasst, wenn auch nach Meinung des Staatsanwaltes, also des öffentlichen Anklägers. Obwohl auch diese Frage immer noch nicht sicher vor Kritik ist, lassen Verteidiger sie üblicherweise zu, weil der fragende Richter so wenigstens einmal einschätzen kann, in welche Richtung die Verantwortungsdarlegung der Angeklagten gehen wird. Im Anschluss können die Angeklagten dann mit ihrer Darstellung der Dinge beginnen.

Weil aber nicht nur die vorliegenden, angenommenen oder geschehenen Sachverhalte, sondern auch die Angeklagten selbst unterschiedlicher nicht sein könnten, ergeben sich schon bei der Beantwortung dieser Frage die mannigfachsten Varianten – und manchmal auch gleich die ersten Missverständnisse. Die Frage nach Schuld oder

Unschuld jedenfalls ist daher aus vielerlei Hinsicht nicht immer gleich oder einfach zu beantworten …

Als Einstimmung auf dieses Thema ein paar der „schönsten“ Antworten aus vier Jahrzehnten als Richter.

„Vollschuldig, da gibt's nichts zu sagen!“ (Eine naturgemäß eher seltene Variante.)

„Schuldig. Ich habe an der Meinung des Staatsanwaltes nichts auszusetzen!“ (Noch seltenere Variante. Ein Richter versteht das vielleicht so: Man will lieber nicht auf ein Beweisverfahren eingehen. Wer weiß, was da sonst noch zutage käme?)

„Schuldig, ja. Mein Nachbar hat aber nichts anderes verdient!“ (Kein Kommentar. Wer weiß, was man sich für einen solchen verdienen würde …)

„Schuldig, Euer Ehren, und das in allen Punkten.“ (Diese Variante hat nichts mit dem Buch „In allen Punkten“ zu tun, der Prozess war Monate zuvor!)

„Schuldig in allen Punkten.“ (Diese schon. Nach dem Urteil bedankte sich der Angeklagte für das Verständnis und gratulierte zum Buch. Ich danke auch.)

„Schuldig nicht, ich übernehme aber die vollste Verantwortung!“ (Zielt offenkundig auf eine sogenannte „Diversion“ ab, wo das Verfahren ohne Urteil infolge Verantwortungsübernahme, geklärten Sachverhaltes und mangels Vorliegens von schwerer Schuld eingestellt werden kann oder sollte.)

„Schuldig, ich bin ein Idiot und stehe dazu!“ (Selbsterkenntnis ist der erste Schritt zur Besserung. Interessant wäre dann noch, wozu der Angeklagte steht. Zum „schuldig", zum „Idiot" oder – das wäre ja auch denkbar – sogar zu beidem?)

„Schuldig, mit Ausnahme der Anklagepunkte 74, 86 und 119!" (Bestens vorbereiteter Angeklagter, dem insgesamt mehr als 200 Einbruchsdiebstähle zur Last gelegt wurden.)

„Schuldig, da gibt es aber noch etwas, was ich zu gestehen hätte!" (Kann zu einer Ausdehnung der Anklage führen, wird aber – wahrscheinlich gerade deshalb – in freier Wildbahn sehr selten angetroffen.)

„Schuldig. Wer ist schon unschuldig?" (Einer meiner Lieblinge. Entweder ein Philosoph – oder jemand, der sich besonders gut mit dem Gesetz auskennt.)

„Nicht schuldig. Alles erstunken und erlogen." (Heißt: Das Beweisverfahren wird unumgänglich – und vielleicht spannend!)

„Nicht schuldig, sicherlich nicht!" (Nicht nur die Satzaussage ist in diesem Falle klärungsbedürftig.)

„Nicht schuldig, oder?" (Weniger seltsam, als man meinen könnte, wenn man weiß, dass der Sprecher aus Vorarlberg kam, oder?)

„Sicher nicht nicht schuldig!" (Könnte spannend werden … und macht auch für den geneigten Sprachnormierer ein praktikables Beispiel dafür aus, wie wichtig Beistriche sein können.)

„Ich bin nur schuldig, da gewesen zu sein." (Das könnte nun wirklich alles Mögliche bedeuten …)

„Nicht schuldig, und Gott ist mein Zeuge!" (Solange dem Gericht keine ladungsfähige Anschrift des gemeinten Gottes vorliegt, wird man um ein Beweisverfahren dennoch nicht herumkommen.)

„Nicht schuldig, und Sie wissen genau, warum!“ (Ist jedenfalls aus psychologischer Sicht nicht schlecht aufgebaut, dürfte aber nach dem Prinzip „Die Hoffnung stirbt zuletzt“ gemeint gewesen sein.)

Es gibt also ein ganzes Feld an möglichen Antworten auf die Frage nach der Schuld. Einige sind immer wieder interessant, manchmal sogar erheiternd, und sagen jedenfalls sehr viel mehr aus, als die Wörter alleine das täten.

Eines ist aber nach Tausenden Prozessen sicher: Die häufigste Antwort lautet …

„Nicht schuldig.“

Übrigens machen die Gesetzgeber gelegentlich ebenso kluge Normen, die gerichtlich interpretiert werden. Zu meinen Favoriten gehört etwa die Erkenntnis des Obersten Gerichtshofes (OGH): „Schütze ist jeder, der einen Schuss abgibt.“ (OGH, 20.2.1986, 7 Ob 2/86) An anderer Stelle erörtert der OGH: „Nach Verlassen eines Kraftfahrzeuges (KFZ) ist ein Lenker als Fußgänger anzusehen.“ (OGH, 1.3.1984, 8 Ob 212,213/83)

Gottlob ist das damit auch geklärt.

# Zwei Zivilrichter

## Witz oder Anekdote?

„Auf hoher See und vor Gericht bist du in Gottes Hand!“ Und wer weiß schon, wie Gott entscheidet, noch dazu in einem Zeitalter, wo man eher dazu neigt, die Existenz eines Gottes überhaupt infrage zu stellen. Unmissverständlich deutlich kommt dies übrigens auch durch eine kleine Anekdote zum Ausdruck, die der Autor dieses Buches im Zuge seiner Praktikantenzeit von einem seiner Ausbildungsrichter erfuhr. Sie geht so …

Zwei Zivilrichter spazierten eines Tages gemütlich um einen See, als ihnen ein Hundebesitzer mit seinem Hündchen entgegenkam, wobei das Tier weder an der Leine noch mit einem Maulkorb gesichert war. Es kam, was kommen musste: Das Tier biss einen der Zivilrichter in den Unterschenkel.

Der ungebissene Zivilrichter stellte den Hundebesitzer zur Rede, was diesen dazu veranlasste, sich sofort beim Gebissenen zu entschuldigen und seinen Vierbeiner umgehend an die Leine zu nehmen. Der Gebissene nahm die Entschuldigung an und gab dem Hundebesitzer noch einen 100-Euro-Schein, mit dem Beisatz, dass damit alles erledigt sei. Der Hundebesitzer nahm das Geld etwas überrascht und ging weiter.

Darauf fragte der Ungebissene seinen gebissenen Kollegen, ob dieser denn verrückt sei. Er als Geschädigter hätte ja von dem Hundebesitzer Geld nehmen sollen, und nicht umgekehrt, das Gesetz stehe da klar auf seiner Seite. Der Gescholtene antwortete: „Ich kenne die gesetzlichen Bestimmungen! Aber wer weiß, wie das der Oberste Gerichtshof sieht …"

# Ozim und Drago

## Mord oder Totschlag?

Vor Gericht gibt es immer einen gewissen „Ermessensspielraum“. Na ja, „immer“ ist vielleicht ein wenig übertrieben, aber das kommt schon ziemlich hin. Ein absoluter Klassiker dieses „Spielraumes“ ist die Unterscheidung zwischen Mord und Totschlag. Im Strafgesetzbuch gehört beides zu den „vorsätzlichen“ Tötungen. Wofür das Gericht sich entscheidet, macht einen entscheidenden Unterschied: Totschlag (§ 76 im Strafgesetzbuch) ist mit fünf bis zehn Jahren Freiheitsstrafe verbunden; beim Mord (§ 75 StGB) sind es zehn bis zwanzig Jahre oder lebenslänglich. Der prägnante Unterschied zwischen den beiden Sachverhalten: Zum Totschlag steht im Gesetz, dass der Täter sich in einer „allgemein begreiflichen heftigen Gemütsbewegung dazu hinreißen [ließ]“, das Opfer zu töten. Im normalen Sprachgebrauch würde man wohl von „Affekt“ sprechen. Ein Affekt, der im Durchschnitt mehr als zehn Jahre Unterschied macht.

Der eigentliche Unterschied zwischen Mord und Totschlag liegt also nur auf der inneren Seite des Täters, der sogenannten „subjektiven Tatseite“. Totschlag ist es, wenn die Tat während einer Gemütsbewegung geschieht. Diese Gemütsbewegung wird erfasst in den „sthenischen

Affekten" (z. B. Aufwallung und Zorn) und den „asthenischen Affekten" (wie Mutlosigkeit und Verzweiflung) – und die Tat selbst muss während dieser Gemütsbewegung erfolgt sein. „Absicht" in diesem Sinne ist nicht nötig, auch beim Mord genügt der bedingte Vorsatz.

Ich möchte Sie, verehrte Leserin, verehrter Leser, im Weiteren einladen, selbst ein Urteil zu fällen: Mord oder Totschlag? (Ich bitte schon im Vorhinein um Verzeihung, aber in diesen Bereichen gibt es nur furchtbare Geschichten, deshalb muss auch unser Beispiel eine solche sein …)

Ozim packte seine Tasche. Den Rasierer noch –

Da spürte er ihre Hände auf seinem Rücken. Ozim wollte gar nicht weg, aber er musste Geld verdienen. Er drehte sich um, und Jana lächelte ihn an, hielt seine Zahnbürste in die Luft.

„Nur die Zähne putzen, die du auch behalten willst", sagte sie neckisch.

Ozim tat sich schwer mit dem Lachen. „Ich hab gar keine Lust heute", sagte er seufzend.

„Ich weiß", meinte Jana leise, um die kleine Maria nicht aufzuwecken. Der ganze Stolz der beiden. „Aber wenn du das heute tust, hast du beim Chef einen Stein im Brett."

Jana verzog die Lippen ein wenig und versuchte, zuversichtlich dreinzublicken. „Bald bist du ja wieder da."

Ozim umarmte sie. Er liebte es, immer noch einmal ihre Wärme an sich zu spüren, bevor er losfuhr. Als wäre es möglich, diesen Sinneseindruck für die Fahrt zu konservieren, sich ein perfektes Abbild dieses Eindrucks einzuprägen, den man später abrufen konnte, wenn es notwendig wurde. Er war nicht gerne Fernfahrer. Er tat es für sie. Für sie beide, und für die Kleine. So war es im Leben: Die Momente, die ewig dauern sollten, waren in Wirklichkeit die kürzesten. Ozim machte sich von ihr los, zog sich an und ging zur Tür. Ein letztes Küsschen für Jana. Als er die Tür aufmachte, quietschte sie so laut, dass Ozim und Jana erstarrten und fürchteten, es hätte ihre Tochter geweckt. Sie lauschten. Es blieb ruhig in der Wohnung. Ozim grinste, drehte noch einmal um. Er hatte ein wenig Werkzeug, darunter auch Schmieröl. Er tröpfelte ein wenig auf die Scharniere, hob die Tür vorsichtig an, um keinen Lärm zu machen, öffnete die Tür probeweise und stellte fest, dass das Quietschen weg war. Er hauchte einen weiteren Kuss zu Jana und machte sich auf.

Nicht allzu lange darauf war er mit seinem Sattelschlepper schon auf der Autobahn unterwegs. Er verbrachte so viele Stunden in diesem Lastwagen, dass er mittlerweile wie ein zweites Zuhause für ihn geworden war. Er kannte jeden Zentimeter dieses Gefährts, jeden Ton, den der Motor von sich gab, jede Vibration der Fahrerkabine. Ozim blickte weit voraus, an die Grenze von Hell und Dunkel, wo die Scheinwerferkegel sich in die beginnende Nacht gruben. Er fühlte sich jetzt schon müde, obwohl er ausreichend geschlafen hatte, öffnete das Fenster ein wenig. Die kühle Luft erfrischte.

Plötzlich flammte die Warnleuchte für den Öldruck auf. Auch das noch. Ozim lauschte, ob der Motor seltsam klang, ihm fiel aber nichts auf. Dennoch: Weiterfahren kam nicht infrage. Das musste er sich ansehen, man konnte nie wissen, und er war noch nicht einmal weit gefahren.

Kurz darauf rollte sein Schlepper auf einen größeren Parkplatz, den links und rechts schon andere Lastwagen säumten. Ozim parkte ein und stieg aus. Er würde dem Motor ein bisschen Zeit zum Abkühlen geben, dann nachsehen, ob es ein Problem gab. Auf dem Weg zum Tankstellengebäude ging sein Blick über die abgestellten LKWs, die hier einer nach dem anderen aufgereiht waren. Der Lärm von der Autobahn erfüllte die Luft. Und da sah er Dragos LKW. Konnte das sein? Ozim überlegte. Das war schon seltsam, denn Drago wohnte nicht besonders weit von hier entfernt, und niemand schlief im Lastwagen, wenn es sich vermeiden ließ. Das eigene Bett war immer besser. Ozim klopfte an die Scheiben, aber niemand rührte sich. Drago war nicht da. Ein schlimmer Gedanke kam in Ozims Kopf, er versuchte, ihn wegzuwischen. Als er Drago dann auch auf dem restlichen Parkplatz nirgends fand, weder in der Tankstelle noch auf den Toiletten, kam derselbe Gedanke aber immer wieder, und es wurde immer schwerer, ihn wegzuwischen. Die Gedanken formten sich zu Worten, die er nicht hören wollte. Als er wieder in seinem Fahrersitz saß, waren diese Worte zu einer konkreten Frage geworden: Sollte er nachsehen?

Seine Schritte wurden unkoordinierter. Die Beine zitterten, wie ihm auffiel. Er war angespannt, viel mehr, als die Situation das hergegeben hätte. Nein. Er vertraute ihr. Er kam sich wie ein ausgemachter Idiot vor, dass er überhaupt hier war. Hierhergekommen war. Einfach umgedreht und wieder zurückgefahren war. Aber diese unerträgliche Nervosität hatte sich in seinem Magen ausgebreitet und ergriff immer mehr den restlichen Körper. Sein Herz ging viel zu schnell. Diese eine Sache hatte sich in seinem Kopf festgesetzt – und er konnte sie jetzt nur entkräften, wenn er sah, dass alles in Ordnung war. Dass er sich etwas einbildete.

Als er an das Haus kam, war alles ruhig. Friedlich. Zu friedlich, hätte man fast denken können. Alles war dunkel, obwohl es dafür noch ein wenig früh war. Jana sollte schon noch wach sein. Vielleicht war sie nicht hier? Aber sicher hätte sie Maria nicht alleine gelassen. Und dann stand Ozim schon vor der Tür und hätte fast den Finger auf die Taste für die Glocke gelegt, als ihm klar wurde, dass diese sie aufwecken würde, sollten sie einfach schlafen. Was ja möglich war. Und wahrscheinlich. Dann stand er sicher eine Minute vor dem Haus, unschlüssig, was er jetzt tun sollte. Er wollte schon zurück zum Lastwagen gehen, als er auf die Idee kam. Er könnte doch sehr einfach vom Zaun auf die Garage und von dort auf den Balkon steigen. Dann könnte er sie schlafen sehen, sich selbst für seine idiotischen Ängste auslachen und endlich weiterfahren. Er war ohnehin viel zu spät dran.

Einer der Uniformierten kam sofort auf Wasakovski zu, als er am Tatort eintraf.

„Guten Abend, Herr Rat! Schön, dass Sie da sind. Er liegt weiter vorne, beim Hauptplatz. Abgesichert ist schon alles, die Tatortgruppe ist aber noch auf dem Weg, genauso wie der Staatsanwalt und die Gerichtsmedizinerin. Sollen aber alle jede Minute da sein." Der Beamte machte eine kurze Pause, da er seit der Begrüßung kein einziges Mal Luft geholt hatte, dann fuhr er kurz angebunden fort: „Der Täter ist schon am Posten, auch die Zeugin. Sie hat einen Teil mitbekommen."

„Sehr schön. Schauen wir uns das mal an“, meinte Wasakovski ruhig, zückte sein Diktiergerät und ließ sich von dem Polizisten zum Opfer führen. Schon auf dem Weg dorthin fielen Wasakovski die dunklen Flecken auf dem leicht feuchten Kopfsteinpflaster auf. „Schaut nach Blutspur aus, oder?“, sagte er zu dem Polizisten.

„Das werden wir uns gleich ansehen … so etwas hat es in dieser Stadt, seit ich auf dem Posten bin, noch nie gegeben …“

Die Aufregung des Beamten war greifbar. Als sie ans Ziel kamen, sah Wasakovski schnell, warum das so war.

Die nackten Füße waren schmutzig und feucht, kräftig, aber irgendwie mitgenommen, und ganz zerkratzt. Sie sahen aus wie ein modernes Kunstwerk. Wasakovski ließ seinen Blick wandern. Über die Beine bis zur Hüfte, Bauch, Brustkorb. Eine männliche Leiche, nackt. Die Arme ausgebreitet wie zu einer abstrakten Umarmung.

„Einen schönen guten Abend!“, hörte der Richter die Gerichtsmedizinerin in seinem Rücken.

Wasakovski drehte sich um. „Einen wunderschönen. Sieht aber nicht danach aus.“

„Ich hab gewusst, dass du es warst, der mich da auf der Laßnitzhöhe überholt hat …“

„Kann nicht sein“, gab Wasakovski zurück. „An die Laßnitzhöhe kann ich mich genau erinnern, und dort gab es nur einen weißen Traktor auf der Autobahn.“ Er zeigte auf die Leiche: „Hämatome? Schleifspuren? Stumpfe Gewaltanwendung?“

„Schaut danach aus. Am Kopf massivst.“ Die Gerichtsmedizinerin zündete sich eine Zigarette an und bemerkte den vorwurfsvollen Blick des Richters. „Gesund will ich eh nicht sterben“, sagte sie trocken.

Nach der Obduktion würde sie Wasakovski erklären, dass sie noch niemals eine solche, gänzliche Zerstörung der Gesichtsknochen gesehen habe. Das gesamte Gesichtsfeld des Schädels, Schläfe, Stirn, Nase samt Kiefer, Backenknochen; alles zersplittert.

Am Posten traf Wasakovski auf den Beschuldigten.

„Ich werde alle Ihre Fragen beantworten“, sagte der schon zur Begrüßung. „Ich brauche keinen Rechtsbeistand.“

Ozim war ein Hüne. Er sprach ganz ruhig. Wasakovski klärte ihn über seine Rechte auf.

„Was ist geschehen?“, fragte er dann.

„Ich habe ihn umgebracht.“

„Wen?“

„Drago.“

„Warum?“

„Weil er ein Verhältnis mit meiner Frau hatte.“

„Jana?“ Ozim nickte.

„Woher wissen Sie das?“

Ozim schwieg, mindestens eine Minute. Der Richter gab ihm die Zeit, die er brauchte, bis er fortfahren konnte. „Ich habe es angenommen“, sagte Ozim dann. „Gewusst habe ich es nicht.“

„Jetzt wissen Sie es aber?“

„Ich habe sie gesehen.“

„Was haben Sie gesehen?“

Wieder kehrte Ruhe ein. Im Vernehmungsraum des

Postens hing eine alte Kuckucksuhr an der Wand. Das Pendel schlug regelmäßig, aber man hörte, dass mit den Zahnrädern etwas nicht stimmte. Es knackste, ebenso regelmäßig, zusätzlich zum Ticken der Uhr.

„Wie sie aufeinander gelegen sind. Nackt."

„Wo?"

„In unserem Wohnzimmer." Ozim schlug seinen Blick nieder. „Ich war eigentlich auf dem Weg nach Venedig. Mestre. Es hätte vielleicht die letzte Fernreise werden sollen – es … ist meine letzte Reise." Ozim redete immer noch ganz ruhig, zog bereits selbst die Konsequenzen aus dem, was hinter ihm lag.

„Sie hat gar nicht geraunzt", sagte Ozim dann. Wasakovski sah ihn verwirrt an.

„Die Tür. Ich hab sie geölt, bevor ich gefahren bin. Sie hat nicht geraunzt." Der Schatten eines Lächelns huschte über sein Gesicht. Es war aschgrau und fahl, die Augen saßen tief in ihren Höhlen. Seine Hände lagen vor ihm auf dem Tisch, zerschlagen und geschwollen. Blut klebte auch an seinem Pullover. Weil die Tür nicht gequietscht hatte, hörten sie nicht, wie er hineingekommen war.

„Als ich sie gesehen habe, wusste ich sofort, was ich tun musste."

„Nämlich?"

„Ich musste ihn töten. Er hätte nie mehr die Hände von meiner Frau gelassen, ich kenne ihn genau. Er ist immer falsch und berechnend, lügt, betrügt. Er ist kein guter Mensch."

„*War* kein guter Mensch", korrigierte Wasakovski. Ozim sah ihn an.

„Richtig. Er *war* kein guter Mensch. Deshalb habe ich gewusst, dass ich ihn schlagen musste, bis er ruhig war."

„Bis er bewusstlos war?"

„Bis er tot war."

„Sie wollten ihn schlagen, bis er tot war?"

„Ja. So lange, bis er tot war. Er ist gleich aufgesprungen, als er mich gesehen hat, aber im Wohnzimmer hab ich ihn schon gehabt. Ich habe ihm ins Gesicht geboxt, mit der Faust. Mehrmals." Ozim sah Wasakovski an. „Er wollte weiterrennen, aber bei der Eingangstüre hab ich ihn schon wieder erwischt, hab ihn wieder geschlagen, von hinten, auf den Rücken und den Kopf. Dann bin ich ihm auf der Straße nachgelaufen, hab ihn ein paarmal gefangen, er ist immer wieder davon. Er hat ja nichts angehabt, war nicht so leicht festzuhalten. Und dann ist er liegen geblieben. Ich hab nicht aufgehört, ihn zu schlagen. Er hat mein Leben zerstört, er hat sich den Tod verdient", presste Ozim heraus. Dann kamen die Tränen endlich.

„Haben Sie ihn getreten auch?", wollte der Untersuchungsrichter am Ende der Vernehmung wissen.

„Nein, ich habe ihn mit den Händen geschlagen. Jemanden, der am Boden liegt, tritt man nicht."

Und jetzt möchte ich das Wort wieder an Sie, liebe Lesende, lenken. Mord oder Totschlag? Sie können sich jetzt halbwegs ein Bild machen – es ist nicht ganz so ausführlich wie das richtige, ich denke aber, dass das Problem ganz gut herauskommt. Dieser Fall wurde übrigens vor einem Geschworenengericht verhandelt, diese Frage hatten also Laien zu beantworten.

Vergessen Sie nicht die Vorgabe, „nichts unerwogen zu lassen, was zum Vor- oder Nachteil des Angeklagten gereichen kann, [und] der Zu- oder Abneigung kein Gehör zu geben". Das ist aus dem Eid der Geschworenen als Laienrichter.

Der Verteidiger erklärte natürlich, dass es sich um einen Totschlag gehandelt habe, sein Mandant habe sich also „in einer allgemein begreiflichen heftigen Gemütsregung dazu hinreißen lassen, einen anderen zu töten".

Auch, was zuerst nach einem Detail aussieht, kann großen Einfluss auf diese Fragestellung haben. Etwa, dass der Angeklagte sein Opfer nicht getreten hat, als es am Boden lag. Ist man in einer heftigen Gemütsregung zu so einer Überlegung imstande? In Konsequenz müsste man sich Fragen wie diese beantworten: „Wird ein Totschlag zu einem Mord, wenn man es *unterlässt*, den am Boden Liegenden zu treten?"

Um Mitternacht lief die Beratung unter den Geschworenen noch immer.

Natürlich ist es nicht so, dass die Geschworenen in so einer Sache ganz ohne Grundlagen agieren. Es gibt eine hilfreiche Rechtsbelehrung. Etwa:

- Eine heftige Gemütsbewegung verlangt einen tiefgreifenden heftigen Affekt, der die verstandesmäßigen Erwägungen zurückdrängt; der von einem solchen Affekt ergriffene Täter wird von ihm mitgerissen (z. B. Oberster Gerichtshof/OGH, 12.10.1988).
- Zur Tatzeit muss ein tiefgreifender mächtiger Erregungszustand der Gefühle nach Art eines Affektsturmes vorliegen, der die verstandesmäßigen Erwägungen

zurückdrängt und eine ruhige Überlegung ausschließt. Der Affektsturm muss geeignet sein, nicht nur die normale Motivationsfähigkeit des Täters auszuschalten, sondern sogar stärkste sittliche Hemmungen, wie sie gegen die vorsätzliche Tötung eines Menschen bestehen, hinwegzufegen (OGH vom 30.8.1989, 14 Os 75/89, oder 27.6.1989, 15 Os 50/89).

- Der Affektsturm muss tatsächlich für den späteren, während des Andauerns der beschriebenen Gefühlsimpulse zu fassenden und zu realisierenden Tatentschluss kausal werden (11 Os 140/89 vom 7.2.1990).
- Der Tatentschluss muss in der allgemein begreiflichen heftigen Gemütsbewegung, also wegen und während des Affektes, der als zeitliche Klammer Vorsatz und Tat zu umschließen hat, gefällt worden sein (12 Os 43/93).
- Die systematische Vorgangsweise des Angeklagten, der nach der Auseinandersetzung mit dem Opfer, das nunmehr bereits wehrlos dalag, eine Lade öffnete, eine Hanfschnur herausnahm, diese um den Hals der Wehrlosen legte und zweimal verknotete, spricht gegen eine Affekthandlung (11 Os 154/75). Anmerkung: Ein heftiger Affekt, der die Hemmung zurückdrängt und zur Tat hinreißt, lässt dennoch ein planvolles Handeln zu.
- Eine heftige Gemütsbewegung kann unter Umständen auch einige Zeit fortdauern, sodass zwischen Tatentschluss und Tatausführung ausnahmsweise auch eine gewisse Spanne Zeit liegen kann (EvBl 1976/87 (LSK 1975/186; SSt46/49)).
- In Ausnahmefällen kann sich die Zeitspanne zwischen dem affektbedingten Entschluss zur Tat und der Aus-

führungstat über eine gewisse Zeit erstrecken, soferne die heftige Gemütsbewegung noch zur Zeit des jeweiligen Tatentschlusses zum Handeln bzw. Unterlassen andauerte. Eine objektive Grenze hinsichtlich der zulässigen Dauer dieser Zeitspanne zu ziehen, ist jedoch, wie in einer Studie überzeugend dargelegt, nicht möglich. Die Täterpersönlichkeiten und deren unterschiedliches Reaktionsvermögen schließen, ebenso wie die verschiedenartigen, oft exzeptionellen Sachverhalte, in welchen das tatauslösende Motiv und der affektbedingte Tatentschluss wurzeln, eine solche Relativierung aus. So können etwa sogenannte „Verzweiflungstaten" durchaus Ausdruck und – gegebenenfalls selbst mehrmaliger – Ausbruch einer schon seit längerem aufgestauten Gemütsbewegung sein, die schließlich bei einer der Konfrontationen des Täters mit dem Opfer zu einer deliktischen Spontanreaktion führt (vergleiche dazu auch Dokumentation „Moos – Mord und Totschlag im neuen Strafrecht", StPdG IV, 34 ff., insbesondere 72, 73, 122; Kienapfl, Grundriss I, RN 18 ff. zu § 76 StGB; Leukauf/Steininger, RN 8 zu § 76 StGB; EvBl 1976/87; JBl 1980, 162 (teilweise in LSK 1979/339); 12 Os 157/94 vom 1.12.1994).

- Der Sachverständige kann sich in seinem Gutachten nur dazu äußern, ob und in welcher Gemütsbewegung, allenfalls aufgrund welcher bestimmter Umstände, sich derjenige, der vorsätzlich einen anderen getötet hat, befand. Ob diese Gemütsbewegung allgemeinbegreiflich war, ist eine Rechtsfrage, die ausschließlich der Richter zu lösen hat (3 Bs 366/76 des OLG Innsbruck vom 14.10.1976; JBl 1986, 261. Vgl. § 281 StPO Nr. 57).

# Beatrice
## Der Stoff, aus dem manche Träume sind

Für einen Richter spielt es immer eine Rolle, Menschen zu lesen. Will meinen, aus ihren Äußerlichkeiten, ihrem Verhalten, der Körpersprache und weiteren Details Schlüsse zu ziehen. Rechtsverbindlich sind solche Schlüsse natürlich nie, aber sie können schon Anhaltspunkte ausmachen. Manchmal kommt es aber auch vor, dass man sich komplett täuscht …

Staatsanwalt Rambold blickte auf, als die Zeugin den Saal betrat. Nicht eigentlich betrat, sondern über die Schwelle schwebte. Das rote Kostüm saß wie angegossen, farblich perfekt abgestimmte High Heels an schlanken Beinen unterhalb des kurzen Rocks, der ein wenig nach oben rutschte, als sie Platz nahm. Sogar die Fingernägel waren passend lackiert, wie der zweite Blick offenbarte. Make-up und Frisur wie aus einem Katalog, beides zweifellos sehr aufwendig. Ihre kleine Handtasche stellte sie neben sich am Boden ab. Eine Duftnote von frischem Lavendel verbreitete sich im Saal.

„Sie sind Beatrice, geboren am 24.10.1990. Was machen Sie beruflich?", begann das Gericht mit der Befragung. Sie war die erste Zeugin, die im Zuge dieses Prozesses vernommen wurde. Der Angeklagte, zu dem sie aussagen sollte, hatte lange Zeit als Buchhalter in diversen Rotlicht-Lokalen gearbeitet, dann aber selbst ein sogenanntes Laufhaus eröffnet. Dort dürfte er, so die Anklage, auch einiges an Suchtgift vertrieben haben.

„Ich arbeite in der Qualitätssicherung, kann man sagen“, antwortete die Zeugin mit einem Wimpernaufschlag, der so manchen Toten in das Reich der Bewunderung zurückgeholt hätte.

„Wie haben Sie den Angeklagten kennengelernt?“, fragte der Richter Beatrice.

„Über meinen Ex-Freund, Mario. Die beiden kannten einander schon länger, Mario war damals Versicherungsvertreter. Mir ist bald aufgefallen, dass er ziemlich mit dem Geld um sich geworfen hat. Irgendwann hat er dann auf einmal Kokain aus der Tasche gezogen und hat mich so auch zum Koksen gebracht. Hundert Euro das Gramm. Ich war auch einmal dabei, als er Ware beim Angeklagten abgeholt hat, da hat er sechshundert Euro für sechs Gramm bezahlt. Ich war währenddessen im Auto. Als Mario wieder gekommen ist, hab ich mit der Feinwaage nachgewogen, und es stellte sich heraus, dass es nur vier Gramm waren. Ich habe Mario gesagt, dass er das reklamieren solle, und das hat er später dann auch gemacht und das Fehlende noch bekommen, aber dann nicht Koks, sondern Amphetamine.“

„Wie viel Amphetamin hat Mario da geholt oder gekauft?“

„Sechs Gramm, das Gramm zu einhundertvierzig Euro. Ich habe auch das nachgewogen, und es hat wieder nicht gepasst. Da hab ich dem Angeklagten dann selbst gesagt, dass er seinen Freund nicht betrügen solle. Mario selbst wollte nichts sagen, weil die Qualität so gut war. Dasselbe Spiel hatten wir dann ein paar Mal, bis der Angeklagte endlich angefangen hat, die korrekten Mengen zu geben …"

„Sie haben das immer nachgewogen?", wollte der Richter wissen.

„Ja, sicherlich."

Sie zählte die einzelnen Transaktionen detailliert auf. Das Gericht war baff. Die Angaben von Beatrice waren tatsächlich so genau, dass man aus ihnen sogar die verkauften Mengen unzweifelhaft feststellen konnte.

„Sie arbeiten also in der Qualitätssicherung, wie Sie früher sagten?", meinte der Richter abschließend.

„Ja, in einem großen Pharmakonzern. Mit Drogen habe ich schon lange aufgehört, seit meiner Trennung von Mario. War kein guter Einfluss."

„Sie sind ja Diplomingenieurin, und ein Doktorat haben Sie auch. Das zusätzliche ‚BSc.' heißt wahrscheinlich Bachelor, oder?", fragte der Richter.

„Das ist richtig", entgegnete die Zeugin. Staatsanwalt und Verteidigung blieb der Mund offen. Wer weiß, was die beiden sich gedacht hatten.

Beatrices Angaben konnte der Angeklagte im Weiteren nur mehr bestätigen, es hätte keinen Sinn gemacht, da noch etwas abzustreiten. Es geht nichts über Qualitätssicherung. Vor allem in professionellen Händen.

# Innocent

## Verkomplizierungen und zweifaches Glück

Gelegentlich gibt es Sachverhalte, die erst ganz einfach wirken, dann aber im Zuge der Verhandlung kompliziert werden. Manchmal erkennt man dann, dass die Abläufe doch nicht so klar sind wie zuerst angenommen. Immer wieder werfen auch die Aussagen der Zeugen Probleme auf. Das ist jetzt nicht als Angriff zu verstehen. Ich rede nicht von Lügen, sondern von der einfachen Tatsache, dass Menschen verschieden sind, und anhand ihrer persönlichen Werthaltungen Dinge eben auch verschieden interpretieren. Dazu kommen noch die Probleme der Erinnerung und jene der Sprache selbst. Erinnerung ist unzuverlässig. Das meiste merken wir uns ohnehin nicht lange. Vor allem Alltägliches vergisst man üblicherweise sehr schnell. Was nicht alltäglich ist, also besondere Ereignisse – um die geht es vor Gericht natürlich oft –, sind hingegen durch Emotionen verzerrt. Erinnerungen sind immer formbar, bewusst wie unbewusst. Es gibt Erinnerungsfehler, praktisch täglich.

Und zuletzt kommt eben noch die Sprache selbst dazu. Damit Kommunikation gelingen kann, vereinfachen wir. Alle. Ständig. Es geht gar nicht anders, sonst würden wir bei keinem Gespräch an ein Ende kommen. Vor allem lässt man weg, was man als selbstverständlich empfindet, was also aus eigener Sicht Teil des allgemeinen Weltwissens ist. Nur: Wir sind eben alle individuell, und das betrifft speziell auch das Weltwissen. Oft ziehen diese Vereinfachungen auch weitere Kreise, die nur durch geflissentliche Nachfragen zu klären sind. Speziell Täteridentifizierungen sind teilweise sehr schwierig. „Woran haben Sie den Täter wiedererkannt?" – „Weil er es ist!" … Die Haarfarbe wird man sicher oft noch zuverlässig sagen können, aber bei Augenfarbe, Größe der Nase und so weiter ist das schon eine andere Sache. Einmal ging ein Täter fast frei, weil seine Statur absolut nicht zum Gesuchten passte – er selbst klärte letztlich mit sichtlichem Stolz auf, dass er seit der Tat mehr als vierzig Kilo abgenommen hatte.

Ein schönes Beispiel für eine Verkomplizierung – auch, wenn man einräumen muss, dass die Verkomplizierung in diesem Falle eher nicht vom Angeklagten oder den Zeugen kam – ist die Geschichte um Innocent. Der hatte seine Baseballkappe abgenommen, als er in den Verhandlungssaal gekommen war, hatte freundlich gegrüßt, seinen Ausweis vorgelegt. Dann erklärte er, dass er sicher nicht einen anderen gefährlich bedroht habe. Das passte auch zu dem Eindruck, den er machte, aber da konnte man sich natürlich immer täuschen. Die angenehmsten Leute konnten unter den richtigen Umständen zu Monstern mutieren. Gegen Innocent sprach allerdings, dass es zwei Zeugen gab, die ihn eindeutig identifiziert hatten, und dass er für die Tatzeit auch kein Alibi vorweisen konnte. Also im Grunde ein sehr einfacher Sachverhalt, speziell natürlich ob der beiden vorhandenen Zeugenaussagen.

„Auch wenn er es jetzt bestreitet", erklärte der Staatsanwalt in seinem Eröffnungsplädoyer. „Für mich liegen die Fakten auf dem Tisch."

Im Akt war von einem Nachbarschaftsstreit die Rede. Da fing es aber auch schon an: Allein der Vergleich der Adressen des Opfers und Innocents zeigte bereits, dass das in Wahrheit nicht der Fall sein konnte, den beide wohnten ganz wo anders. Innocent jedenfalls blieb dabei: Er habe nichts gemacht.

Gut, dass man zwei Zeugen hatte, die sich völlig sicher waren.

Der erste Zeuge wurde also sogleich aufgerufen. Das Erste, was er sagte, war: „Gleich vorweg: Ich kann mich an gar nichts erinnern! Ich habe den ganzen Vorfall schon komplett ausgeblendet."

Richter: „Können Sie sich wenigstens an den Täter, beziehungsweise den Angeklagten erinnern?"

„Nein, keine Ahnung mehr, wie der ausgesehen hat."

„Aber … Sie haben bei der Polizei sogar eine Täterbeschreibung abgegeben. Und sogar an einer Gegenüberstellung haben Sie teilgenommen. Das wissen Sie auch nicht mehr?"

„Ganz ehrlich, Herr Rat: Nein. An diese Gegenüberstellung kann ich mich nicht mehr erinnern."

„Dann drehen Sie sich mal um. Hinter Ihnen sitzt der Angeklagte."

Der Zeuge drehte sich um, musterte Innocent, der nur ein Stück hinter ihm auf der Anklagebank saß. Dann meinte der Zeuge: „Nein. Den habe ich noch nie gesehen. Glaube ich."

Hier schritt der Staatsanwalt ein, der den Strafantrag retten wollte. „Aber bei der Polizei haben Sie das behauptet! Sie haben ihn eindeutig identifiziert!"

„Ich habe gar nichts behauptet."

„Aber Sie sind bedroht worden, angeblich!"

„Ich werde laufend bedroht!"

Hier schaltete sich der Richter wieder ein. „Bitte nicht abschweifen. Es geht jetzt um eine konkrete Drohung vom 16. März."

„An diesem Tag wurde ich nicht bedroht."

Diese Aussage rief nun wieder den Staatsanwalt auf den Plan. Er wurde langsam ein wenig unrund. „Wie bitte? Das können Sie einfach so sagen? Gerade sagten Sie, dass Sie nicht einmal den Täter erkennen, und jetzt wissen Sie, dass gerade an diesem speziellen Tag nichts passiert wäre?"

Der Richter stimmte mit ein. „Da gibt es etwas zu erklären, das sehe ich auch so. Vergessen Sie nicht, Sie stehen unter Wahrheitspflicht!"

„Jaja, weiß ich schon. Aber ich schreib mir alle Drohungen in meinem Kalender auf." Sprachs – und zog tatsächlich einen kleinen Kalender aus der Tasche. „Ich hab schon nachgeschaut, an dem Tag war nichts. Da war ich auch gar nicht im Dienst."

„Im Dienst? Was hat das damit zu tun?"

„Ich bin ja Parkwächter und kontrolliere die Kurzparkzonen in der Stadt. Da kommt es nicht so selten vor, dass ich bedroht werde … erst können die Leute sich nicht richtig hinstellen, und dann maulen sie und wollen die Strafe nicht zahlen."

„Aus dem Akt geht hervor, dass es sich um einen Nachbarschaftsstreit gehandelt hat", sagte der Richter.

„Ahh", machte der Zeuge, „das meinen Sie. Das Problem hat sich schon gelöst, mein Nachbar ist in der Zwischenzeit an einem Herzinfarkt gestorben. Weil er sich immer so aufgeregt hat über alles. Ja, mit dem hat es Probleme gegeben, und ich hab das auch angezeigt. Das steht aber alles in einem anderen Kalender, den habe ich nicht mit …"

„Und worum geht es dabei?", fragte der Staatsanwalt. „Ich weiß nicht, ob wir das noch brauchen, wenn der Mann schon tot ist, aber sicher ist sicher."

„Na ja, er hat gesagt, dass er mir einmal meine Uniform in den Mund stecken würde."

„Wie?", fiel der Richter ein. „In der Anzeige steht, dass er Sie mit dem Umbringen bedroht hat. Da gibt es schon einen Unterschied."

„Nein, das hab ich der Polizei sicher nicht gesagt. Aber der Beamte, der das aufgenommen hat, hat gemeint, weil ich ja gar keine richtige Uniform trage, kann er das so nicht schreiben, und er hat es halt dann ein wenig anders formuliert."

„Okay, ich verstehe, glaube ich", sagte der Richter. „Diesen Nachbarn haben Sie dann in einer Gegenüberstellung identifiziert."

„Nein", gab der Zeuge zurück. „Sicher nicht, das war ja mein Nachbar, den kannte ich seit Jahren."

Der Richter schnaufte, kramte im Akt und brachte dann einige Bilder zum Vorschein. „So, was ist dann das hier? Was ist das für eine Gegenüberstellung?"

„Oh, das ist wieder eine ganz andere Geschichte. Das war ein Autofahrer, der wollte mich aber nicht meine Uniform, sondern das Ticket selbst essen lassen. Man sieht ja auch, dass bei diesem Protokoll und den Bildern eine andere Aktennummer draufsteht."

„Dass Sie den Angeklagten identifiziert haben, steht aber auch drauf … oh, na gut, die Geschäftszahl ist wirklich eine andere … aber das war ja am selben Tag, also der Vorfall war am selben Tag …", versuchte der Richter zu kontern.

„Herr Rat, ich war in meinem Leben bei so vielen Gegenüberstellungen. Seien Sie mir nicht böse, aber es ist unmöglich, sich da alle Details zu merken. Ich werde ja eigentlich täglich bedroht."

„Und was ist dann mit diesem Angeklagten, der jetzt und hier hinter Ihnen sitzt?"

„Kenne ich nicht!"

So weit, so gut. Das konnte nun nur mehr der zweite Zeuge retten. Der erschien aber nicht zum Gerichtstermin. Bei genauerer Prüfung stellte sich auch bei dessen Unterlagen heraus, dass das Datum des Vorfalles ein ganz anderes war – ebenso wie auch hier die Geschäftszahl.

Der Staatsanwalt fasste resignierend zusammen. „Also, wir sind heute hier wegen einer gefährlichen Drohung. Wenn es um den Vorfall vom 16. März geht, dann ist der vermeintliche Täter laut dem Zeugen bereits tot. Wenn es tatsächlich um Herrn Innocent geht, der ja eigentlich der

Angeklagte ist, dann kann der Zeuge sich nicht mehr an ihn erinnern – weder an ihn, noch an den Vorfall selbst, den es ja nach den Kalenderaufzeichnungen des Zeugen gar nicht gegeben hat. Ich beantrage die Gesetzesanwendung …"

Das hieß im Endeffekt: Es war keine Schuld beweisbar. Nur Sekunden später gab es einen Freispruch für Innocent. Innocent stand von Ohr zu Ohr lächelnd auf, bedankte sich ebenso höflich, wie er zuvor gegrüßt hatte, nahm sein Käppchen und ging eilig und immer noch freudestrahlend hinaus. Keine zwei Minuten später hörte man durch die Fenster das Alarmgeklingel einer Straßenbahn. Wie sich herausstellte, hatte Innocent in seiner Freude die herannahende Straßenbahn übersehen. Zum Glück trug er keine bleibenden Schäden davon. Doppeltes Glück, an einem einzigen Tag.

# Jack und Roswitha

## Letzte Begegnungen

Es war ein früher Donnerstagabend, als Richteramtsanwärter Wasakovski auf seinem Fahrrad durch die beginnende Dunkelheit strampelte. Seit Jahren schon hielt er Rechtsberatungstermine für die Vinzenzgemeinschaft ab, die Menschen in Armut unterstützte.

Er hatte gerade in dem kleinen Büro Platz genommen, als es schon klopfte und eine große, kräftig wirkende Frau hereinkam. Ihr Haar war etwas durcheinander. Die abgetragene, dunkelbraune Lederjacke und die hochschaftigen Stiefel hatten ihre besten Zeiten längst hinter sich. Wasakovski kannte Roswitha schon seit einer ganzen Weile.

„Ich muss mit Ihnen reden, Herr Doktor. Es ist wichtig …"

„Bitte, setzen Sie sich doch." Roswitha, das wusste Wasakovski, wohnte mit ihrem Mann und den Kindern in einer Wohnhausanlage der Stadtgemeinde, die viele einfach nur die „Delogiertensiedlung" nannten. Allein die Wohnadresse ließ einen wissen, dass man es mit Geldproblemen zu tun hatte. Bei Roswitha war das nicht anders. Ihr Mann trank, und gelegentlich gab es Handgreiflichkeiten zwischen den beiden. Vor allem, wenn ihr Mann ihren Verdienst einforderte, brachte sie das regelmäßig auf die Palme. Das hatte schon einige Male zu unschönen Szenen geführt, manchmal auch vor den gemeinsamen Kindern. Roswitha war eine starke Frau, und sie wusste sich zu wehren. Sie war von kräftiger Statur, eins achtzig groß und wirkte in ihren hohen Absätzen noch größer. Sie war neununddreißig, sah mitgenommen aus, wie so viele Frauen, die vom Strich lebten. Die Polizei war immer wieder bei der Familie vor Ort, wo die Eheleute sich dann meistens auf einmal wieder vertrugen, dafür die Kinder die Beamten schimpften wie die Rohrspatzen. Die Beamten hatten die Hoffnung längst aufgegeben, einmal etwas länger für Ruhe sorgen zu können. Erst das engagierte Einschreiten der Vinzenzgemeinschaft konnte wenigstens ein paar friedenstiftende Maßnahmen setzen. Dass Roswitha sich auf diese einließ, zeigten schon ihre regelmäßigen Besuche bei Wasakovski. Und der hatte das Gefühl, dass sie ihr etwas aufbrausendes Naturell mittlerweile besser in den Griff bekam.

„Was gibt's?", fragte Wasakovski, nachdem Roswitha sich gesetzt hatte.

„Mein Mann hat schon wieder Probleme gemacht."

„Was war es diesmal?"

„Er hat mich beleidigt, gesagt, dass ich zu alt und zu hässlich für den Beruf bin. Dass ich froh sein sollte, wenn mich überhaupt noch einer mitnimmt. Er hat mich provoziert, das kann er gut …" Roswitha schlug die Augen nieder. „Ich hab mich vergessen und hab ihm eine reingehauen, und deswegen hat er einen Nasenbeinbruch … und jetzt hat sich das Jugendamt eingeschaltet. Die wollen uns die Kinder wegnehmen."

„So schnell geht das nicht. Wie sieht es jetzt aus mit Ihnen beiden?“

„Geht eh schon wieder. Wir lachen schon drüber.“

„Dann wird er im Strafprozess nicht aussagen?“

„Nein. Aber er kann die Anzeige ja nicht mehr zurückziehen. Das weiß ich von Ihnen, dass das in solchen Fällen nicht geht.“

„So ist es auch. Wenn er nicht aussagt, wird der Prozess aber mit einem Freispruch enden, keine Sorge“, versicherte Wasakovski. Er wusste, wovon er sprach. Gerade in Beziehungen geschahen derartige Vorfälle leider nicht selten, auch wenn die Verletzten meistens nicht die Männer waren.

„Sie glauben, dass uns da nichts passieren wird?“

„Das glaube ich. Das, was Sie beide miteinander machen, hat aber keine Zukunft, das sollte auch klar sein. Sie können nicht ständig wegen irgendeines Blödsinns aufeinander losgehen. Sie selbst müssen sich auch zurückhalten. Ich weiß, dass er widerlich sein kann, aber deshalb können Sie ihm doch nicht gleich das Nasenbein brechen.“

„Ich weiß …“, gab Roswitha zurück. Sie versuchte es wirklich, aber sie hatte auch ein verdammt anstrengendes Leben, und ihr Mann neigte dazu, es immer noch anstrengender zu machen. Sie hatte auch so genug um die Ohren.

„Wie geht es sonst? Brauchen Sie Geld?“

„Nein, danke, ich geh heute eh noch arbeiten. Und sonst geht es uns gut, danke der Nachfrage. Morgen machen wir einen Ausflug mit den Kindern, wir freuen uns schon darauf.“

Wasakovski musste ihr das Geld noch mehrere Male

anbieten, bis sie es endlich halb widerstrebend annahm, als er ihr die Scheine schon vor das Gesicht hielt. Roswitha war eine stolze Frau, sie mochte keine Almosen.

„Danke, Sie sind immer so nett zu uns."

„Gerne. Sie wissen, das Geld kommt nicht von mir, sondern von der Vinzenzgemeinschaft. Und wenn wir helfen können, wissen Sie ja auch, wo Sie mich finden."

„Ja, danke nochmals. Ich muss heim, ich muss mich noch zurechtmachen, Sie verstehen? Franz ist zu Hause, der trinkt schon seit zwei Wochen nichts mehr. Diesmal wird es wirklich besser, das spüre ich."

Sie erhoben sich, reichten einander die Hände. Beide lächelten. Trotz ihrer schwierigen Lage strahlte ein bisschen Zuversicht aus Roswithas Blick.

„Richten Sie Ihrem Schwiegervater bitte meine Grüße aus", sagte Roswitha zum Abschied. Wasakovskis Schwiegervater und er selbst wechselten einander bei der Rechtsberatung ab, und Roswitha kannte auch diesen sehr gut.

Wasakovski und Roswitha wussten nicht, dass eben ihr letztes gemeinsames Gespräch zu Ende ging.

Roswitha ging nach Hause und bereitete sich vor. Sie schminkte sich, schlüpfte in eine neue Strumpfhose. Gegen zehn Uhr nachts verabschiedete sie sich von ihrem Mann, der rauchend am Balkon stand. Knapp nach Mitternacht sah man sie zum letzten Mal an ihrem Standplatz in der Grazer Griesgasse.

Es vergingen mehr als zwei Monate, bis ihre Leiche in einem Bachbett im Norden der Stadt entdeckt wurde. Jemand hatte sie mit ihrem eigenen Büstenhalter stranguliert.

„Ganz schön starker Schlitten!“ Sabine in den knielangen Lederstiefeln beugte sich unter das Stoffdach des Cabrios und steckte ihr Gesicht beim geöffneten Beifahrerfenster hinein. Sie tat es so, dass ihre ausladenden Brüste den unteren Teil der Fensteröffnung einnahmen. „Bist du auch so stark?“, meinte sie verführerisch.

Er lächelte. „Kommt darauf an. Kannst du dich überhaupt um starke Männer kümmern?“

Sie verengte ihre Lider. „Ich kümmer mich am liebsten um starke Männer …“

„Ich such eine, die nicht so zimperlich ist.“

„Dann bist du bei mir an der richtigen Adresse“, hauchte sie fast und stieg ein.

Als sie im Wagen saß, legte sie mit einem verschmitzten Lächeln ihre Hand zwischen seine Beine, er schlug sie aber grob weg. „Lass das, du Miststück! Du siehst ihn noch früh genug!“ Dann trat der Mann plötzlich und vehement aufs Gas, das Cabrio mit dem acht Zylinder Big Block setzte sich mit durchdrehenden Reifen in Bewegung. Sein aggressiver Fahrstil und die grobe Behandlung schienen gar nicht zu dem fast schon kleinen Kerl auf dem Fahrersitz zu passen. Nach den wenigen Sätzen, die sie zuvor gewechselt hatten, sagte er noch dazu kein einziges Wort mehr, auch das wurde ihr sehr bald unheimlich. Als er erst bei Dunkelorange und dann sogar direkt bei Rot über eine Ampel fuhr, bekam sie immer mehr den Eindruck, er wolle verhindern, dass sie aus dem Fahrzeug sprang, und mochte deshalb nicht stehenbleiben. Vielleicht war sie auch einfach paranoid? In diesem Gewerbe war das nicht einmal das Schlechteste. Sein Schweigen beschäftigte sie so sehr, dass sie erst nach einer Weile feststellte, dass sie die Grenzen der Stadt schon hinter sich gelassen hatten, und weit und breit nur mehr schwarze Nacht zu sehen war. Üblicherweise gab es einiges zu klären, bevor man zur Sache kam. Allein schon, was die Wünsche des Kunden waren. Dieser Kerl hier hatte nicht einmal gefragt, wie viel sie verlangte. Da machte er endlich den Mund auf. Als ob er ihre Gedanken erraten hätte.

„Was hältst du von der Gegend, mein Sugarbaby? Ich will schon ungestört sein, und ein bisschen Zeit mit dir haben. Wenn ich so aufgeregt bin, na ja, du weißt schon … ich soll ja auch was davon haben. Beim Preis ist übrigens alles okay. Du nennst ihn, ich zahle. Ich werde nicht mit dir feilschen."

Vielleicht hatte Sabine sich auch getäuscht. Jetzt klang er auf einmal … ausgeglichen, ruhig. Fast monoton. Endlich sah er sie auch einmal an, sein Lächeln war gar nicht unsympathisch. „Und nachher trinken wir noch eine Kleinigkeit, oder? Bist natürlich eingeladen", schob er nach.

„Na fein", sagte sie. „Klar. Kennst du einen Platz hier in der Nähe?"

„Ich glaub, ich wüsste da schon einen. Ist gleich da vorne, da sind wir ungestört."

Keine Minute später rumpelte der Wagen schon über einen Schotterweg, nur Schwärze um sie herum. Sabine war immer noch unruhig. In den Jahren im Business hatte sie ein ganz gutes Näschen für die Kunden entwickelt, aber dieser Typ ließ sich nicht einordnen. Vielleicht war er auch selbst nervös, und verhielt sich deshalb seltsam. Dann bremste er, sie blieben stehen. Sabine hatte keine Ahnung, wo sie überhaupt waren. Die Stadt schien viele Kilometer hinter ihnen zu liegen. Sie waren allein im Nirgendwo.

Er begann, ihre Beine zu streicheln, seine Hand rutschte in ihren Schritt, und sie zog ihr Höschen und ihre Strumpfhose aus. Dann fasste er sie grob an, zog seine Hand aber Sekunden später wieder zurück und schnüffelte an seinen Fingern.

„Du bist ganz frisch. Ich liebe es, wenn Frauen so frisch sind. Und eng. Eine süße kleine Jungfrau. Versprich mir, dass du bluten wirst."

Das hätte man als weiteres schweres Warnsignal verstehen können, aber Sabine war lange genug im Geschäft, um zu wissen, dass die Vorstellung, es mit einer Jungfrau zu tun, so manche anmachte. Ihn hätte sie nicht so eingeschätzt. Sie lächelte unsicher.

„Verzeih bitte, dass meine Hände so kalt sind. Ich muss sie ein bisschen wärmen …"

„Macht nichts", sagte sie. „Die werden schon noch wärmer."

„Du bist sehr hübsch. Genau mein Typ Frau", sagte der Mann verträumt und sah sie an.

„Danke."

„Bist du schon lang im Geschäft?"

„Es geht."

„Und? Keine Lust aufzuhören?"

Sabine war nicht ganz klar, was er jetzt wollte. Mochte er wirklich hier und jetzt über ihren Beruf diskutieren?

„Ich weiß", meinte er, bevor sie noch antworten konnte, „es ist schwer, damit aufzuhören. Nicht nur die Frage, was du sonst machen solltest – irgendwo gefällt es dir ja auch, oder? Du hast die Macht über die Männer. Kannst spielen mit ihnen, sie an der Hand führen, kannst sie zappeln lassen oder sie erlösen. Du kannst ihnen wehtun, aber bringst ihnen auch die Erlösung, gibst ihnen ihre Träume zurück, ihre geheimsten Wünsche. Und bei alldem können sie dich trotzdem nie wirklich besitzen. Sie können dich nehmen, aber du gehörst ihnen nie. Du saugst sie aus, bespuckst sie, aber sie dürfen dich nicht auf den Mund küssen. Was ist das nur für eine verkehrte Welt? Du leckst ihre Hoden, aber du küsst sie nicht. Du erhältst das Glück der anderen, ohne selbst glücklich sein zu müssen. Du bist erst glücklich, wenn das Geld kommt, und dann auch wieder nicht wirklich, weil du da ja schon auf dem Weg zum Nächsten bist. Eine ewige Geschichte. Sie erzählt sich von selbst, und trotzdem versteht sie keiner. Niemand. Außer einem."

Was faselte der Typ? Er kam ihr immer mehr vor wie irgend so ein Psychoheini. Vielleicht hörte er sich auch einfach gerne selbst reden.

„Zieh den Minirock und die Jacke aus", sagte er dann unvermittelt und öffnete seinen Gürtel, drückte ihren Kopf grob in seinen Schoß. Es war unbequem. Dann zog er sie plötzlich wieder hoch und befahl ihr auszusteigen.

Draußen war es dunkel, man sah wenig mehr als die schwarzen Umrisse der Pflanzen und ein paar Sterne. Zwischen Himmel und Erde gab es kaum einen Unterschied. Er kam an sie heran und drückte sie sofort wieder in eine gebückte Haltung. Ein bisschen später stand sie nach vorne gebeugt am Wagen, er keuchend hinter ihr, und sie versuchte ihm diese Illusion zu schaffen, für die sie bezahlt wurde. Er nahm sie heftig, zwischen den Stößen bemerkte sie kaum, wie seine Hände über ihren Körper wanderten, über ihre Schultern, ihren Hals. Er machte sich an ihrem BH zu schaffen, brauchte ein paar Versuche, um ihn zu öffnen. Sie bemühte sich, laut zu stöhnen, als sein Hecheln immer schneller wurde, in der Hoffnung, diese Prozedur abkürzen zu können.

Dann spürte sie etwas an ihrem Hals, irgendetwas wurde ihr von hinten über den Kopf geworfen und zog sich plötzlich ruckartig um ihre Kehle zusammen. Seine Stoßbewegungen endeten abrupt, er schlug ihr gegen den Rücken, dass sie strauchelte und nach vorne stürzte. Sie schlug mit den Knien auf den steinigen Boden, blieb dann auf dem Bauch liegen, er immer noch auf ihr. Das Ding um ihren Kehlkopf zog sich immer fester zusammen. Der Typ schnaufte und zog nun mit aller Kraft an der Strumpfhose, die er um ihren Hals geschlungen hatte. Sie würgte, begann zu husten, er gab nicht nach, saß jetzt auf ihrem Rücken. Eine rot glühende Panik ergriff Sabine mit einer Urgewalt, die alles andere mitnahm. Sie versuchte sich aufzubäumen, ihre Muskeln spannten sich in Todesangst, aber er ließ sich nicht abwerfen.

„Jetzt schaust du aber, damit hast du sicher nicht gerechnet, oder?“, sagte er. „Und du wolltest mir was vorspielen?“ Sie versuchte verzweifelt Luft zu holen. Er war wie besessen. „Das bekommst du für deine Falschheit“, keuchte er. Er begann sie zu beschimpfen, nannte sie eine Drecksau, die er nicht nötig hätte, um zu einem Höhepunkt zu kommen, den sie ihm ohnehin nie verschaffen könne. „Meinen Samen kriegt ihr nie, ihr verlogenen

Fotzen. Schon bei den Müttern beginnt die Falschheit von euch Weibern."

Er steigerte sich wieder in einen seiner Monologe, immer noch auf Sabines Rücken sitzend, schrie seine zunehmend wütende Anklage in die Nacht. Eine alles umfassende Schwärze wuchs von den Rändern ihres Gesichtsfeldes nach innen und sog die rot leuchtende Panik langsam auf. Er schimpfte noch weiter, als sie ihn schon längst nicht mehr hörte.

Bei Sabine war es eine simple Strumpfhose, Tausende Kilometer weiter waren in drei Fällen die Büstenhalter für die Strangulation benutzt worden – ebenso, wie es in geringerer Entfernung auch bei Roswitha vor Monaten ihr Büstenhalter gewesen war. Ein Gutachten sollte später zu der Erkenntnis kommen, dass die Knoten in den Kleidungsstücken in allen Fällen identisch waren. Alles wies darauf hin, dass es sich um ein und denselben Täter handelte.

Auf Wasakovskis Schreibtisch sammelte sich am Ende ein riesiger Akt an. Er war eben erst Untersuchungsrichter geworden, und sein Vorgänger hatte ihm den Großakt mit den Worten übergeben, dass der Akt so gut wie fertig sei. Man warte nur mehr auf den Abschlussbericht des Sachverständigen, dann könne man Vollanzeige erheben und den gesamten Akt an die Staatsanwaltschaft weiterleiten. „Eigentlich ist da gar nichts mehr zu tun", hatte der scheidende Untersuchungsrichter zu seinem Nachfolger Wasakovski gesagt. So schnell ging es dann aber doch nicht.

Schon früher hatten gewisse Kräfte ihre schützenden Hände über Jack gehalten, den bekannten Mörder und

Schriftsteller, den manche Medien romantisch verklärt den „Häfenpoeten" nannten. Bereits als Vierundzwanzigjähriger war Jack für den Mord an einer Frau zu lebenslanger Haft verurteilt worden. In einem weiteren Fall, einem Mord in Salzburg, war er zwar dringend tatverdächtig gewesen, seine Involvierung konnte aber nie restlos bewiesen werden. Obwohl 1976 wegen Mordes lebenslang verurteilt, war Jack 1990 letztlich auf Bewährung, aber ohne Auflagen, entlassen worden.

Vor Gericht landete er 1994 wieder. In diesem zweiten Prozess ging es dann um Roswitha, um Sabine, aber auch um neun weitere Morde, die allesamt *nach* seiner bedingten Entlassung passiert waren. In einer Zeit, in der er auf jeder Schickimicki-Party ein gern gesehener Gast war, Kulturschaffende wie Politiker ihn stolz zu ihrem Freundeskreis zählten, ihn als Geläuterten präsentierten, ein erfolgreiches Beispiel dafür, wie man von „böse" wieder zu „gut" kommen konnte. Größen wie Günter Grass, Elfriede Jelinek oder Ernst Jandl hatten seinerzeit die Petition unterschrieben, um Jack wieder auf freien Fuß zu bringen.

Dass die Entlassung 1990 auch politisch motiviert gewesen war, zeigte sich in dem zweiten Prozess ziemlich gut. Er zog sich hin. Jacks zwei Verteidiger bestanden erwartungsgemäß darauf, dass Jack in allen Punkten unschuldig gewesen wäre, sämtliche belastende Informationen in Wahrheit nicht mehr als Indizien seien. Wasakovskis Vorgänger hatte sich der damals völlig neuen Methode der DNA-Analyse bedient und war so Stück für Stück zu weiteren Ergebnissen und unumstößlichen Beweisen gelangt. Wie früher schon versuchte die Politik zu intervenieren. Wasakovskis Vorgänger hatte sich gegen Angriffe auf seine richterliche Unabhängigkeit zur Wehr setzen müssen. Eine politische Partei empörte sich etwa, dass er „ausländische Gutachter“ hinzugezogen hatte, und tätigte deshalb sogar eine parlamentarische Anfrage, die unter anderem dazu führte, dass das Gericht dem Ministerium im Weiteren Rechenschaft ablegen musste …

Das letztendliche Urteil fiel erst nach einer ebenfalls langen und langwierigen Verhandlung. Am Ende lautete es aber in neun der elf Fälle auf schuldig. Die Haft: lebenslänglich. Wie in einem Film wurde der Urteilsspruch von einem Blitzeinschlag in unmittelbarer Nähe des Gerichtsgebäudes begleitet.

„Wenn das kein Zeichen ist …“, meinte der beisitzende Richter.

Jacks mörderische Exzesse fanden endlich ihren Schlusspunkt. Er wurde abgeführt und in seine Zelle gebracht. Nur wenige Stunden später läutete Wasakovskis Telefon. Er müsse sofort kommen. Der berühmte Häftling hatte sich mit der Schnur seiner Jogginghose erhängt. Der Anstaltsarzt war bereits dort gewesen, hatte aber nur mehr Jacks Tod feststellen können.

Wasakovski sah sich in der Zelle um, in der Jack seine letzten Monate verbracht hatte. Jack Fußspitzen schwebten nur knapp über dem Boden, sein lebloser Körper drehte sich langsam hin und her. Am Bett lagen nur einige wenige Habseligkeiten. Schreibutensilien, einige beschriftete Zettel auf dem Tisch. Auf einem war ganz groß „ILD“ geschrieben. Vielleicht stammte er von der Frau, mit der Jack die letzten Monate über während seiner Untersuchungshaft oft Kontakt gehabt hatte. Auf dem Boden stand eine Tasche mit Kleidung, alles zusammengepackt, wie für eine bevorstehende Reise. Wasakovski ließ alles beschlagnahmen, auch einen Kassettenrekorder und ein paar Tonbänder.

Neben dem eigentlichen Ortsaugenschein würde es auch eine gerichtliche Leichenöffnung geben, das war gleich klar, und das Wachkommando würde sich der Frage stellen müssen, ob man den eventuell suizidgefährdeten Häftling nicht ausreichend überwacht hatte. In dieser Sache wurde auch auf Fremdverschulden hin ermittelt. Immerhin war Österreichs prominentester Häftling tot. Die Augen der ganzen Welt waren auf ihm gelegen, zahlreiche Radio- und Fernsehsender waren während des Prozesses vor Ort gewesen. Durch seinen Tod konnte auch der Schuldspruch in neun Mordfällen von weiteren Instanzen weder aufgehoben noch bestätigt werden, er wurde daher auch niemals rechtskräftig. Das ist der Grund, warum Jack üblicherweise als „Mörder", nicht aber als „Serienmörder" bezeichnet wird. Rechtskräftig verurteilt wurde er nur in einem einzigen Fall, wobei allerdings mehr als wahrscheinlich ist, dass er für weitere zwölf Morde verantwortlich war und weitere Instanzen das Urteil bestätigt hätten. Aber das muss für immer Spekulation bleiben.

Wasakovski fiel es zu, sämtliche Tonbänder und Notizen Jacks durchzuackern, um etwaige Hinweise auf ein Fehlverhalten der zuständigen Beamten bei Jacks Unterbringung und Sicherung nach dem Prozess zu finden. Hatte ihn jemand in den Suizid getrieben oder war ihm dabei behilflich gewesen? Wasakovski verbrachte einen sehr langen und anstrengenden Tag damit, genau diese Fragen zu beantworten. Eine ganze Meute belagerte ihn, gierig nach Informationen, die seit Jacks Tod nun nur mehr Wasakovski geben konnte – falls Dementsprechendes auf den Bändern gewesen war. Fragen über Fragen; und Wasakovski enttäuschte sie alle. Er gab keine Antworten, sagte niemandem etwas zu den Inhalten der Tonbänder und schriftlichen Aufzeichnungen. Er hielt sich an seine Aufgabe, und die war es festzustellen, ob Fremdverschulden möglich gewesen wäre. Letztlich gab es keine Anhaltspunkte für ein Fremdverschulden am Tode Jacks. Als Wasakovski mit der Sichtung der Materialien endlich durch war und sich nach einer Dusche sehnte, hatte sich schon ein weiterer Häftling erhängt … Die nächste lange Nacht wartete.

Beinahe dreißig Jahre später fiel Wasakovski beim Aufräumen seines Büros ein alter Zettel in die Hände. „Danke für die Besuchszeitverlängerung! Jack." Wasakovski musste dann weg, und als er nach Stunden wieder zurück in sein Büro trat, war der Zettel verschwunden. Gut möglich, dass er heute ein wertvolles Sammlerstück ist.

Wasakovski gehörte ab 1993 unter anderem auch als Beisitzer einem Schöffensenat an, der sich mit dem Sexualstrafrecht befasste. Am Ende seiner Karriere hatte er Hunderte Akten mit den furchtbarsten Dingen erlebt, die man sich vorstellen kann.

# Alfons

## Wenn man besser den Mund aufmacht

In jedem zivilisierten Land hat ein Angeklagter das Recht, sich zur Sache zu äußern. Er hat das Recht, sich vorab mit seinem Verteidiger zu besprechen. Und er hat das Recht, nicht auszusagen.

Alfons hatte diese Belehrung schon von der Polizei erhalten und sich dazu entschieden, genau das zu tun: nichts zu sagen. So weit, so gut. Abgesehen von der Einvernahme Alfons' hatte die Polizei einige weitere Einvernahmen durchgeführt, und es gab auch eine Videoaufnahme, die den Vorfall angeblich zeigen sollte.

Die Anklage lautete auf gefährliche Drohung und vorsätzliche Körperverletzung. Alfons habe einen Security in einer Diskothek mit dem Umbringen bedroht und ihm einen schweren Kopfstoß versetzt.

Seine bisherige Strategie führte der Angeklagte dann auch im Verfahren – vorerst – weiter. Als der Richter ihn fragte, was er zur Anklage zu sagen habe, antwortete Alfons, dass er sich dazu nach wie vor nicht äußern wolle.

„Sie wissen, dass ein Geständnis ein wesentlicher Milderungsgrund ist?“, fragte der Richter.

„Ja, hat mir mein Verteidiger gesagt. Ich bleibe aber dabei, dass ich zu der ganzen Geschichte nichts sage."

„Das ist natürlich Ihr gutes Recht … meistens sind es aber eher die Schwerstverbrecher, die keine Aussage machen wollen."

Alfons zeigte sich davon wenig beeindruckt. So musste das Beweisverfahren ohne die vielleicht wichtigste Aussage beginnen. Ein Zeuge nach dem anderen wurde aufgerufen, genauere Angaben kamen dabei aber nicht an die Oberfläche. Manche hatten eine Diskussion bemerkt, eigentliche Handgreiflichkeiten hatte aber niemand gesehen. Auch den Inhalt der Diskussion konnte niemand wiedergeben. Die Musik sei dafür zu laut gewesen.

Dann kam der erste Security an die Reihe.

„Der Angeklagte wollte ein paar Damen bezirzen, die haben ihn aber alle abblitzen lassen. Und dann wurde er offenbar ein paar Gästen lästig, wahrscheinlich wegen seiner Tanzerei – ziemlich betrunken war er ja auch. Es kam zu einem Gerangel, und deshalb mussten dann wir einschreiten. Meine erste Verwarnung hat er ignoriert. Da bin ich wieder hin, und habe ihn nochmals aufgefordert, die Leute nicht zu belästigen."

„Und dann?"

Der Security zuckte mit den Schultern. „Er hat mich nur angelächelt. Als ich weggehen wollte, hat mich aber jemand von hinten geschupft. Ich dreh' mich um – wieder lächelt er mich blöd an. Da habe ich ihn in den Schwitzkasten genommen und wollte ihn rausbringen. Er hat geschrien wie am Spieß, dass er mich umbringen würde und so weiter. Als wir fast draußen waren, hat mich dann ein anderer angerempelt. Ich wollte mich um den kümmern, hab Herrn Alfons dafür kurz losgelassen, und er hat den Moment genutzt und meinem Kollegen einen Kopfstoß versetzt."

Der Richter fragte nun abermals den Angeklagten nach seiner Seite der Geschichte, der wollte aber immer noch nichts dazu sagen. Wie beschrieben: sein gutes Recht. Man rief also den zweiten Sicherheitsmitarbeiter in den Zeugenstand. Schon der erste Security war ein richtiger Koloss gewesen, der zweite setzte dem noch eins drauf. Sein Hemd schien über den Muskelbergen fast zu platzen. Effektiv tat er aber nicht viel mehr, als die Geschichte seines Kollegen zu bestätigen. Alles klar, Ende der Verhandlung – aber nein, nicht ganz. Es gab ja noch eine Aufnahme, wie im Akt vermerkt war. Keiner kannte ihren Inhalt.

„Im Akt gibt es noch diese Standblattnummer, wo ein ‚Lokalvideo UDD' verzeichnet ist. Weiß jemand, was das heißt, oder was das ist?", fragte der Richter die Anwesenden.

Mit der Abkürzung konnte niemand etwas anfangen.

„Na gut", meinte der Vorsitzende dann, „wenn es schon verwahrt wird, dann kann ich es mir anschauen auch."

„Ich spreche mich gegen die Verlesung dieses Aktenbestandteiles aus!", rief Alfons' Verteidiger wie aus der Pistole geschossen. „Wir haben schon genug gehört!" Offenbar fürchtete er, die Videoaufzeichnung könnte seinen Mandanten noch mehr belasten.

„Das ist kein amtliches Schriftstück", erklärte der Vorsitzende gelassen. „Sie können gerne gegen eine Verlesung sein, ich protokolliere das auch, ich schaue mir das Video jetzt aber trotzdem an. Ich verlese nichts, ich schaue nur!"

Das Format der Videodatei stellte sich als Problem heraus, nach einigem Hin und Her konnte ein herbeigeholter IT-Techniker das aber beheben, und der Film erschien doch noch auf dem Bildschirm. Der Vorsitzende stellte ihn so hin, dass die Anwesenden zusehen konnten. Die Aufnahme zeigte einen Teil der Tanzfläche und des Barbereiches. Der Richter spulte bis an die Stelle vor, zu der laut Akt der Tatzeitpunkt liegen sollte. Ein Uhr dreißig.

„Na bitte, Herr Angeklagter, da sind Sie ja. Sehen Sie sich auf der Tanzfläche?"

„Ja, ich bin der in dem weißen Shirt." (Er konnte also doch reden.)

Alle blickten konzentriert auf den Bildschirm. Er zeigte den Angeklagten, wie er erfolglos versuchte, eine junge Dame anzutanzen. Oskarreif war die Aufnahme nicht. Die Darbietung zog sich ziemlich, die Handlung selbst war wenig mitreißend. Der Angeklagte tanzte von der Bildfläche, ein paar Minuten später kam er wieder ins Bild zurück und versuchte sich abermals an der Dame von vorhin. Plötzlich überschlugen sich die Ereignisse auf der Tanzfläche aber: Eine große Gestalt erschien und packte den Angeklagten. Eindeutig einer der beiden Securitys. Er nahm den Angeklagten in den Schwitzkasten, ließ ihn aber nach kurzer Zeit wieder los und verschwand aus dem Bild … um wenige Augenblicke später wieder zu erscheinen und dem Angeklagten einen wuchtigen Stoß gegen den Kopf zu versetzen. Ein Cineast hätte dem Film vielleicht schlechtes Pacing vorgeworfen – langwieriger Aufbau, zu kurzer Showdown. Inhaltlich war er aber nicht uninteressant, zeigte er doch genau das Gegenteil von dem, was man bisher gehört hatte.

„Schauen Sie, Herr Richter, wie ich gesagt habe!“, rief der Angeklagte. „Ich habe gar nichts getan!“

„Sie!“, gab der Richter scharf zurück, „Sie sind jetzt still, gar nichts haben Sie gesagt, Sie haben die Aussage verweigert! Haben Sie das schon vergessen? Ihr Verteidiger wollte sogar verhindern, dass wir uns das überhaupt ansehen.“

Der Richter ärgerte sich über den Angeklagten, aber auch über sich selbst. Er hätte das Videomaterial viel früher zeigen sollen. Man spielte die Szene daraufhin noch mehrmals ab, zuletzt sogar in Superzeitlupe. Jeder Zweifel am tatsächlichen Ablauf wurde zerstreut. Der Security hatte den Kopfstoß an den Angeklagten ausgeteilt. Nicht umgekehrt. Ohne das Video hätte das Gericht bedenkenlos den Falschen verurteilt. Nun war die Glaubwürdigkeit der Securitys dahin. Der Angeklagte war entlastet – wenn das Gericht auf Alfons' Verteidiger gehört hätte, wäre Alfons zweifellos schuldig gesprochen worden …

In der Prolongierung des Verfahrens nach einer Vertagung standen dann also die Sicherheitsmänner im Mittelpunkt. Sie gestanden ihre Falschaussagen. Was das Motiv dafür betraf: Eine gewisse Dame auf der Tanzfläche dürfte eine schlagende Rolle gespielt haben. Der verschwiegene Alfons war natürlich freizusprechen. Dass das Filmmaterial davor noch niemand gesichtet hatte, lag daran, dass es auf der Polizeistelle nicht die nötige technische Ausstattung dafür gab. Willkommen im 21. Jahrhundert. Auch die Anklagebehörde hatte die Aufnahme vorab nicht überprüft. So etwas geschieht, wenn Tausende Fälle und wenig Personal zusammentreffen. (Wird wohl bei der Polizei nicht anders gewesen sein.)

Für die Türsteher setzte es zwei Monate später empfindliche Geldstrafen. Falschaussagen kommen oft nicht billig, sogar wenn der tätliche Angriff nicht dazugekommen wäre. Der vormals Angeklagte hätte ihnen durch sein Schweigen fast einen Freifahrtschein eingebracht – und die Strafe selbst ausgefasst. Schweigen ist nicht immer Gold. Manchmal sollte man einfach den Mund aufmachen.

# Harald
## Schulschluss

Irgendetwas klapperte. Leon schien es auch, als ob der Motor irgendwie wenig Leistung hergeben würde. Obwohl er voll auf dem Gas stand, beschleunigte sein LKW nicht wie gewohnt. Leon schaltete einen Gang nach unten. Immer noch schien es, als ob der Motor das Gas nicht so richtig annehmen würde. Die Autobahn vor ihm verlief in leichten Bögen bergauf, und der LKW kam einfach nicht auf die Geschwindigkeit. Leon kannte die Strecke und wusste, dass es bald eine Möglichkeit geben würde, rechts ran zu fahren, ohne den Pannenstreifen zu besetzen. Im linken Rückspiegel bemerkte er jetzt, dass ein anderer Lastwagen hinter ihm auf die linke Spur wechselte und pausenlos die Lichthupe benutzte. Leon war schon klar, dass er mit seiner Geschwindigkeit gewissermaßen ein Hindernis darstellte, aber nun hatte er ja sowieso schon beschlossen, bald rechts ran zu fahren. Der Hintermann schloss träge auf, blinkte Leon immer noch an. So ein Rüpel. Leon konnte nicht zaubern, und jeder Fernfahrer sollte wissen, dass man nicht einfach so zu langsam fuhr. Als der Lastwagen auf der linken Spur vollends zu Leon aufgeschlossen hatte, blickte der dortige Fahrer ihn an und gestikulierte wie wild, bedeutete ihm, rechts ran zu fahren. Leon schnaufte. Na gut, verdammt. Er setzte den Blinker und fuhr auf den Pannenstreifen. Der andere LKW bremste sofort ab und fuhr nur ein kleines Stück vor Leon ebenfalls rechts ran. Leon suchte seine Arbeitshandschuhe, sie lagen im Beifahrer-Fußraum, und als er sich wieder aufrichtete, rannte der Vordermann, der rasch ausgestiegen war, schon auf ihn zu, die Augen aufgerissen wie in Panik. Er kam bei Leons LKW an und riss wie ein Rasender die Fahrertüre auf.

„Mit gutem Erfolg!“, sagte der Lehrer. „Ich gratuliere dir herzlich, Harald.“

Harald konnte kaum fassen, dass er endlich sein Maturazeugnis in den Händen hielt. Mit gutem Erfolg auch noch. Sein Vater hatte ihm immer gesagt, dass er nichts tauge, aber das schmälerte Haralds Stolz jetzt nicht, sondern befeuerte ihn noch. Er hatte es geschafft. Aus eigener Kraft. Als er Vater und Mutter wenig später gegenüberstand, grinste er von Ohr zu Ohr, und die Eltern gönnten ihm seine Freude. Sie überhäuften ihn mit Lob – ob es auch deshalb so überschwänglich ausfiel, weil Harald in Mathematik und Physik nicht ganz so sattelfest war, und nun trotzdem einen so guten Notenschnitt geschafft hatte, wurde nicht besprochen. Und damit ging es gleich zur zweiten Überraschung des Tages für Harald: Die Eltern erfüllten ihm einen langen Wunsch und schenkten ihm ein Smartphone. Sein erstes Smartphone. Hieß auch: Endlich ein eigener Internet-Zugang. Nicht länger würde er ständig den Familien-PC besetzen müssen.

„Nicht vergessen: Kein Alkohol!“, rief ihm sein Vater später nach, nachdem er ihm den Autoschlüssel übergeben hatte. Sogar das Auto der Familie hatte Harald sich heute ohne Weiteres ausleihen dürfen. Der Tag konnte besser kaum werden. Harald fühlte sich, als ob er eine Art „Enge“ abgelegt hatte. Eine Enge, die ihn schon so lange begleitet hatte, so lange eingesperrt hatte, dass sie ihm gar nicht mehr aufgefallen war. Jetzt wirkte nichts mehr eng. Alles war offen, lag nicht nur vor ihm da, sondern bot sich ihm regelrecht an. Er würde seinen Weg finden, genauso, wie er auch die Matura geschafft hatte. Der Schulstress war mit einem Mal von ihm abgefallen. Er hatte keine Bedeutung mehr. Eigentlich fing sein Leben jetzt erst so richtig an.

„Verkehrsunfall auf der …, bei Kilometer …, südlich von …“, erklang es aus der Funkleitzentrale. Wasakovski trank eben einen Kaffee. Er war heute hier, weil er einen Vortrag vor den Richteramtsanwärtern gehalten hatte. Wasakovski sah den Oberstleutnant an, der ihm gegenüber am Tisch saß.

„Was meinst du?“, sagte Wasakovski, „Sollen wir alle einpacken und hinfahren? Die Richteramtsanwärter sind noch da, die sind alle in der Kantine unten. Dann könnten sie gleich mal sehen, wie ihr in der Praxis so arbeitet? Weißt du was? Ich komm auch mit. Ich bin ohnehin im Journaldienst.“

So geschah es dann auch. Ein wenig später traf nicht nur der Polizeiwagen mit Wasakovski und zwei Polizisten am Unfallort auf der Autobahn ein, sondern gleich hinterdrein auch noch drei VW-Busse mit den Richteramtsanwärtern.

Lediglich die dritte Fahrspur der Autobahn war freigegeben, der Rest war abgeriegelt. Wasakovski fiel sofort auf, dass hier etwas nicht stimmte – so weit bei einem Verkehrsunfall etwas „stimmen" konnte. Niemand tat etwas, so sah es aus. Seltsam. Sogar die Rettungsleute standen eingefroren auf der Fahrbahn, daneben die Männer von der Feuerwehr, bewegungslos wie Puppen. Ebenso unüblich: Es lag nichts auf der Straße. Keine Glassplitter, keine Plastikstücke irgendeiner Verkleidung … nichts. Nur zwei Sattelschlepper standen hintereinander auf dem Pannenstreifen. Erst bei genauerem Hinsehen erkannte man, dass am Ende des hinteren Sattelschleppers, unterhalb des sogenannten „Unterfahrschutzes", das Heck eines Autos hervorragte. Offensichtlich war es mit einer solchen Wucht auf den LKW aufgefahren, dass mehr als das halbe Auto unter den Anhänger gerutscht war, der die A- und B-Säulen einfach abrasiert hatte. Was man von dem Auto sehen konnte, war komplett zusammengestaucht. Eine der Einsatzkräfte sah Wasakovski herankommen und sagte nur, dass der Bergekran schon unterwegs sei.

Die unwirkliche Atmosphäre wurde nur noch dichter, wenn man an das Wrack herantrat. Aus der Nähe des Wracks kamen seltsame Geräusche. Eine Art Keuchen und Stöhnen, wenn man genau hinhörte. Rhythmisch. Wie in einem Sexfilm. In dieser Kulisse wirkte es gruselig und völlig fehl am Platze, wie ein Splitter einer zweiten, anderen Welt, die nicht hierhergehörte. Was es damit auf sich hatte, zeigte sich erst bei der Bergung.

Der Unterfahrschutz des Sattelzuges hatte den Fahrer im Halsbereich getroffen und ihn geköpft. Der Kopf lag auf dem Rücksitz der Limousine. Vorne saß der Rest des Menschen, die Hosen an den Knöcheln. Neben dem Torso lag ein Smartphone, auf dem immer noch der Pornofilm lief.

# Mathilda
## Gestraft genug

Die dynamisch wirkende, eloquente und selbstsicher auftretende Mittsechzigerin stellte gleich zu Beginn der Hauptverhandlung alles klar.

„Herr Richter – oh, entschuldigen Sie bitte, Herr Rat, so sagt man, hat man mir erklärt –, ich gebe alles zu. Voll schuldig. Ich habe meinem Mann einfach eine reinhauen müssen, er ist einfach so blöd."

Somit bahnte sich bereits an, was man im Fachjargon eine „schnelle Lesung" nannte. Im Grunde war der Rest des Prozesses jetzt schon klar. Weil die Angeklagte zuvor bei der Polizei die Aussage verweigert hatte, wollte der Richter aber dennoch ergründen, was der Grund für die Attacke gewesen war. Das Opfer, also ihr Mann, hatte nicht aussagen wollen.

„Was hat Ihr Mann gemacht, dass er so blöd und Sie so aggressiv sind?"

„Er hat sich mit der Nachbarin eingelassen", gab die Angeklagte mit finsterem Blick zurück.

Damit schien ein alter Satz von Goethe sich zu bestätigen, wonach es drei Arten von Narren gebe: hochmütige Männer, verliebte Mädchen – und eifersüchtige Frauen.

„Sie haben ihm fast den Kiefer zerbröselt!", rief der Staatsanwalt.

„Das hat er sich auch wirklich verdient!", antwortete die Angeklagte und sah den Staatsanwalt durchdringend an.

„Einen Kiefer- und Trümmerbruch verdient man sich nicht so schnell. Was hat er denn gemacht? Der Nachbarin unter den Rock geschaut?" Staatsanwalt Gruber mochte solche Fälle, die kleinen, persönlichen Geschichten. Keine Schwerverbrecher, sondern Menschen wie alle anderen auch, deren Motive oftmals sogar allzu verständlich waren. „Oder hat er etwas Unanständiges mit ihr angestellt?"

Der Blick der Angeklagten zum Staatsanwalt verlor kein Quäntchen an Intensität, als sie weiter erzählte. „Jede freie Minute ist er zu ihr hinübergelaufen. Sie wohnt gleich am anderen Ende des Ganges in unserem Wohnhaus. Wie ein läufiger Hund ist er zu ihr rüber, es war zum Genieren. Er ist wie besessen gewesen, die hat ihn voll paralysiert."

„Aber Frau Angeklagte; wenn jeder, der in Österreich einmal auf Abwege kommt, dafür einen Kieferbruch kassiert, dann geht uns der Gips zum Einrichten aus. Versteh ich schon, dass das ungut ist, aber wegen eines Pantscherls drischt man doch nicht so auf jemanden ein, dass der eine ganze Reihe von Brüchen davonträgt."

„Nichts verstehen Sie, Herr Staatsanwalt, nichts. Wenn er ein ‚Pantscherl' gehabt hätte, wie Sie meinen, dann hätt' ich das anders gemacht, und Sie wären mir nie dahintergekommen. Vielleicht hätte ich es gemacht wie die Blauensteiner, da hat die Staatsanwaltschaft ja auch nichts getan, erst die Angehörigen und andere Leute haben das ins Rollen gebracht, dass das aufgeklärt wurde. Oder wie beim

Udo Proksch, da hat die Oberstaatsanwaltschaft sogar verboten, das mit den toten Matrosen zu klären. Der Herr Oberstaatsanwalt hat damals ja auch im Club 45 diniert, mit seinen roten Spezis", erklärte die Pensionistin.

Die Ohrfeige saß. Staatsanwalt Gruber zog den Kopf ein.

„Wie haben Sie ihn eigentlich geschlagen, dass so eine Verletzung herauskommt?", sprang der Richter ein.

„Ich habe gerade eine Mehlspeise gemacht, da höre ich was vor der Tür, draußen am Gang. Ich schau durch unseren Türspion und sehe, wie mein Mann nicht etwa nach Hause kommt, sondern leise zur Nachbarin schleicht. Da bin ich raus und hab ihn so angeschrien, dass er gleich flüchten wollte. Und da hab ich ihm mein Nudelholz nachgeschossen und hab ihn damit im Gesicht getroffen ... und dann ist er umgefallen."

„Im Arztbrief aus dem Krankenhaus steht ‚Sturz über die Stiege nach Auseinandersetzung'", hielt der Richter vor.

„Stimmt ja auch", meinte die Angeklagte.

„Haben Sie ihn runtergeschupft?"

„Nein, Gott behüte, da wär' er ja tot gewesen! Der Treffer mit dem Nudelholz hat ihn aus dem Gleichgewicht gebracht, deshalb ist er dann die Stufen hinuntergefallen. Das war nicht meine Absicht."

Nach Hinzuziehung eines medizinischen Sachverständigen wurde klar, dass es auch wirklich so gewesen sein musste. Mathilde wurde deshalb nicht wegen absichtlicher schwerer Körperverletzung verurteilt.

Erst ganz am Ende der Verhandlung ließ die Angeklagte sich endlich entlocken, was das Vergehen ihres Mannes nun denn gewesen war. Die Geschichte zwischen ihrem Mann und der Nachbarin Monika hatte mit sexuellen Abwegen im Gemeindebau rein gar nichts zu tun. Nein, die Nachbarin war eine sogenannte „Staatsverweigerin“. Österreich ist eine Firma!

„Mein Mann kriegt seine Pension, und vorher hat er lange Zeit die Arbeitslosenunterstützung bekommen“, sagte Mathilda. „Er braucht nichts zahlen für den Arzt und seine ganzen Rezepte. Sogar das Fernsehen ist für uns gratis. Und dann sagt er, dass er den Staat nicht anerkennt? Wo er noch dazu hier geboren und aufgewachsen ist? Der spinnt doch komplett! Und Monika hat ihm diese Laus in den Pelz gesetzt. Was die aus meinem Robert gemacht hat …; wenn ich die seh, muss ich eh aufpassen, dass mir das Nudelholz nicht gleich nochmal aus kommt.“

Bitte nicht, denn –
Achte auf deine Gedanken, denn sie werden Worte.
Achte auf deine Worte, denn sie werden Handlungen.
Achte auf deine Handlungen, denn sie werden Gewohnheiten.
Achte auf deine Gewohnheiten, denn sie werden dein Charakter.
Achte auf deinen Charakter, denn er wird dein Schicksal.
(Meist dem Talmud zugeschriebenes Zitat, dessen Quelle in Wahrheit aber unklar ist. Klug ist es dennoch.)

# Von Dieben und Betrunkenen

## Viele Dumme, ein Gedanke

In einem Bereich von nur wenigen Quadratkilometern war es vermehrt zu nächtlichen Einbruchsdiebstählen gekommen. Die örtliche Polizei versuchte daraufhin, die Täter dingfest zu machen – bestenfalls in flagranti, direkt vor Ort. Dazu gehörte es auch, sich wiederholt des Nächtens auf die Lauer zu legen, und auch den Straßenverkehr intensiven Kontrollen zu unterziehen.

So geschehen auch in dieser Nacht. Zwei Streifen waren unterwegs. Eine davon hatte sich im Hügelland an der dreispurigen Bundesstraße postiert. Gegen halb vier Uhr am Morgen fielen den Beamten drei Autos auf, die in der Entfernung auf sie zufuhren. Man war hier praktisch irgendwo im Nirgendwo, es waren keine Lokale in der näheren Umgebung, und die, die den Abend in irgendwelchen entfernteren Diskotheken verbracht hatten, waren um diese Zeit kaum mehr unterwegs. Die zweite Streife wurde nicht alarmiert, bewegten sich die drei Wagen doch ohnehin direkt auf die sie erwartende Polizei zu. Die Polizisten stellten ihren Wagen quer über die Straße, einer der Beamten stieg aus. Was den Beamten entgangen war: Die drei zu überprüfenden Fahrzeuge fuhren sehr langsam, was in der Dunkelheit auch nicht einfach zu erkennen war. Die Beamten machten deshalb einen strategischen Fehler, und schalteten das Blaulicht an ihrem Fahrzeug zu früh ein.

Die nahenden drei Lenker sahen das, bremsten bis zum Stillstand ab, schalteten die Lichter aus – und setzten sich nun tatsächlich rückwärts wieder in Bewegung. Alle drei Fahrzeuge fuhren jetzt in einer Schlange rückwärts über die Landstraße. Und beschleunigten, so gut es ging. Dem mittleren Lenker war das aber nicht genug, und er setzte nun wirklich an, immer noch im Rückwärtsgang, das hinter bzw. vor ihm fahrende Auto zu überholen. Der Lenker, der den Beamten am nächsten war, versuchte das dann auch noch, dafür blieb aber nur mehr die dritte Spur übrig. Am Ende fuhren die drei Wagen ohne Licht, rückwärts und nebeneinander über die dreispurige Bundesstraße! Das alles war dann aber doch nicht so einfach, der Überholvorgang zog sich also hin.

Just in diesem Moment kam den Fliehenden ein Sportwagen entgegen – das einzige von allen vier Autos, das in die richtige Richtung fuhr.

Der Besitzer des Porsche erklärte danach, dass er schon ein bisschen gebraucht hatte, um zu erkennen, dass die kleinen weißen Lichter, die über die komplette Straßenbreite verteilt in der Dunkelheit auf ihn zuflogen, in Wahrheit nebeneinander rückwärtsfahrende Autos waren. Er verriss das Lenkrad gerade noch rechtzeitig und landete im Straßengraben.

Die drei Rückwärtsfahrenden schafften es dann tatsächlich noch, wohl mittels Handbremse, ihre Wagen in Fahrtrichtung zu drehen, und suchten rasch das Weite. In der Dunkelheit und ohne Lichter verloren sich ihre Spuren leider schnell, die Polizei schaffte es nicht mehr, die Fliehenden zu stellen.

Dass es nicht die gesuchten Diebe waren, die der Streife entgingen, erfuhr man erst Tage später. Es waren Jugendliche gewesen, die von einer Party gekommen waren, halbwegs getankt hatten und auf keinen Fall einer Alkoholkontrolle anheim hatten fallen wollen. Die ganze Sache flog nur auf, weil einer der Burschen zu Hause beim Einparken einen Unfall baute, woraufhin Erzählungen aufkamen und die Runde in der Ortschaft machten, bis die Polizei auf sie aufmerksam wurde.

Die Diebe konnten etwa zwei Wochen darauf übrigens ebenfalls gefasst werden. Ihr Fehler: Auch sie waren ohne Licht und mitten in der Nacht unterwegs – und übersahen deshalb einen Wasserdurchlass in einer Linkskurve.

Nicht weit von dieser Stelle gab es dann etwa zwei Monate später einen schweren Autounfall, weil auf dem dreispurigen Straßenabschnitt zwei Betrunkene frontal kollidierten – auf der mittleren der drei Spuren einer sonst leeren Fahrbahn. Beide hatten ein Riesenglück, dass sie mit schweren Verletzungen überlebten. Beide (!) Autos waren ohne Licht unterwegs gewesen …

Als kurzzeitig angedacht war, generell auch am Tag die Scheinwerferpflicht einzuführen, haben manche vielleicht noch über den Satz gelacht: Lichtfahrer sind sichtbarer. Nicht nur sehen, sondern auch gesehen werden, ist die Devise. Alles andere ist in der Dunkelheit lebensgefährlich. Kaum zu glauben, dass man das ausführen muss.

# Joachim

## Großartiger Plan, schlecht ausgeführt

Der Richter sah den drängenden Blick des Staatsanwaltes. Dieser hatte schlimme Rückenschmerzen, das wusste der Richter, die Ungeduld kam aber nicht von den Schmerzen, sondern davon, dass er gerade eine größere Wirtschaftscausa bearbeitete und dort einer ganzen Meute ausgefuchster Anwälte gegenüberstand. Zurzeit verbrachte er jede Nacht über den Abertausenden Seiten, die in Akten, Ordnern und Mappen verstreut waren. Im Vergleich war der jetzt zu verhandelnde Fall eine Banalität, eine Kleinigkeit, die ihn nicht unnötig Zeit kosten durfte. Das alles war aus dem Blick des Staatsanwaltes zu lesen. Wenn man ihn gut genug kannte.

„Keine Sorge", sagte der Richter und rief den Angeklagten auf. „Ist eine watscheneinfache Diebstahlsache, wir brauchen nur ein paar Minuten."

Joachim machte einen mehr als adretten Eindruck, als er in den Saal trat. Er sah aus, als käme er gerade aus der Oper. Die Krawatte wie mit dem Lineal ausgerichtet und gebunden, französisches Parfum. Seine Schuhe glänzten, als gelte es, einen Rekord aufzustellen.

„Sie sind schon in Pension?", fragte der Richter am Ende der Erhebung der personenbezogenen Daten. Der Verdienst war ein wichtiger Faktor, weil sich an ihm die Tagessätze orientierten, die zur Strafe ausgesprochen wurden. Es gab überraschend viele Personen, die über ihr Einkommen nur wenig sagen konnten. Selbstständige, Landwirte, Arbeiter vergaßen auf Sonderzulagen, Kellner auf Trinkgelder, Beamte verschwiegen Nebengebühren, die Pfuscher ihr Schwarzeinkommen …

„Ja, seit drei Jahren."

„Ihr Einkommen?"

„Sehr schlecht, das muss ich schon sagen."

„Was heißt ‚schlecht'? Das ist relativ, könnte alles heißen."

„Ich kann es nicht genau sagen."

„Ich brauche es auch nicht ganz genau, aber so in etwa, das werden Sie doch um Gottes willen wissen", gab der Richter zurück, dem bereits wieder dieser Blick des Staatsanwaltes auffiel.

„So ungefähr dreitausend."

„Dreitausend Euro Pension? Und da haben Sie es nötig, im großen Stil Lebensmittel zu stehlen?", platzte dem Staatsanwalt heraus.

„Ich bin voll geständig, Hohes Gericht. Ich gebe ja eh alles zu. Da gibt es nichts zu beschönigen. Ich schäme mich dafür."

„Was haben Sie vor Ihrer Pension gemacht?", fragte der Richter und hörte den Staatsanwalt ächzen. Es war noch weiteres Herumgerede nötig, bis der Angeklagte endlich kleinlaut erklärte, dass er Bankbeamter gewesen sei.

„Da sollten Sie aber doch mit Geld umgehen können! Also, wie kam es zu der Sache?"

„Das ist eine lange Geschichte …", begann Joachim,

woraufhin der Staatsanwalt sofort „Brauchen wir nicht!“ nachschoss.

Der Richter wagte es kaum, zum Staatsanwalt hinzusehen, als er nun sagte: „Bitte, erzählen Sie einmal.“

Und Joachim erzählte. Vieles. Interessant wurde es aber an der Stelle, an der er nach einer Weihnachtsfeier seiner Bank in einem anderen Lokal eine Frau kennengelernt hatte. Es sei ernster geworden zwischen den beiden, erzählte Joachim mit strahlendem Ausdruck. Sie sei die erste Frau in seinem Leben gewesen, die ihm je etwas bedeutet hätte. Sie sei taff gewesen, und ihre Zwillingsschwester auch, so mancher Mann könne sich von den beiden einiges abgucken. Joachim und seine Holde waren eine ganze Zeit zusammen gewesen. Nach und nach seien einige Kleinkredite in diese Verbindung geflossen. Letztlich sei sein Liebesleben rosig, das Bankkonto aber eher rot gewesen. Joachim hielt ein, überlegte kurz. Dann meinte er, er habe sich da in etwas hineinmanövrieren lassen, habe zuletzt aber ganz allein und auf eigene Faust agiert. Natürlich sei das nicht korrekt gewesen. Und natürlich sei er deshalb auch schuldig.

„Und deshalb stehlen Sie Lebensmittel um mehrere hundert Euro?“, schüttelte der Staatsanwalt gereizt den Kopf. „Weil Sie zu viel Geld an Ihre Herzdame gegeben haben? Für diese Pointe wäre die lange Vorgeschichte unnötig gewesen. Das können wir uns auch so gut vorstellen.“

„Ja, stimmt“, gab Joachim nun zu.

Der Richter hatte bei Joachims Erzählung aber an eine andere Sache denken müssen. Es half nichts, das musste jetzt noch ergründet werden. „Wann hatten Sie die letzten Kontakte zu dieser Frau?“, fragte er schließlich.

„So an die drei Jahre wird es her sein."

„Woher stammte diese Frau?"

„Österreicherin … oder vielleicht eine Deutsche?"

„Wie hieß sie?"

„Martina V."

„Und die Schwester, also die angebliche Zwillingsschwester, das war Susanna?", sagte der Richter.

„Ja, genau! Sie kennen sie?" Joachim war ganz begeistert.

Es ergab sich ein kleines Gespräch zwischen dem Richter und Joachim. Offensichtlich machte es Joachim Freude, von Martina und ihrer Schwester zu reden. Die Haarfarben der Schwestern wurden besprochen, wie die beiden so vom Typ her waren. Susanna sei Joachim ein wenig zu ruhig gewesen, erklärte er, sein Typ sei eher Martina, die habe immer gesagt, wo es langgehe. Der Staatsanwalt verstand überhaupt nicht, worum es gerade ging, und befand es für nötig, seine Anwesenheit wieder in Erinnerung zu rufen.

„Herr Angeklagter, bitte zurück zu unserer Sache. Sie haben bereits gesagt, Sie seien schuldig, das alles gestohlen zu haben. Ist das richtig?"

„Ja."

„Und die ganzen Sachen in Ihrem Kofferraum, die hatten Sie aber gekauft, und haben der Polizei auch die Rechnungsbelege davon gezeigt, oder?"

„Ja, stimmt." In Ordnung. Damit konnte die Verhandlung aus Sicht des Staatsanwaltes beendet werden.

„Kann es sein", sagte da der Richter, „dass Sie nach demselben Modus operandi gearbeitet haben?"

„Wie bitte?" Der fragende Blick des Angeklagten wirkte auf den Richter schlecht gespielt.

„Wie viele Einkaufswagen waren es insgesamt? Wie oft, und wo? Kommen Sie, Herr Angeklagter, das macht jetzt keinen riesigen Unterschied mehr, am besten ist es, Sie legen gleich alles auf den Tisch."

„Es … funktioniert einfach so gut", sagte Joachim kopfschüttelnd. „Am Anfang habe ich geglaubt, dass das gar nicht gehen kann. Aber es funktioniert."

„Wie oft?", fragte der Richter.

„Bei mir, meinen Sie?"

„Ja, bei Ihnen."

„Vier bis fünf Mal."

„Sicher?"

„Sicher!"

„Wo war beim letzten Mal der Fehler?"

„Ich bin ein Idiot, das war der Fehler. Ich hab die Kassiererin verwechselt."

„Was haben Sie erbeutet? So ungefähr, aber nach bestem Wissen und Gewissen!"

„Na ja, was wird das gewesen sein? Ich würde sagen: Fünfmal jeweils 700 bis 900 Euro."

„Also unter 5.000 Euro insgesamt. Ganz sicher?"

Der Staatsanwalt verstand nur Bahnhof. Klar war nur, dass die Anklage ausgedehnt werden musste. Letztlich ergab sich eine mehrmonatige, bedingt nachgesehene Freiheitsstrafe mit dreijähriger Probezeit. Niemand erhob Berufung gegen das Urteil.

„Bitte", sagte der Staatsanwalt später, als er den Richter beim Kaffee in der Kantine erwischte. „Ich bitte um Aufklärung: Worum ist es heute gegangen? Worüber habt ihr geredet?"

„Einen Modus operandi zum Mitnehmen, kein Problem!“, meinte der Richter und erzählte ihm die Geschichte.

Das Ganze funktioniert so: Der Dieb geht in einen Supermarkt und kauft dort ein. So richtig, am besten auch teure Produkte. Er benutzt dafür zwei separate Einkaufswagen, in die jeweils exakt dieselben Produkte gelegt werden. Am Ende hat er zwei vollgefüllte Einkaufswagen mit identischem Inhalt. Einer dieser Wagen wird dann zwischengeparkt, mit dem anderen geht es an die Kassa. Dort bleibt man kurz stehen, plaudert ein wenig mit der Kassaperson. Sie muss sich an einen erinnern, das ist wichtig. Nach dem Bezahlen muss alles ganz schnell gehen: Man läuft mit dem Einkaufswagen zum Auto, räumt alles so rasch wie möglich ein, dann eilt man zurück in das Geschäft, holt den zuvor zwischengeparkten Einkaufswagen mit identischem Inhalt und nimmt noch eine Kleinigkeit dazu. Damit geht man wieder zur Kassa, weist dort den ursprünglichen Rechnungsbeleg vor und sagt der bereits bekannten Kassaperson, dass man nur diese eine Kleinigkeit vergessen hätte. Deshalb ist es wichtig, dass die Person an der Kassa sich an einen erinnert. Man bezahlt die Kleinigkeit, Batterien oder was auch immer, und im Anschluss geht man seelenruhig mit einem Einkaufswagen voller Diebesgut unter den Augen aller Anwesenden zum Auto. Voilà.

Warum es bei Joachim nicht geklappt hatte, hatte der ja selbst in der Verhandlung erzählt. Bei den beiden Zwillingsschwestern, so erinnerte sich der Richter, hatte es lange gedauert, bis man ihnen auf die Schliche gekommen war. Sie sahen einander so ähnlich, dass sie zwischendurch die Rollen tauschen konnten, um das Ganze noch schneller über die Bühne zu bringen. Kaum war die eine raus, konnte die andere schon zur Kassa fahren.

„Das ist ja super!“, sagte der Staatsanwalt in echter Ehrfurcht. „Ein wirklich guter Plan.“

„Das würde ich auch sagen“, meinte der Richter.

# Karl und Silvia

## Gut gemeinte Hiebe

„Die Angeklagte hat das Opfer nicht nur mit einer erheblichen Verstümmelung oder auffallenden Verunstaltung bedroht, sondern auch mit dem Tode – und dies zur Verdeutlichung mit Peitschenhieben bekräftigt", führte der Staatsanwalt in seinem Eröffnungsplädoyer aus und blickte streng zur Anklagebank.

Die Angeklagte war eine große, durchtrainiert wirkende Frau in einem hautengen, schwarzen Lederkostüm, passend zu ihrer Haarfarbe, die das Licht fast schon zu schlucken schien. Die Lederstiefel mit den hohen Absätzen hatten sie wie eine Riesin wirken lassen, als sie in den Saal gekommen war. Ihr Blick wirkte zwar streng, aber nicht bösartig, eher fragend, und auch eine Spur von Unsicherheit war den dunklen Augen zu entnehmen, die erst nicht wussten, wo sie hinblicken sollten. Letztlich fixierten sie den Richter vor sich auf der Richterbank.

Nach dem Eröffnungsplädoyer des Staatsanwaltes erwiderte der Richter den Blick der Angeklagten.

„Also? Was sagen Sie zum Strafantrag? Sie haben Herrn Karl mit dem Umbringen bedroht?"

„Ja, das habe ich", gab sie zurück. Ihr durchdringender Blick schien direkt in die Seele des Fragenden gerichtet.

„Sie haben ihn auch mit einer Peitsche geschlagen?"

„Ja, das stimmt auch."

„Warum schlagen Sie Herrn Karl mit einer Peitsche?", wollte der Richter jetzt wissen.

„Wenn ich jemanden schlage, dann immer mit der Peitsche!"

Diese Antwort kam für den Fragenden und den Staatsanwalt dann doch eher überraschend, obwohl – und das hatte selbstredend keiner ausgesprochen – bereits ihr Eintreten unwillentlich Gedanken an eine Domina in ihnen erzeugt hatte. Aus dem Akteninhalt ließ sich etwas Derartiges aber nicht verifizieren.

„Sie schlagen immer mit der Peitsche?", versuchte der Richter zaghaft, weitere Einblicke zu gewinnen.

„Ja, ich habe noch nie anders geschlagen!"

„Okay", sagte der Richter zurückhaltend. „Sie haben sie immer mit, diese Peitsche, also bei sich?"

„Nein, nur zu Hause."

„Sie wollen dem Gericht also erklären, dass das Opfer zu Ihnen nach Hause gekommen ist beziehungsweise bei Ihnen zu Hause war, als es geschlagen wurde?", fragte der Richter, der wusste, dass der Tatort die Wohnadresse der Angeklagten war, zumindest dem Akteninhalt zufolge.

„Ja, klar. Das Opfer ist mein Freund!"

„Bitte? Das steht aber nicht im Akt!", entfuhr es dem Staatsanwalt.

„Er ist mein Freund, er kommt zu mir, meistens am Wochenende. Unter der Woche besuche ich ihn gelegentlich."

„Und dann bedrohen und schlagen Sie ihn?"

„Nein …"

„Aber Sie haben ihn doch mit einer Peitsche geschlagen. Das haben Sie gerade selbst gesagt …"

„Ja, schon."

„Wieso haben Sie ihn geschlagen? Mit einer Peitsche noch dazu! Will er das?", fragte der Richter bewusst naiv, um endlich Licht in die Sache zu bringen.

Der Ausdruck der lederbewehrten Dame verlor das Durchdringende.

„Ja, er will, dass ich ihn auspeitsche!"

„Und die Drohungen? Sie haben Herrn Karl gedroht, ihn zu töten. Warum sagen Sie so etwas?"

Die Angeklagte atmete durch. Es wurde zusehends unmöglich, die Peinlichkeit nicht beim Namen zu nennen. Dann rollte sie mit den vormals strengen Augen und erklärte, Herr Karl würde auch das so wollen. Wenn er die Peitsche bekäme, würde sie ihm auch drohen. „Ich sage ihm dann, dass ich ihn erschlagen werde, und so …"

„In der Anzeige stehen aber ganz andere Worte …"

„Na gut! … Also, das mit dem Erschlagen ist nicht ganz richtig. Ich habe ihm gesagt, dass ich ihm seinen Hintern abschlagen würde, seine Genitalien zerquetschen und abschneiden …"

„Und das sagen Sie weshalb?"

„Weil er es so will, das sollte doch inzwischen klar sein", erklärte die Angeklagte mit einem Hauch von Ungeduld. „Er mag es ja auch, wenn ich ihn auspeitsche."

„So gerne offensichtlich nicht, immerhin hat er Sie

bei der Polizei angezeigt. Warum sollte er das machen, wenn ihm das eigentlich gefällt?"

„Wir haben endlich wieder mal einen Abend für uns gehabt … Vielleicht ist mein Temperament mit mir durchgegangen, das kann schon sein. Und er hat es dann vielleicht mit der Angst zu tun bekommen."

„Und warum haben Sie das nicht bei der Polizei angegeben? Sie haben die Aussage verweigert."

„Mir war das alles mehr als unangenehm. Ich kenne zwei der Polizisten von der Wache, ihre Kinder gehen in die Schule, an der ich gelegentlich arbeite. Daher habe ich gesagt, dass ich Karl gar nicht kenne und zu der Sache nichts zu sagen habe, Sie verstehen? Und bevor Sie noch länger darauf herumreiten: Ich tue das nicht nur Karl zuliebe, mir selbst gefällt das auch. Das mit der Peitsche tut mir aber trotzdem leid. Es war wahrscheinlich zu wild …" Dann fügte sie trotzig hinzu: „Meiner Meinung nach hat es ihm aber gefallen, wirklich."

Der im Weiteren aufgerufene Zeuge Karl bestätigte diese Aussage in allen Punkten. Anzeige habe er nur deshalb erstattet, weil er gedacht habe, dass seine geliebte Silvia einem anderen Mann auch die Peitsche gegeben habe. Das erwies sich als falsch. Als Karl versucht hatte, die Anzeige zurückzuziehen, sei das laut Angabe der Polizei aber nicht mehr möglich gewesen.

„Ich kenne viele Männer, ich peitsche aber nur meinen Karl!", gab Silvia im Zuge der Verhandlung zu Protokoll.

„Sie wird ihn schon anständig verdroschen haben", meinte abschließend der Staatsanwalt, für den der Freispruch dennoch in Ordnung ging.

# Walter

## Ist da jemand?

Regina schlug die Augen nieder, als sie bemerkte, wie Walter ins Foyer der Bank trat. Sie blickte auf ihre Hände nieder, die wie automatisch zu arbeiten begannen, unnötigerweise die Blanko-Überweisungen sorgfältig stapelten. Auf keinen Fall durfte sie ihn ansehen. Walter war ein älterer Herr, und er war … es war schwer zu beschreiben. Sie fühlte sich unwohl in seiner Gegenwart. Er hatte eine etwas anzügliche Art, wie das bei manchen älteren Herren der Fall war, und schien blind dafür zu sein, dass er den Damen hier am Schalter der Bank ab und an zu nahetrat. Regina hatte schon mit zwei Kolleginnen darüber gesprochen, beide ebenfalls junge Frauen. Ihnen erging es nicht anders. Man ertrug es eben, weil … na ja, man ertrug es eben. Für eine Frau war das nichts wirklich Neues, und mitten in einer gut besuchten Bankfiliale war man ja auch gewissermaßen sicher. Sie hatte auch nicht das Gefühl, dass Walter gefährlich sei, so weit wäre sie nicht gegangen.

Sie blickte vorsichtig auf – und ihm genau in die Augen. Als der dünne Mann ihren Blick fing, kam er sofort zu ihr. Er trug sein altes Sakko, wie so oft, und einen Hut.

„Einen schönen Vormittag wünsche ich den Damen!“, rief er schon aus der Entfernung.

Regina setzte ihr professionelles Lächeln auf. „Grüß Gott, Herr Walter! Wie geht's Ihnen?“

„Danke, gut!“ Und damit stand er schon vor ihr. „Ich habe Ihnen sogar etwas mitgebracht“, sagte er dann und gab Regina eine Schachtel mit Pralinen. „Weil Sie immer so nett sind“, fügte er lächelnd hinzu. Wie so oft machte er einen leicht zerfahrenen Eindruck. Nicht eigentlich schlimm, aber jedenfalls bemerkbar.

„Ich bitte Sie, das ist gar nicht nötig“, flötete Regina, immer noch im ganz professionellen Ton.

„Das weiß ich doch“, sagte Walter, „aber was würde ich denn ohne Sie machen? Ich hab mir schon wieder nicht mein Losungswort gemerkt, brauche aber noch zweihundert Euro von meinem Sparbuch. Ich muss noch Paradeiser kaufen.“

„Aber doch nicht für zweihundert Euro?“, gab sie freundlich zurück.

„Nein, aber woher soll ich denn wissen, wie viel die kosten?“, erklärte Walter theatralisch. „Meine Frau geht meistens einkaufen, sie singt ja auch im Kirchenchor, und bei einer Bastelrunde ist sie auch. Sie ist viel außer Haus, wissen Sie? Ich komme auf meine alten Tage nicht mehr so viel raus.“

Dann beugte er sich ein wenig nach vorne und redete verschwörerisch leiser weiter. „Ich mag aber auch gar nicht rausgehen. Nur zu Ihnen und Ihren Kolleginnen komme ich gerne. Weil Sie alle so hübsch sind.“

Und da war wieder dieses schräge Grinsen, bei dem Regina so oft ein kalter Schauer über den Rücken lief. Sie antwortete wieder mit dem „professionellen Lächeln“, und fragte sich immer stärker, ob es wirklich „professionell“ war, wenn man auf eigene Kosten Probleme vermied.

„Wir freuen uns natürlich, wenn Sie gerne kommen“, sagte sie und lehnte sich ein wenig zurück, um mehr Abstand zu ihm zu bekommen. „Aber dafür brauchen Sie uns ja nichts mitzubringen – kaufen Sie vielleicht lieber etwas für Ihre Frau!“

„Wir machen uns nichts aus Süßem.“

Regina sah, wie er ein wenig auf seiner Unterlippe kaute.

„Um ehrlich zu sein: Ich könnte aber schon auch wieder mal was Süßes gebrauchen“, hauchte er.

Regina verzog den Mund, es ließ sich nicht vermeiden. Dennoch: Gute Miene zum bösen Spiel, war die Devise. Keine Szenen in der Arbeit machen. Es war nur ein älterer Herr, der keine Ahnung hatte, wie man sich benehmen sollte. In seiner Welt waren das wohl tatsächlich Komplimente. „Zweihundert Euro, haben Sie gesagt?“

„Mhm.“ Walter lächelte. Etwas Speichel glänzte auf seinen Lippen. Er legte seine Karte vor sie hin, kramte in seiner Tasche und förderte irgendein Magazin zutage. Regina sah nicht hin, tippte eben den Betrag ein.

„Sehen Sie? Das könnte ich mir zum Beispiel gut vorstellen“, hörte sie, und als sie aufsah, stockte ihr der Atem, hielt Walter doch tatsächlich ein Pornoheft vor ihr in die Luft. Das würde sie melden. Auf jeden Fall.

Die Sirene war kaum verhallt, da flackerten schon die Blaulichter durch die Nacht. Das Folgetonhorn schrie in die Stille. Als die Feuerwehr am gemeldeten Haus ankam, sah man auf den ersten Blick nur ein wenig Rauch aus einem der Fenster im Erdgeschoss. Die Trainings machten sich bezahlt, die Mitglieder der Freiwilligen Feuerwehr arbeiteten wie ein Uhrwerk zusammen, es gab kaum Abstimmungsbedarf. Jeder wusste, was zu tun war. Ein paar begannen unmittelbar, die Geräte vorzubereiten, die anderen nahmen Atemschutzmasken an sich und gingen sofort zur Wohnungstür. Sie war nicht versperrt. Als sie die Tür öffneten, quoll beißender Rauch aus der Wohnung. Drinnen gingen die freiwilligen Helfer effektiv und rasch vor. Einer der Männer fand einen alten Mann, zusammengekauert auf dem Boden, und brachte ihn hinaus. Der andere fand den Brandherd, einen inzwischen undefinierbaren Haufen, mitten auf dem Fußboden im Wohnzimmer, und warf sofort die Löschdecke darüber. Schon Sekunden später hieß es „Wasser marsch", und wiederum nur kurz später konnte schon „Feuer aus" gemeldet werden. Der Wohnungsbrand ging nicht allzu schlimm aus.

Einige Wochen später trat Richter Wasakovski in die geschlossene Abteilung eines Krankenhauses. Er war hier, um ein damals sogenanntes „Präsidentenverhör" abzuhalten. Das war ein Instrument aus einem Geschworenenverfahren, das unter bestimmten Voraussetzungen und in bestimmten Fällen zur etwaigen Ergänzung der Voruntersuchung einzusetzen war. Im Grunde war Wasakovski hier, um in Erfahrung zu bringen, ob der Beschuldigte neue Beweismittel beantragen wollte oder was auch immer. (Dieses an sich sinnvolle Instrument wurde inzwischen abgeschafft.) In diesem Fall ging es um einen Antrag auf

Einweisung in eine Anstalt für geistig abnorme Rechtsbrecher. Der Betroffene hieß Walter.

Wasakovski wartete eine ganze Weile, denn Walter hatte bereits geschlafen. Das Krankenhauspersonal brachte Walter schließlich in Pantoffeln, Pyjama und Bademantel vor den Richter.

„Ich bin gekommen, um mich bei Ihnen vorzustellen", eröffnete Wasakovski. „Ich bin der zuständige Richter in Ihrem Strafverfahren. Sie und Ihr Verteidiger sollten heute die Unterlagen der Staatsanwaltschaft bekommen haben."

„Oh, ja. Sie sind der zuständige Richter?" Walter blickte Wasakovski an. Sein Gesichtsausdruck war fragend, im Ganzen wirkte der Mann aber durchaus orientiert und als Herr seiner Sinne. Der blasse und etwas magere ältere Herr war nicht rasiert, wirkte aber nicht ungepflegt.

„Genau. Sie können mit mir über diese Sache sprechen oder auch nicht, ganz wie Sie wollen. Sie können sich auch mit Ihrem Verteidiger besprechen. Haben Sie das verstanden?"

„Ja, sicher. Und Sie sind mein Richter?"

„Ja. Ich bin der Vorsitzende des Gerichtshofs, an dem die Verhandlung stattfinden wird."

„Und Sie müssen verhandeln?"

„Genau. Wir werden über das sprechen, was geschehen ist. Wie geht es Ihnen jetzt? Also hier im Krankenhaus?"

„Ja, danke, eh gut. Entschuldigung, dass ich schon in meinem Pyjama bin", meinte Walter verlegen, „aber ich war schon müde. Obwohl ich den ganzen Tag nichts tue! … Ein bisschen langweilig ist mir. Hier ist ja gar nichts los.

Ein wenig spazieren gehen, ein wenig Radio hören, sonst mache ich nichts. Fernsehen mag ich nicht mehr."

„Das Essen? Wie ist das? Schmeckt's Ihnen?"

„Ja, es ist nicht schlecht. Nur zu viel. In meinem Alter braucht man nicht mehr so viel, wissen Sie?"

„Dafür sehen Sie aber auch ganz gut aus. Ein bisschen blass sind Sie halt. Kriegen Sie Tabletten?"

„Ja, zur Beruhigung und damit ich schlafen kann. Ich war vorher sehr aufgeregt, aber jetzt geht es mir besser. Ruhig ist es hier. Niemand besucht mich."

„Sie kriegen keinen Besuch?"

„Nein, niemand kommt mich besuchen! Können Sie etwas machen, damit mich jemand besuchen kommt?"

„Wer soll Sie denn besuchen kommen? Ihr Herr Sohn? Der ist ja schon erwachsen, oder?"

„Ach, der hat ja selbst immer so viel zu tun. Von meiner Frau hätte ich gerne einen Besuch, aber sie kommt nicht!"

„Sie hätten gerne Besuch von Ihrer Frau?"

„Sie geht mir ganz schön ab. Ich hab sie schon seit einer Weile nicht mehr gesehen."

„Aber Herr Walter, Ihre Frau kann Sie nicht besuchen kommen."

„Ach so? Warum nicht?"

„Da war ja was – wissen Sie das nicht mehr?"

Walter sah den Richter unsicher an. Er schien intensiv nachzudenken. Seine Gesichtsmuskeln zuckten. Wasakovski beobachtete, wie die Leichtigkeit langsam aus dem Gesicht wich.

„Ja. Da war was …", sagte Walter dann langsam. Ein Schatten huschte über sein Gesicht.

„Und deshalb kann Ihre Frau Sie nicht mehr besuchen kommen", bekräftigte Wasakovski.

„Deshalb kann sie nicht kommen …" Es war unmöglich festzustellen, ob der Satz an Wasakovski gerichtet war oder ob Walter mit sich selbst sprach. Auch die Betonung war unklar, wie eine Mischung aus Frage und Feststellung. Walter starrte in Wasakovskis Gesicht, aber es machte nicht den Anschein, dass er ihn eigentlich ansah.

„Ja. Sie kann nicht mehr kommen", stellte Walter dann fest, wie verträumt. „Dabei fehlt sie mir so. Und sie hat auch immer so gut gekocht …" Wieder zuckte es in seinem Gesicht, und dann begannen langsam Tränen über die Wangen des alten Mannes zu rollen. „Aber es stimmt – da war etwas, und jetzt kommt sie nicht mehr. Ich habe etwas gemacht." Der letzte Satz klang, als ob Walter das eben selbst zum ersten Mal realisierte. „Etwas ganz Schlimmes hab ich gemacht."

„Wollen Sie mir davon erzählen? Was haben Sie denn gemacht?", fragte Wasakovski.

„Warum habe ich das gemacht?" Walter dachte wieder nach. „Um Gottes willen. Ich weiß nicht, warum ich das gemacht habe … ich habe diese Tabletten genommen."

„Welche Tabletten?"

„Wie heißen die … diese kleinen blauen Tabletten. Da hab ich Blödheiten angestellt."

„Was haben Sie da gemacht?"

„Da bin ich zu anderen Frauen gegangen. Ich weiß nicht mehr genau. Aber Hilde hat geschimpft, sie hat gesagt, was ich für ein alter Depp sei. Und dann …"

„Und dann? Was ist geschehen?"

Walter sah Wasakovski immer noch an. Man sah, dass es immer noch in Walter arbeitete, dass sich in seinem Kopf gerade Unsicherheit in Gewissheit verwandelte. Endlich begann er, so richtig zu weinen. Er griff nach Wasakovskis Hand und drückte sie, viel zu fest. So saßen sie, stumm, minutenlang. Walter schluchzte. Im Zimmer roch es nach Desinfektionsmitteln. Neben den beiden stand ein fahrbares Nachtkästchen mit einer unbenutzten Urinflasche. Dann fing Walter unter Tränen zu reden an, und es machte den Eindruck, dass er selbst sich die Erinnerung in diesen Momenten erst erschloss. Das Geschehen wurde von einer undeutlichen Wolke aus Emotionen und Zusammenhängen zu einer konkreten Sache, auch in Walter selbst. Erst jetzt konnte er selbst es fassen. Langsam, schrittweise. Er erzählte, wie er der Bankangestellten das Pornoheft gezeigt habe. Wie er dann nach Hause gekommen sei, auf seine Hilde gewartet habe, die länger auf der Chorprobe gewesen war. Dass sie dann endlich gekommen wäre, aber kein Interesse an Sex gehabt hätte. Es habe ihn zornig gemacht. Er sei wütend gewesen, eifersüchtig sogar. Ja, und dann …

Dann hatte Walter seine Frau mit einer Axt erschlagen, sie mitten im Wohnzimmer mit Benzin überschüttet und angezündet.

Immer noch drückte ein weinender Walter Wasakovskis Hände. Er weinte noch lange. Als Wasakovski sich endlich verabschiedete, sah Walter ihm aus seinem tränennassen Gesicht nach.

„Kommen Sie mich wieder besuchen?“, rief er ihm zu. Wasakovski drehte sich wortlos zu ihm um, nickte.

Einige Wochen später fand das Geschworenenverfahren statt. Walter ignorierte alle Anwesenden, er hatte nur Augen für den Richter Wasakovski, beantwortete von allen Fragen auch nur jene, die Wasakovski ihm stellte. Am Ende des Tages wurde Walter in eine Anstalt für geistig abnorme Rechtsbrecher eingewiesen. Als er hinausgeführt wurde, drehte er sich ein letztes Mal zur Richterbank um und fragte, ob Wasakovski ihn wirklich besuchen kommen würde.

# Josef
## Feuerwasserprobe

An manchen Tagen fühlte Josef sich wie in einem schwarzen Loch. Als gebe es etwas, das ihm sein Leben entzog. Er hatte sich jahrelang abgemüht, war fleißig gewesen, ausdauernd. Dann, als die Kündigungswelle über die Firma hinweggeschwappt war, war er trotz allem einer der ersten gewesen, die ihren Job verloren. Von da an nahm sein Leben einen Lauf wie viele andere. Die Arbeitslosigkeit setzte sich fest, brachte weitere Dinge in seinem Leben durcheinander. Er tat sich zusehends schwerer damit, zuversichtlich zu bleiben. Immer öfter gab es Streit mit seiner Frau. Dann ließ sie sich scheiden, Josef verlor noch mehr den Halt. Alles wollte dieses schwarze Loch in sich einsaugen, alles ihm entreißen, wie eine Naturgewalt. Am Ende nahm dieses schwarze Loch ihm auch noch die Wohnung und Josef stand plötzlich auf der Straße, mittellos und ohne echte Aussicht auf eine Besserung. Denn wen das schwarze Loch einmal hatte, den ließ es meistens nicht mehr los.

Erst jetzt zeigte sich für Josef auch so richtig, dass unerwartet viele Menschen taub waren, auch in seinem näheren Umfeld. Und nachdem niemand seine Hilferufe hörte, gewöhnte er sich an, sie zu ertränken.

Josef zuckte ein wenig zusammen, als der Lautsprecher seinen Namen durchsagte. So oft hatte er sich vorgenommen, dass das nie mehr geschehen würde. Und jetzt war es dennoch wieder so weit gekommen, und er würde wieder in diesen Saal müssen, die Blicke derer ertragen, die im Leben nicht so viel Pech gehabt hatten wie er. Wer vom schwarzen Loch erwischt wurde – und manchmal geschah das auch plötzlich und ohne großes eigenes Zutun –, den sahen sie nur mehr mit Abscheu an, mit Verständnislosigkeit. Manchmal meinte Josef, offenen Hass zu erkennen. Er atmete tief durch und öffnete die Tür, ging hinein in diesen Saal, in diese eiserne Jungfrau aus Blicken, aus der Worte keinen Ausweg bannen konnten.

„Wenn Sie da bitte Platz nehmen", begrüßte ihn der Richter und deutete auf einen Sessel vor der kleinen Richterbank. Als ob Josef nicht genau wusste, wo sein Platz war.

„Sie haben ja schon ausreichend Gerichtserfahrung", fuhr der Vorsitzende des Gerichts fort und belehrte ihn seiner Rechte. „Sie müssen nichts aussagen. Das haben Sie ja schon bei der Polizei nicht getan."

Natürlich hatte er das nicht getan. Wofür? Man hätte ihm ohnehin nicht zugehört. Niemand hörte einen mehr, wenn man weit genug unten war. Auch die Polizei nicht.

„Ich habe nichts gesagt, weil es nichts zu sagen gibt", erklärte Josef.

„Wollen Sie Ihre Geschichte nicht erzählen?", fragte der Richter und sah Josef offen an. Nach ein paar Sekunden Wartens schickte er hinterher: „Sie können einfach anfangen, wenn Sie mögen. Wie weit Sie dafür zurückgehen müssen, wissen Sie selbst am besten."

Der Richter wirkte entspannt, nicht gehetzt, nicht gestresst. Sein Gesichtsausdruck fragend, nicht urteilend. Josef dachte, dass er diesen Satz möglicherweise noch nie gehört hatte.

„Also gut", meinte er dann. „Es war kein schlechter Tag. Am späteren Nachmittag war ich bei der Suppenausspeisung im Schönaupark. Es hat Gulaschsuppe gegeben, meine Lieblingssuppe. Es war sogar genug für einen zweiten Teller da. Ich will keinem was wegessen, aber wenn etwas übrigbleibt, nehme ich das natürlich gerne an. Im Großen und Ganzen geht es mir eigentlich nicht so schlecht, ich habe jetzt auch ein Zimmer in der Arche, und wenn ich dort einmal nicht unterkomm, finde ich eben woanders etwas. Danach war ich im Stadtpark und hab mich dort nach einer Weile ein bisschen umgelegt, war müde vom Essen. Kalt war es ja nicht. Und dann werd ich mitten in der Nacht wach, die Feuerwehr fährt vorbei und die Polizei. Mitten durch den Park. Ich hab mir aus sicherer Entfernung angeschaut, was los ist, da hat ja dieses Lokal gebrannt. Nach einer Weile hab ich mich wieder hingelegt, und wie ich zum nächsten Mal munter geworden bin, war die Hütte schon gelöscht. Die Feuerwehr und die Polizei dürften da schon länger weg gewesen sein. Ich hab mir die abgebrannten Reste ein wenig angeschaut, die Hütte war ja ganz schön arg zugerichtet. Fenster offen, Türen offen, nichts abgesperrt. Und dann hab ich dieses riesige Bierfass gesehen. Ein bisschen angekohlt und schwarz, aber eigentlich unbeschädigt. Und das hab ich dann genommen …"

„Das haben Sie dann aus dem halb ausgebrannten Lokal hinaus … gerollt?", vervollständigte der Richter in fragendem Ton.

„Ja, gerollt hab ich's!“ Das klang zugegebenermaßen etwas skurril. Josef musste fast ein bisschen lachen.

„Warum?“

„Na ja. Ich wollt's mitnehmen. Stimmt ja auch, geb ich ja auch zu.“

„Was hätten Sie denn mit einem 100-Liter-Bierfass gemacht?“

„Nichts, eigentlich. Ich hätte es mit meinen Kumpeln getrunken. Dass ich die auch einmal einladen kann … ich hab ihnen noch niemals irgendwas zurückgegeben, obwohl sie die Einzigen sind, die noch für mich da sind. Ist sich einfach nie ausgegangen.“

„Und deshalb rollen Sie das Fass dann durch den halben Stadtpark, und dann die Sporgasse entlang Richtung Hauptplatz?“

„Ja, das war die Strecke. Meine Kumpel sind meistens am Hauptplatz. Dort hätt' ich sie überrascht.“

„Die hätten ganz schön geschaut, oder?“, sagte der Richter.

„Und wie! Ja, die hätten g'schaut.“ In Josefs Gesicht war eine ehrliche Freude, als er für einen Augenblick in der Vorstellung schwelgte.

„Und dann, als Sie gerade das Fass die Sporgasse hinunterbegleiten und aufpassen, dass es Ihnen nicht wegrollt, weil es dort ja schon ziemlich bergab geht, kommt Ihnen eine Polizeistreife entgegen. Die Beamten werden auch geschaut haben, oder?“

Ja. Das hatten sie.

„Die Polizisten haben klarerweise von der Brandaktion gewusst, und dann sehen die Sie mit dem angekohlten

Bierfass daherkommen. Nach Rauch haben Sie gerochen. Da kann man eins und eins zusammenzählen. Und Sie sind natürlich gleich verhaftet worden."

„Stimmt. Aber schon am selben Tag bin ich wieder rausgekommen."

„Ist das so?"

„Ja, ich hab damit ja gar nichts zu tun. Wieso sollte ich diese Hütte anzünden?"

„Na, um an das Bier zu kommen!", rief der Staatsanwalt, räumte aber auch gleich ein, dass es dafür keinerlei Beweise gab. „Dennoch ist es wenigstens ein Einschleich- und somit Einbruchsdiebstahl, Herr Angeklagter."

„Dass ich das Bier nicht hätte nehmen dürfen, ist mir schon klar. Das habe ich eh gewusst, aber hab halt in dem Moment nur an meine Freunde gedacht. Dass ich das Fass gefladert hab, stimmt, dass ich dort hineingeschlichen bin, stimmt auch. Aber sonst hab ich dort nichts gestohlen und angezündet sowieso nicht."

Und schon war er wieder drinnen in dieser Spirale aus Rechtfertigungen, die er letztlich immer nur mit dem Rücken zur Wand verließ. So war es in Josefs Leben. Ihm war jetzt schon klar, dass man ihm das nicht glauben würde. Denn das schwarze Loch fraß auch die Glaubhaftigkeit. Die Glaubhaftigkeit war meistens sogar eines der ersten Dinge, die es verschlang.

Angesichts seiner vielen Vorstrafen konnte man Josef nicht straflos nach Hause schicken. Es kam aber ein äußerst mildes Urteil zustande. Josef bat darum, die Haft im Winter absitzen zu dürfen. Somit hätte er wenigstens in der kalten

Zeit ein Dach über dem Kopf und eine regelmäßige Verpflegung. Sein Wunsch wurde ihm vom Gericht und unter Zustimmung des Staatsanwaltes gewährt, die Haftstrafe also bis dorthin aufgeschoben. Der geschädigte Lokalbetreiber, dem die Versicherung bereits sämtliche Schäden ersetzt hatte, bekam bei der Verhandlung Wind von der Sache mit Josef und erklärte, dass er das Fass Bier ohnehin nicht mehr verwenden würde. Wiederum unter Zustimmung des Staatsanwaltes konnte das Diebesgut an Josef ausgefolgt werden.

„Ehrlich? Darf ich's wirklich wegrollen?", fragte Josef verwundert. Es war nicht der beste, aber mit Sicherheit auch nicht der schlechteste Tag in seinem Leben.

Dass das Gericht Josef geglaubt hatte, stellte sich übrigens bald als richtige Entscheidung heraus. Das Feuer wirklich gelegt hatten vier Jugendliche. Sie wollten sich die Zeit vertreiben. Aber das ist eine andere Geschichte.

2008 waren in Österreich etwa 9.000 Menschen als „obdachlos" registriert. Zehn Jahre später waren es fast 23.000 – und viele Experten gehen davon aus, dass diese Zahl in der näheren Zukunft noch weiter anwachsen wird. Unsere ganze Gesellschaft ist gefordert, um zu verhindern, dass aus Rückschlägen schwarze Löcher werden.

# Erwin

## Die komplizierte Beziehung zu „dem da oben“

Jeder Wirt kennt solche Gäste. Gäste, die schöne Umsätze bescheren, gerade durch diese Umsätze – und speziell zu späterer Stunde – aber stark am Nervenkostüm zerren. Erwin war so ein Gast. Oft saß er nicht nur Freitagabend, sondern dann auch noch fast den ganzen Samstag an der Theke. Und Manni, der Wirt, saß dann genau in der beschriebenen Zwickmühle: Sollte er den Gast in erster Linie als Einkommensquelle betrachten oder als Störenfried? Erwin konnte und wollte endlos diskutieren. Über Fußball, aber auch über den Bürgermeister, an dem Erwin kein gutes Haar ließ. Alles, was dieser plante oder machte, war für Erwin ausnahmslos verachtenswert, vollkommen falsch sowieso. Scheinbar war es ihm dabei auch stets umso wichtiger, dass das alle hörten, umso weniger es jemanden interessierte. Das Ganze artete so aus, dass man Erwin deshalb sogar schon mehrmals gestraft hatte, wegen Ehrenkränkung, Beleidigung, übler Nachrede und so weiter …

Erst vor Kurzem hatte das Gericht wieder eine Geldstrafe ausgesprochen. Erwin hatte zuvor behauptet, dass der Bürgermeister „an acht Tagen in der Woche lügt – und überhaupt wie ein steirisches Arschloch aussieht“. Der

Richter war letztlich und nach längerem Disput sogar so weit gegangen, dass er Erwin darlegte, dass einerseits eine Woche keine acht Tage habe, und andererseits der Herr Bürgermeister aus objektiver Sicht keine Ähnlichkeit mit einem Hintern. Also wenigstens nicht der Mann als Ganzes oder sein Gesicht. Der Richter hatte dafür das Foto einer menschlichen Kehrseite aus einem Obduktionsbericht hergezeigt und von Erwin verlangt, dass dieser zugab, dass das nicht der Bürgermeister war. Die ganze Szene war mehr als schräg gewesen. Eigentlich zum Lachen, wenn da nicht wieder mal eine Geldstrafe herausgekommen wäre.

Zwei Wochen später wendete sich das Blatt. Erwin gewann im Toto – und zwar just den Betrag, den ihn die letzte Geldstrafe gekostet hatte. Damit war für ihn klar: Der da oben stand hinter ihm. Das posaunte er auch lautstark hinaus, als er am folgenden Freitag wieder Manni gegenüber an der Bar saß. Im Hintergrund lief ein Fußballspiel, und Erwin musste ganz schön laut werden, um sich verständlich zu machen.

„Zugeben tu ich nur, dass ich ein paar Gläser hinuntergewischt habe“, erklärte Erwin zu Beginn der Verhandlung. „Sie kennen mich doch, Herr Richter. Zuletzt habe ich ja auch zugegeben, was ich gemacht hatte. Dieses Mal habe ich nur versehentlich die Gläser runtergeworfen, weil ich so betrunken war.“ Auch im weiteren Verlauf der Vernehmung lieferte Erwin nichts, was man verwerten konnte.

Die Anklage warf Erwin Körperverletzung vor. Zumindest der Aktenlage nach war Erwin verdächtigt, einem Gast namens Sepp einen gläsernen Aschenbecher ins Gesicht geschossen zu haben. Das Ganze war aber im Zuge einer größeren Schlägerei passiert, und niemand wusste nun so wirklich, wer der wahre Missetäter war – noch, ob es absichtlich oder versehentlich passiert war. Es gab einen Aktenvermerk der Polizei, nachdem ein deutscher Urlauber Erwin als Täter angegeben hatte. Bei diesem Aktenvermerk musste es aber leider bleiben, denn der Tourist war längst weitergereist und konnte als Zeuge auch deshalb nicht so einfach hinzugezogen werden, da er (laut Auskunft seines Bruders) inzwischen selbst in Griechenland in eine Schlägerei geraten war.

Die restlichen Zeugen mussten also ausreichen. Ihre Einvernahmen waren leider ähnlich zweckdienlich wie Erwins eigene Aussagen. „Ich weiß nicht mehr, was passiert ist, ich war so besoffen, dass ich erst bei der Polizei wieder richtig zu mir gekommen bin", sagte der eine. „Kann sein, dass ich das Glas geworfen habe, aber wenn, dann nur, weil der mir zuerst eines hergeworfen hat", sagte der andere. Einer habe überhaupt eigentlich nur schauen wollen, was los war, und habe dabei einen Schlag abbekommen, wieder ein anderer wusste nur zu berichten, dass jemand von Gerechtigkeit gesprochen habe, und er den Redner daraufhin aus Gerechtigkeit geschlagen habe – „möglicherweise".

„Die zwölf Bier, die ich getrunken haben soll, könnten schon stimmen", erklärte ein weiterer Beteiligter. „Ich hab mit dem Sepp geredet, und dann hat der auf einmal ein Glas ins Gesicht bekommen. Zu dem Zeitpunkt sind ein paar Leute am Boden herumgerollt, ob die wirklich gerauft haben, weiß ich aber nicht."

Einer der Zeugen schließlich konnte sich nicht einmal erinnern, ob er damals überhaupt im Lokal gewesen war. Die Beamten, die der Wirt Manni an dem Tag telefonisch verständigt hatte, waren vor einem ganzen Knäuel an Menschen gestanden und hatten beim besten Willen nicht feststellen können, wer den Aschenbecher geworfen hatte.

Erwin selbst bestritt auch die Richtigkeit des Aktenvermerks, den die Polizei mithilfe des deutschen Touristen aufgenommen hatte. Erwin erklärte, er selbst sei mit diesem Urlauber auf der Toilette gewesen, als der Tumult losgebrochen sei. Wie beschrieben konnte das nicht zeitnah überprüft werden.

Am Ende wurde der Wirt Manni ein letztes Mal in den Zeugenstand gerufen. Der bekräftigte abermals, dass er den Aschenbecher-Werfer nicht gesehen habe. Wer, was, wann und warum? Nichts könne er dazu sagen.

„Wie lange sind Sie schon Gastwirt?“, fragte der Richter irgendwann.

„Sehr lang schon. Sicher zwanzig Jahre.“

„Und wenn Sie nicht gerade servieren und die Gäste bedienen: Wo sind Sie dann? Also im Lokal, meine ich.“

„Hinter der Schank. Da steh ich halt und hör den Leuten zu, was sie so erzählen.“

„Dort steht auch die Kasse?“

„Ja.“

„Und das Telefon? Also das Festnetztelefon, von dem Sie die Polizei angerufen haben?“

„Ja, steht auch dort.“

„Warum haben Sie die Polizei gerufen?"

„Weil es losging."

„Was?"

„Der Wirbel."

„Was heißt das?"

„Kann ich nicht beschreiben. Ich hab mir halt gedacht, dass ich jetzt besser die Polizei anrufe."

„Sie sind seit zwanzig Jahren Gastwirt. Soweit ich weiß, haben Sie bisher noch niemals die Polizei gerufen, obwohl es gerade in letzter Zeit viele Vorfälle gegeben hat."

„Jede Menge an Vorfällen", ergänzte der Bezirksanwalt. „Schlägereien, Körperverletzungen, einmal fast einen Alkoholtoten, und, und, und ..."

„Aber trotzdem haben Sie niemals die Polizei gerufen", führte der Richter weiter aus. „Warum gerade diesmal?"

Auch nach mehrmaligem Hin und Her kam man nicht weiter. Nur der Verweis auf das Protokoll seines Anrufes bei der Polizei konnte Manni überhaupt dazu bewegen, sich daran zu erinnern, dass er damals definitiv von einer „Schlägerei" gesprochen hatte. Sogar nachdem der Richter – unter Zuhilfenahme eines Lageplanes des Lokals – dargelegt hatte, dass es nicht glaubwürdig war, dass Manni den Werfer nicht gesehen haben wollte, gab der keine weiteren Informationen. Seit gefühlten Ewigkeiten ging es nun so dahin, bei jedem einzelnen Zeugen. Niemand wollte etwas gesehen haben. Dem Richter platzte inzwischen fast der Kragen seines Talars. Es reichte. Er ließ umgehend eine Strafregisterauskunft erstellen, um zu klären, ob es möglich war, Manni unter Eid zu nehmen. (Etwaige Vorstrafen wegen Falschaussage oder Verleumdung hätten bedeutet, dass man Manni nicht hätte vereidigen dürfen.)

„Welches Bekenntnis haben Sie?“, herrschte er Manni dann nach einem längeren Disput an.

„Wie bitte?“ Manni blickte den Richter erschrocken an. Er war völlig überrumpelt.

„Welches Bekenntnis Sie haben? Wenigstens das werden Sie ja wissen! Evangelisch, römisch-katholisch oder sonst etwas?“

„Äh … evangelisch.“ Es klang fast wie eine Frage.

„AB oder HB?“

„Wie?“

„Augsburger Bekenntnis oder Helvetisches Bekenntnis?“ Der Richter war sehr laut geworden.

„Ich … äh … ich habe keine Ahnung …“

„Den Unterschied werden Sie dann auch nicht kennen, oder? Egal. Ich vereidige Sie jetzt. Sie wissen: Wer vor Gericht einen falschen Eid schwört, dem blühen sechs Monate aufwärts. Alles klar?“ Während er sprach, rückte der Vorsitzende des Gerichts das Kruzifix in die Mitte des Richtertisches, stellte zwei Kerzen hin und zündete sie an. Manni sah völlig baff zu.

„Heben Sie Ihre rechte Hand!“, befahl der Richter. Manni folgte. „Und jetzt strecken Sie die Schwurfinger Ihrer rechten Hand aus und sprechen mir nach: Ich schwöre, so wahr mir Gott helfe, dass meine Aussage, wonach ich nicht gesehen habe, dass der Angeklagte Herr Erwin einen Aschenbecher genommen, diesen auf Herrn Sepp geworfen und ihn damit auch getroffen hat, richtig ist …“

Der Richter machte eine Pause, um Manni Zeit zum Nachsprechen zu geben. „Ich schwöre …“, begann Manni gerade stockend und blickte in das Kerzenlicht. Dann drehte er sich auf einmal um und rief zu Erwin: „Du Arschloch, für dich geh ich sicher nicht in den Häfen! Sicher nicht!“

Dann sah Manni den Richter an und erzählte in wenigen Sekunden, dass er genau gesehen habe, wie Erwin Sepp mit dem Aschenbecher abgeschossen habe. So einfach war das. In Laufe des Nachmittags durften dann auch noch die früheren Befragten ins Kerzenlicht schauen. Es gab zahlreiche Berichtigungen und Ergänzungen.

In der Zwischenzeit, also in der Zeit von damals bis heute, wurden die prozessrechtlichen Bestimmungen abgeändert, und schöne Kerzenlicht-Szenen gibt es bei Gericht heute so nicht mehr. Vielleicht wurden an diesem Tag zu viele Kerzen verbraucht. Das kostet ja alles.

# Dietmar und Max

## Illusionen und eine Täuschung

Dietmar, von seinen Freunden „Didi" genannt, war schon als Kind riesig. In der Volksschule überragte er die anderen Kinder meist um einen ganzen Kopf. Auch im Sportunterricht war er damit der Größte. Weltmeister im Völkerball, bester Torwart, umwerfend beim Basketball. Seine langen Beine machten ihn zum Schnellsten beim Laufen. Wann immer es sportlich etwas zu gewinnen gab, war Didi am Ende unter den Siegern.

An dieser Vormachtstellung änderte sich nichts, als er in die Pubertät kam. Er schoss noch einmal ein ganzes Stück in die Höhe. Die Ruhelosigkeit des Erwachsenwerdens sorgte im Verbund mit seiner körperlichen Überlegenheit dafür, dass er in manche Rauferei geriet – aus denen er natürlich immer als Sieger hervorging.

Nur beim Lernen half seine Länge ihm wenig. Didi war es aber nicht gewohnt, sich geschlagen zu geben. Er war der Größte, und damit hatte er auch der Größte zu sein. Immer und überall. Und zu helfen wusste er sich auch immer, er musste nur seine eigenen Regeln an das Spiel anlegen. Also rekrutierte er mit der Androhung von Schlägen Mitschüler, die ihm beim Schummeln helfen sollten. Es klappte, und weil das so einfach ging, verfuhr er forthin nach demselben Muster, wenn ihm das eigene Schulbrot einmal zu wenig war, er etwas zu trinken oder Taschengeld benötigte. So verging die Pflichtschulzeit, und da er es schaffte, seine Noten halbwegs stabil zu halten, ergab sich auch die Möglichkeit auf den Besuch eines Gymnasiums. Inzwischen war Didi klargeworden, dass er auch in gewissen anderen Hinsichten sehr groß war, und er machte daraus keinen Hehl, zeigte auch in der Schule mit Selbstverständlichkeit, was er in der Hose hatte. Nachdem er das ein paar Mal getan hatte, kam das dann doch einigen Lehrenden zu Ohren und Didi wurde am Ende von der Schule verwiesen.

Damit begann der nächste Lebensabschnitt für ihn. Auf die Zigaretten folgten erste Erfahrungen mit Cannabis, viel Alkohol. Didi fand sich eine passende Clique und kostete diese neuen Welten voll aus, die sich ihm nun öffneten. Aber das alles kostete leider nicht wenig Geld, und keiner seiner Freunde hatte ein Einkommen oder wenigstens eine echte Ausbildung. Es mussten Alternativen aufgetan werden, um diesen Lebensstil erhalten zu können.

Aber Didi hatte Glück. Immerhin war er – immer noch – der Größte. Er lernte bald, dass er mit seiner frechen Art gut beim anderen Geschlecht landen konnte. Er lernte Inge kennen. Sie war ein bisschen älter als er und wusste sehr gut, wie man seine Vorzüge gewinnbringend einsetzte. Bald schlief Didi sich durch exquisite Villen. Die teuren Karossen vor den Häusern faszinierten ihn, ebenso wie der ganze Schmuck, die goldenen Uhren, die er dort zu Gesicht bekam. Er selbst war in sehr bescheidenen, um nicht zu sagen „erbärmlichen“ Verhältnissen aufgewachsen, und das ganze Geld, das hier auf die eine oder andere Weise präsentiert wurde, verzauberte ihn völlig. Er selbst wollte auch so leben. Und wieder machte sich seine Beziehung mit Inge bezahlt. Dass sie große Pläne hatte, passte da gut. Einige Jahre später waren Didi und Inge Topverdiener in der Rotlichtszene, eine Handvoll Mädchen arbeitete für sie. Und es wurden immer mehr.

Ihre Masche war ganz einfach: Zuerst schlief Didi mit den Mädchen. „Fick sie einfach“, hatte Inge gesagt, „ich bin nicht eifersüchtig.“ Dann schwafelte er ihnen etwas von der großen Liebe vor, dass er sich von Inge, die er inzwischen geheiratet hatte, trennen würde. Aber dafür brauche es natürlich Geld … Die Mädchen, die sich darauf einließen, gehörten fortan „in seinen Stall“. Viele merkten mit der Zeit, welches Spiel mit ihnen getrieben wurde, dennoch blieben die Reihen voll, auch weil so manche Professionelle hinzukam. Man konnte schlechtere Zuhälter erwischen als Didi, der keinen Hehl aus seinem – auch finanziellen – Erfolg machte. Dazu musste man sagen, dass Zuhälter einem gewissen Typ Mensch entsprachen. Sie alle wollten die Erfolgreichsten, Stärksten, Besten oder Klügsten sein. Da Didi schon der Größte war, erfüllte er seine Rolle wie eine von der Natur vorgegebene.

Und irgendwann erfuhr Didi über siebenundzwanzig Ecken, dass es da ein Mädchen namens Betty gebe, das gerne bei ihm anschaffen würde. Eine junge Ungarin, angeblich wunderschön. Ihr jetziger Zuhälter hatte ihr das aber untersagt. Nun, so etwas konnte man mit Didi nicht machen, und Angst zu haben hatte er ohnehin nie gelernt. Er packte zwei seiner Männer ein und fuhr mit diesen in seiner S-Klasse zu dem Lokal, in dem Betty arbeitete, um ihr das berufliche Fortkommen zu ermöglichen. Zu seinem Glück war ihr Zuhälter sogar zugegen, als Didi mit seinen Leuten ankam. Es kam natürlich zum Streit, und am Ende versetzte Didi dem anderen Zuhälter, einem Kerl namens Max, vor den Augen des ganzen Lokals einen Faustschlag, der Max auf die Bretter schickte und seine Nase zertrümmerte. Dann schimpfte Didi Max einen Lausbuben, dessen Scheißladen er einfach übernehmen würde, wenn man ihm dort Probleme machen wolle, und Max' „Bauchtanzgruppe" – hiermit meinte er nicht die Damen, sondern seine Männer – gleich mit. Er holte Betty, das Mädchen aus Ungarn, aus ihrem Zimmer und fuhr mit ihr und seinen Männern wieder zurück.

Selbstverständlich hatte er damit keine Sache beendet, sondern eine angefangen. Didis Besuch wurde als Kriegserklärung aufgefasst. Max hatte auf keinen Fall vor, sein Gesicht zu verlieren, wo doch auch nur seine Nase betroffen war. Er trommelte seine Leute zusammen und ließ mit Didi Zeit und Ort für ein Treffen der beiden Gruppen vereinbaren. Auf dem Grazer „Griesplatz" – allen, die sich in Graz ein wenig auskennen, ist dieser Platz zweifellos ein Begriff. Didi und seine Leute deckten sich vor der Abfahrt mit Waffen ein. Baseballschläger wurden in die Limousinen gepackt, Messer, Eisenstangen und Totschläger. Didi wollte sich seiner Sache ganz sicher sein, deshalb steckte er sogar seinen Revolver in den Hosenbund. Er war seit Jahren unbenutzt in Didis Safe gelegen. Zwei seiner Untergebenen taten es ihm gleich, obschon sie einander einig waren, dass sie auf keinen Fall auf jemanden schießen würden. Man wollte sich ganz bestimmt keinen Mord anhängen lassen. Aber Vorsicht war eben die Mutter der Porzellankiste. Es konnte ja nicht schaden.

In der vereinbarten Nacht trafen Didi und Max, jeweils unterstützt von ihren Männern, tatsächlich kurz nach Mitternacht auf dem Griesplatz aufeinander. Es muss eine Szene wie aus einem Western gewesen sein. High Noon, aber eben mitten in der Nacht anstatt mittags. Man kann sich gut vorstellen, welche Spannung in der Luft gelegen sein muss. Ihre Leute im Rücken, gingen Max und Didi langsam aufeinander zu, bis sie nur mehr wenige Meter voneinander entfernt standen.

„Gut, dass du da bist", eröffnete Max. „Ganz offensichtlich haben wir ein paar Dinge zu klären."

„Ach so? Was möchtest du denn klären?", gab Didi cool zurück.

„Wir möchten dich gern davon überzeugen, dass deine Besuche unerwünscht sind."

„Und wie wollt ihr mich daran hindern?" Didi ging einen weiteren Schritt auf Max zu. Didi überragte ihn um ein gutes Stück. Er grinste selbstsicher.

„Ich denke, da werden wir schon ein paar gute Argumente finden …" Max zog ein Messer. Hielt es nach vorne, zwischen ihn und Didi. Ein Faustkampf gegen diesen riesigen Kerl wäre schwierig.

Didi konnte über die Verzweiflungsgeste nur lachen. Er drehte sich um, sah seine Begleiter an, die unverrückt hinter ihm standen. Entschlossene Gesichter. „Mit dem Spielzeug willst du mir Angst machen?", sagte Didi dann zu seinem Gegner. Er zog den Revolver aus dem Hosenbund, spannte den Hahn und richtete den Lauf auf Max, stellte befriedigt fest, dass nicht nur der, sondern auch die Mannen hinter ihm für einen Augenblick erstarrten. Max ließ sein Messer ein wenig sinken und zog sich vorsichtig Schritt für Schritt zurück, ohne den Blick von Didi zu nehmen.

Gleich mehrere Anrufe gingen bei der Polizei ein, nachdem die Schüsse gefallen waren. Als die Beamten nur wenige Minuten später am Ort des Geschehens eintrafen, war niemand mehr zu sehen. Keine hundert Meter weiter gab es einen Würstelstand, der Betreiber war mit seinen Würsten aber so beschäftigt gewesen, dass er von der ganzen Sache, die sich direkt vor seiner Nase abgespielt hatte, rein gar nichts mitbekommen hatte. Ehrlich. Der Rest des Griesplatzes war wie leergefegt.

Etwa eine Woche später klopfte es an Wasakovskis Bürotür. Es war Dietmar mit seinem Anwalt. Gegen Dietmar gab es einen offenen Haftbefehl, es war aber auch ein Schreiben des Justizministeriums eingetroffen, das Dietmar freies Geleit zusagte. Das hieß, dass er innerhalb einer gewissen Frist ohne verhaftet zu werden beim zuständigen Richter vorbeikommen durfte, um eine Aussage zu machen. Dietmar hatte sich nach den Schüssen einige Tage ins Ausland abgesetzt, und noch vor einer Minute war niemand sicher gewesen, ob Dietmar wirklich vorbeikommen würde. Nun war er da.

Mit dem Anwalt hatte der Richter schon vergangene Woche Kontakt gehabt. Der Anwalt hatte erklärt, dass er einen neuen Zeugen habe, den er durch einen weiteren Beweisantrag hinzuziehen würde. Außerdem hatte er mit Nachdruck betont, dass sein Mandant Dietmar und dessen Frau Inge ein ordentliches und sauberes Unternehmen führten. Die Worte des Richters, dass Dietmar ein einfacher Zuhälter und sonst gar nichts sei, hatte der Anwalt heftig zurückgewiesen.

Und nun war er also mit seinem Mandanten gekommen. Allerdings nicht, um gleich die Befragung zu starten.

„Wir wollten nur Bescheid geben, dass Herr Dietmar bereits wieder in Graz ist und nächste Woche zu Ihnen kommen wird."

„Wirklich?", sagte der Richter. „Warum nicht gleich? Keine Zeit für einen kleinen Plausch?"

„Nein", gab Dietmar selbst zurück. Er stand ein wenig gebückt. „Nächste Woche. Bis dorthin kann ich mich ein bisschen erholen auch, meine Verletzung macht mir immer noch zu schaffen."

„Verletzung? Welche Verletzung?" Nach Wasakovskis Wissensstand war nur Dietmars Kontrahent Max verletzt worden. Er hatte zwei Kugeln abbekommen, eine in die Hüfte und die andere in den Oberschenkel.

„Das erzähl ich Ihnen dann nächste Woche alles. Das war ja eine arge Geschichte!"

„Und bis dorthin ärgern Sie die Polizei damit, dass das Ministerium Ihnen freies Geleit zugesagt hat?"

„Ganz ehrlich, Herr Rat: Ja. Es ist wirklich lustig. Die Polizei will mich bei jeder Kontrolle festnehmen, und wenn ich ihnen den Zettel unter die Nase halte, schauen sie immer ganz schön. Endlich habe ich mal Freunde bei der Polizei, wenn Sie verstehen, was ich meine!" Didi glänzte über das ganze Gesicht.

„Nun gut, dann sehen wir uns in Bälde wieder", meinte der Richter abschließend. Was wollte man machen? Außerdem: Die Erhebungen liefen auch ohne Dietmars Zutun ganz gut.

Am Abend lehnte Didi sich genussvoll zurück und schloss die Augen. So schlimm lief das doch gar nicht. Er hatte das ja gleich gewusst, da hätten nicht alle sofort so einen Stress bekommen müssen. Didi war der Größte. Und der würde er auch bleiben. Weder Polizei noch Gericht konnten daran etwas ändern. Die konnten ihm gar nichts.

Zwei Damen machten sich an seinem Schoß zu schaffen. Auf dem kleinen Tischchen standen neben der Champagner-Flasche auch frische Erdbeeren und Weintrauben in kristallenen Schalen. Man musste nur wissen, wie man leben wollte, dann … Moment – hatte er gerade etwas gehört? Ja, doch. Da war etwas. Er öffnete die Augen und drehte die Musik mit der Fernbedienung ein bisschen leiser, lauschte angestrengt.

Da kreischte eines der Mädchen, Dietmar zuckte vor Schreck zusammen, sah, wie dunkel gekleidete Leute hereinkamen. Einer warf den Mädchen Handtücher zu, sie sprangen erschrocken auf und ließen Didi allein und entblößt sitzen. Als Dietmar bemerkte, dass die dunkle Kleidung der Eindringlinge Uniformen waren, atmete er innerlich auf. Er hatte fast einen Schlag der verfeindeten Zuhälter erwartet.

„Wisst ihr nicht, was ‚freies Geleit' ist, ihr Arschlöcher?", rief Dietmar. Ein weiterer Beamte brachte gerade Didis Bodyguard herein, der sich offenbar auch eben erst anzog.

Nun kam einer an Dietmar heran, der scheinbar das Sagen hatte. Er zog ein Papier aus einer der Taschen seiner Uniform. „Haftbefehl. Ganz frisch vom Landesgericht. Nichts mehr mit freiem Geleit. Zieh dich an, wir fahren."

Didi blickte auf das Blatt, das der Einsatzleiter ihm vor das Gesicht hielt. „Dieses Arschloch …" Er traute seinen Augen nicht.

Es vergingen nur wenige Stunden, bis er einem breit lächelnden Wasakovski gegenübersaß.

„Grenzüberschreitende Prostitution, Herr Dietmar, davon sprechen wir. Sie haben Frauen geholt und hier der Prostitution zugeführt. Manchmal haben Sie sie auch bringen lassen, die Namen der Mittäter haben wir. Strafrahmen: bis zu zehn Jahren. Wenn das alles stimmt, werden Sie, bei Ihren Vorstrafen, nicht billig aus der Sache rausgehen."

Die Ansage des Richters traf Dietmar unvorbereitet. Er hatte sich nur darauf eingestellt, die Sache mit den Schüssen zu klären. Dass man ihm nun mit diesen anderen Vorwürfen kam, brachte den ganzen Plan durcheinander. Wie kamen sie darauf überhaupt? Dietmar improvisierte. Und zwar schlecht.

„Das ist doch ein Scheiß!", regte er sich auf. „Stimmt doch alles nicht! Die Weiber kommen zu mir, weil sie Geld verdienen wollen! Ich und jemanden zwingen? Das habe ich gar nicht nötig, die rennen mir die Türe ein!" Dann schüttelte er den Kopf, als redete man über eine Kleinigkeit, und grinste Wasakovski selbstsicher an. „Das ist ein Blödsinn, Herr Rat, das sag ich Ihnen. Das mit dem Max ist ja auch so ein Schwachsinn. Der kommt da her, mit irgendwelchen Typen im Schlepptau, und will einen auf dicke Hose machen. Schießt mich einfach nieder! Klar hab ich zurückgeschossen, das würde jeder machen. Kommt der mit einem Riesenhaufen Vollidioten und will am Gries die Sau rauslassen! Was hätte ich denn tun sollen? Die Polizei rufen? Na, das hätten wir noch gebraucht."

Eines musste man Dietmar schon zugestehen: Er hatte einen gewissen Schmäh, wirkte auch dadurch irgendwie zugänglich. Man war durchaus geneigt, ihm Glauben zu schenken. Dazu kamen weitere Umstände: Im Zuge einer Hausdurchsuchung hatte man auch in Max' Wagen eine Faustfeuerwaffe gefunden. Die Zeugen aus Dietmars Gruppe waren überdies sicher gewesen, auch bei Max eine Waffe gesehen zu haben. Interessanterweise hatte aber nur ein Teil von ihnen mitbekommen, dass Max als Erster abgedrückt hätte. Dabei wäre das sicher eine Sache, die man nicht ganz so einfach vergessen würde. Dazu kam ein völlig unbeteiligter Zeuge, der dafür absolut sicher war, dass Max das Feuer eröffnet habe – der Zeuge, den Dietmars Anwalt zuvor angekündigt hatte. Aus Didis Körper hatte man im Krankenhaus jedenfalls zwei Tage nach dem Tatgeschehen ein Geschoss entfernt, das knapp an Magen und Niere vorbeigegangen war.

Dietmar blieb bei seiner Version der Geschichte. Nach der Schießerei sei er angeschossen in seinem Wagen geflohen. Das könne er auch beweisen: Er sei auf der Beifahrerseite gesessen und habe deshalb dort sicher auch Blutspuren hinterlassen. Blutspuren fand die Polizei aber nicht. Und Max hatte – für den Richter glaubhaft – erklärt, dass er nicht auf Dietmar geschossen habe. Ja, der Richter hatte bereits mit einigen Beteiligten gesprochen. Wusste Didi wahrscheinlich gar nicht.

Es gab also Klärungsbedarf. Die Anklagebehörde ging immer noch eher davon aus, dass Dietmar als Einziger gefeuert hatte. Ansonsten hatte man gegen ihn gar nicht besonders viel in der Hand. Ein paar Zuhältertatbestände, das ja – diese Dinge waren bei den bisherigen Vernehmungen an die Oberfläche gekommen. Beim Menschenhandel war die Chance aber gut, dass nicht viel dabei herauskommen würde. Das war zwar ein schweres Verbrechen, aber erfahrungsgemäß war es sehr, sehr schwierig, in solchen Dingen an Zeugen zu kommen. Die meisten, die damit zu tun hatten, etwa die Damen selbst, wollten üblicherweise nicht aussagen.

Was Wasakovski nicht verstand: Warum bestand Dietmar darauf, dass Blut auf dem Autositz wäre, wenn man dort keines gefunden hatte? Wenn er das schon angab, dann musste es dort auch tatsächlich Blutspuren geben, alles andere machte keinen Sinn. Und tatsächlich: Als die Experten des technischen Dienstes noch einen Versuch starteten, fanden sie mikroskopisch kleine, eingetrocknete Blutspuren. Das hätte nun wiederum für Didis Version der Geschichte gesprochen. Bis zur nächsten Vernehmung Dietmars hatte Wasakovski aber bereits ein weiteres Ass im Ärmel.

„Wie ich gesagt habe!“, meinte Dietmar, als Wasakovski ihn auf die nun doch gefundenen Blutspuren ansprach. „Mandi hat mich angeschossen, dann habe ich zurückgeschossen und bin in dem Wagen geflohen.“

„Okay. Schön. Wo sind Sie hingefahren?“

„Direkt nach Ungarn. Budapest. In der ersten Nacht bin ich vor Schmerzen fast krepiert.“

„Und zwei Tage später sind Sie erst ins Krankenhaus?“

„Ja, da habe ich es nicht mehr ausgehalten.“

„Das muss doch auch davor schon unerträglich gewesen sein. Haben Sie keine Schmerzmittel genommen?“

„Doch, Joe ist extra zu einer Apotheke gefahren.“

„Wo?“

„Die Apotheke? In Ungarn.“

„Die Medikamentenschachtel in Ihrem Auto stammt aber aus Österreich.“

„Das … kann ich nicht genau sagen, vielleicht war es auch in Österreich, kann schon sein. Vielleicht waren die Tabletten schon im Wagen, als wir weggefahren sind. Keine Ahnung! Ich hatte anderes im Kopf.“

„Das glaube ich Ihnen sogar. Waren Sie in Wien?“

„In Wien? Auf der Flucht, meinen Sie? Nein. Was hätte ich dort denn tun sollen?“

„Untertauchen, zum Beispiel.“

„Ich kenn dort gar niemanden.“

„Sie kennen keine Zuhälter in Wien? Ernsthaft?“

„Herr Rat, ich kenn mich gar nicht mehr aus. Was fragen Sie da alles?“

„Ich will nur wissen, ob Sie im Zuge Ihrer Flucht in Wien waren. Keine schwere Frage, oder?“ Wasakovski sah Dietmar unbewegt an. Es war unmöglich, aus dem Gesicht des Richters etwas abzulesen. Er sah drein wie der weltbeste Pokerspieler.

„Nein, war ich nicht", sagte Dietmar gereizt.

Zeit, das Ass auszuspielen. „Und daher auch nicht an dieser Adresse?" Wasakovski hielt ihm einen kleinen Zettel hin. „Ist ein bisschen außerhalb von Wien, zugegeben."

Dietmar rutschte unruhig in seinem Sessel herum, dann kniff er die Augen zusammen, lehnte sich nach vorne und stellte fest: „Sie wissen was."

„Ach so? Was denn?" Wasakovski tat sich inzwischen sehr schwer damit, nicht zu grinsen. Dann meinte er: „Okay. Lassen Sie die Märchen, Herr Dietmar. Wir beide wissen, was da los war. Haben Sie selbst geschossen oder jemand anderer? Einer Ihrer Männer?"

Woher zur Hölle wusste der Mann das? Da musste jemand gesungen haben. Einer von den eigenen Leuten. Verdammt. Dietmar überschlug seine Möglichkeiten. Er kam nur auf zwei Optionen. Erstens: Alles sagen, in Würde untergehen. Oder zweitens: Den Mund halten und eine Strafe ausfassen, wenn diese Strategie im Hauptverfahren nicht klappte. Letztlich entschied er sich für die erste Variante. Dietmar war keiner, der sich wegduckte.

„Meine Leute sind alle Hosenscheißer", eröffnete er und schüttelte den Kopf. „Ich hab mir das Hirn zermartert, wie ich die Sache noch umdreh', und mir ist nur eingefallen, dass Max zuerst geschossen haben muss. Also hab ich zu den anderen gesagt, dass das jemand erledigen solle. Der Schuss musste sein."

„Aber es wollte niemand auf Sie schießen?"

„Nein, keiner hat sich getraut."
„Und deshalb haben Sie dann …"
„Ja, ich hab es selbst gemacht. War gar nicht so leicht."
„Sind S' froh, dass nicht mehr passiert ist, oder?"
Dietmar schnaufte. „Ja, stimmt eh, bin froh, wenn Sie verstehen, was ich meine."
„Ja, versteh ich."

Sehr viel mehr musste Wasakovski Didi nicht mehr vorhalten, wusste er doch von einem geheimen Informanten bereits ziemlich gut, was gelaufen war. Auch etwa, dass Didi ein Staubsaugerrohr benutzt hatte, um den Schuss zu lenken. Seine drei Bodyguards hatten allesamt Reißaus genommen. Die Informationen hatte Wasakovski über einen Vollprofi-Kriminalbeamten bekommen, Oberstleutnant Kröllinger, der hervorragend vernetzt war und sehr oft wusste, was Sache war, wenn alle anderen noch im Dunkeln tappten. Mit Kröllingers Mithilfe hatte Wasakovski nicht nur wichtige Informationen erhalten, sondern war auch zur Möglichkeit gekommen, die Wohnung zu besichtigen, in der sich Didi den Schuss versetzt hatte. Es hatte zwei Einschusslöcher in den Wänden gegeben – Didi hatte zuerst einen Probeschuss versucht. Die Wohnung gehörte einem Wiener Zuhälter, von dem Didi ziemlich sicher auch Mädchen übernommen hatte.
„Und die Blutspur im Auto haben Sie später gelegt – und mit der Sitzheizung getrocknet, stimmt's? War auch nur eine ganz kleine Menge."
„Ja. Ich versau mir doch nicht den Ledersitz."
Zu guter Letzt las Wasakovski ihm noch die Ergebnisse

der Telefonüberwachung vor, in der Dietmar dem einen unbeteiligten Zeugen, der sich ganz sicher gewesen war, dass Max zuerst das Feuer eröffnet hatte, das Geld für seine Aussage versprach.

„Da hätten Sie ja ganz schön tief in die Tasche gegriffen. Nicht schlecht."

„Es geht. Da verdienen meine Mädchen mehr!", gab Didi zurück.

„Ich weiß! Darüber müssten wir auch noch reden …"

Eine Weile später strahlte der ORF eine Fernsehsendung aus dem Hochsicherheitsgefängnis in Stein (Niederösterreich) aus. Unser Dietmar wurde dort interviewt und sagte trocken in das Mikrofon: „Mein Untersuchungsrichter hat gesagt, ich bin gefährlich, und auf einmal war ich schon hier. Es dauert aber nicht mehr so lange, bis ich wieder rauskomm, und dann kann Österreich sich festhalten!"

Als das ein Staatsanwalt in Graz hörte, sprach er Wasakovski darauf an.

„Ich glaube, der hat dir gedroht!"

„Mir? Da kennst du Dietmar aber schlecht. Er ist der Größte. Der hat ganz Österreich gedroht."

# Joszef
## Schlauchbeherrschung

Joszef war zwar in Kralvsky in der Slowakei geboren, hielt sich aber schon seit mehr als fünf Jahren in Österreich auf. Trotz guter Absichten hatte er bei der Jobsuche bis dato kein Glück gehabt. Wesentlich besser lief das bei seinen Sprachkenntnissen. Schon nach relativ kurzer Zeit beherrschte er das hiesige Idiom und konnte durchaus wortreich parlieren. Leider ist Österreich nicht dafür bekannt, dass man hier von der Sprache allein leben kann.

In einer seiner Stammkneipen lernte Joszef Marko kennen, einen kräftigen Burschen, der Deutsch sprach, seinen wahren Hintergrund aber nicht so recht darlegen wollte, beziehungsweise: Eigentlich erklärte Marko, dass er aus Bratislava sei, aber Joszef kamen Markos Beschreibungen der dortigen Örtlichkeiten nicht stimmig vor. Egal. Man traf und unterhielt sich jedenfalls ab und an und kam gut miteinander aus.

Irgendwann erklärte Marko Joszef, dass das Geld auf der Straße liegen würde. Joszef widersprach dem natürlich, woraufhin Marko ausführte, dass dieses Geld in Tankanlagen und Benzintanks gespeichert sei. Marko hatte einen Plan entwickelt: Er wusste von einem Transportunternehmen, bei dem die Tanks nie abgesperrt wären. Man müsse sie nur anzapfen. So gesehen lag das Geld nicht unmittelbar auf der Straße, aber schon knapp daneben. Joszef hatte anfangs kein Interesse an strafbaren Handlungen, aber einige Gläser später konnte Marko ihn zu fortgeschrittener Stunde dann doch noch für das Unterfangen gewinnen.

So schlichen die beiden schon in der kommenden Nacht zu der früher genannten Firma, vor der einige Lastkraftwagen und Baumaschinen abgestellt waren. Da sie klein anfangen wollten, hatten sie nur zwei Kunststoffkanister bei sich, einer mit dreißig, einer mit vierzig Litern Fassungsvermögen, dazu Schläuche und ein paar kleinere Gebinde. Marko spielte sich auf, als sei er das Hirn und Joszef die Muskeln der Aktion.

Joszef hatte aber noch niemals versucht, Treibstoff aus einem Tank abzuzapfen, und Markos Einweisungen waren ein wenig unverständlich, sein Deutsch klang seltsam. Slowakisch sprach er eigentlich nie, was Joszef sowieso verwunderte, zumal Marko ja behauptet hatte, aus Bratislava zu kommen. Sie hatten sich immer nur auf Deutsch unterhalten. Erst jetzt, wo der Lärm des Lokals wegfiel, erkannte Joszef, dass Marko ein schwer verständliches Deutsch redete.

„Do muast das Rehrl einisteckn!“, sagte Marko und steckte den Plastikschlauch in den Dieseltank eines Lastwagens. Joszef griff das andere Ende des Schlauches, das Marko ihm nun hinhielt. „Guat, jetzt muast no richtig ziagn! Tua!“

„Wie?“, fragte Joszef, der sich nicht im Klaren war, was Marko von ihm wollte.

„Ziag!“, forderte der ihn nochmals auf, „du muast auziagn, fest, gaunz fest, wenn's amoi rinnt, dann rinnt's eh!“

Joszef steckte den Schlauch in seinen Mund – der Schlauch schmeckte ganz furchtbar – und tat wie befohlen. Er sog an dem Schlauch, als sei er die letzte Zigarette seines Lebens.

„Ziag, weida!“, forderte ihn Marko auf, „fest, du muast afoch fest ziagn!“

Joszef legte sich unter Markos Anfeuerungen so richtig ins Zeug. Es funktionierte nicht.

„Fest und laung, ganz laung muast ziagn!“, erklärte Marko und schaffte es, Joszef zu einem weiteren Versuch zu animieren.

„Hohes Gericht. Mein Mandant fühlt sich vollinhaltlich schuldig, er gibt sämtliche Diebstähle zu. Es ist richtig, dass er insgesamt an die dreißig Mal vor Ort gewesen ist und Diesel- und Superkraftstoff gestohlen hat, gemeinsam mit dem Zweitangeklagten. Die Beute war nicht besonders hoch, die gestohlenen Mengen wurden zwar verkauft und der Ertrag geteilt, aber unter dem Strich kam nicht viel dabei heraus. Das Hohe Gericht möge bitte auch berücksichtigen, dass sich mein Mandant des Öfteren verschluckt hat und daher auch gesundheitliche Folgeschäden nicht ausgeschlossen sind.“

Das Eröffnungsplädoyer des Verteidigers zeigte schon, wohin es ging. Joszef erklärte, dass er sehr viel Kraftstoff geschluckt habe. Diesel ebenso wie Superbenzin. Diesel könne er inzwischen nicht mehr sehen, der sei zu ölig, ihm würde davor regelrecht ekeln.

„Sie wollen uns jetzt aber nicht erklären, dass Superbenzin besser schmeckt?“, fuhr der Staatsanwalt dazwischen.

„Nein, aber der ist nicht so ölig, sondern scharf!“

„Scharf?“

„Ja, Superbenzin ist scharf. Und Essen ist auch scharf besser!“

„Na bravo, Sie machen aber keinen Salat mit Superbenzin?“

„Nein, ist aber eine gute Idee, Herr Staatsanwalt!“

Marko zeigte sich auch umfassend geständig, wobei allerdings seine subjektive Tatseite etwas anders geschildert wurde. Marko meinte nämlich, er habe nur die ersten beiden Diebstähle eingeleitet, die weiteren habe Joszef dann aus Ehrgeiz und alleine ausgeführt – er habe unbedingt blasenfrei zapfen wollen, ohne dabei Sprudel in den Mund zu bekommen. Joszef habe sich wirklich bemüht, wie Marko erklärte, und sei zuletzt schon sehr gut gewesen.

„Und warum waren Sie dann da immer dabei?“

„Ich hab einfach dabei sein müssen, für den Wegtransport, er kann ja alleine nicht so viel schleppen. Außerdem hab ich auch die Abnehmer gekannt. Um ehrlich zu sein, wollte ich aber auch immer schauen, ob es ihm gelingt. Er hat sich so bemüht“, sagte Marko in einwandfreiem Deutsch, nachdem er zuvor einen ausgeprägten österreichischen Dialekt gesprochen hatte. Joszef versprach, nie wieder anzuzapfen.

# Nasir

## Wer einmal lügt, dem glauben die Geschworenen nicht mehr

Nasir hatte sich in seiner Einzelzelle schon häuslich eingerichtet. Vielleicht war seine Situation aber gar nicht so schlimm. Auf den Hinweis eines Mithäftlings hin hatte er sich mit seinen Eltern abgesprochen – und die hatten ihm einen Top-Anwalt zugesagt.

Und tatsächlich: Bereits kurz nach Ausstellung der Vollmacht durch Nasirs Eltern erschien dieser bei ihm. Im Gespräch nahm er sich Zeit. Er sah nicht dauernd auf die Uhr wie andere Anwälte, als müsse er jeden Moment fort, sondern saß ihm jetzt gegenüber und schien sich gewissenhafte Aufzeichnungen über alles zu machen, was Nasir erzählte. Was Nasir auch gefiel: Der Typ nahm kein Blatt vor den Mund.

„Gut sieht es nicht aus“, meinte der Anwalt. „Die Aktenlage ist aber ziemlich unscharf, das können wir ausnutzen. Das heißt auch, den drei Zeugen wird eine große Bedeutung zukommen. Ihnen selbst natürlich auch. Bei einem Geschworenengericht ist Glaubhaftigkeit alles.“

„Die ganze Geschichte ist eine einzige Lüge meiner Frau“, erklärte Nasir. „Sie will mich loswerden, das Luder.

Sie hat schon ewig einen anderen, und jetzt will sie mich so richtig fertigmachen."

„Und Ihre Vorstrafen?", bohrte der Verteidiger nach.

„Alles alte Sachen, schon lange her."

„Wie ich es sehe, steht hier Aussage gegen Aussage. Die beiden anderen Zeugen sind aber ein Problem. Kennen Sie deren Aussagen?"

„Schon, aber die belasten mich nicht wirklich, die haben ja nicht viel gesehen. Außerdem gehören sie zu meiner Frau. Sie wollte mich in eine Falle locken, und das ist ihr dann ja auch gelungen. Die beiden hat sie angeheuert, um mich zu erledigen, die wollten mich niederschlagen und fertigmachen, sonst nichts."

„Beweisbar?"

„Weiß ich nicht. Aber ich sag das jedenfalls so aus."

„Die Frage ist, ob man Ihnen das glauben wird …"

Wochen vergingen, dann kam endlich die Anklage des Staatsanwaltes. Die Anklageschrift ging tatsächlich davon aus, dass Nasir versucht habe, seine Frau zu ermorden. Nasir hätte diesen Staatsanwalt gerne einmal von Mann zu Mann gesehen. Dann hätte er ihm gezeigt, was er von seiner Meinung hielt. Beim nächsten Treffen mit seinem Verteidiger ärgerte Nasir sich so lautstark und derb, dass der eben im Dienst befindliche Dienstwachebeamte in den Verhörraum kam, wo Nasir mit seinem Anwalt saß.

„Alles in Ordnung", sagte der Verteidiger zu dem Beamten, „mein Mandant ist nur etwas aufgeregt, keine Sorge!"

Dann blickte er Nasir scharf an.

„Wenn Sie sich bei der Verhandlung so geben, ist die Sache gelaufen, das sollte Ihnen klar sein. Der Staatsanwalt wird erklären, dass Sie sich nicht unter Kontrolle hätten. Ich habe Ihnen schon gesagt, dass die Verhandlung vor einem Geschworenengericht stattfindet. Die acht Geschworenen sind allesamt Laien – Sie müssen sich vor denen gut präsentieren, denn diese Laien entscheiden letztlich über Schuld und Unschuld. Wenn Sie denen so kommen, können wir das gleich bleiben lassen. Also: Sie reißen sich zusammen."

„Leicht gesagt! Meine Frau belastet mich, und jetzt habe ich eine Mordanklage am Hals. Die gehen echt davon aus, dass ich sie umbringen wollte! Ich verstehe das nicht, das sagt ja nicht einmal sie selbst in ihrer Aussage."

„Sie haben vollkommen recht, es gibt keinen wirklichen Beweis, dass Sie sie umbringen hätten wollen. Wird jedenfalls nicht leicht. Die Chance ist aber da, sie hat ja auch nur Bagatellverletzungen erlitten."

„Was heißt, ‚die Chance ist da'? Das muss mit einem Freispruch enden, alles andere ist falsch, dann werde ich unschuldig verurteilt!"

Die Verhandlung war für zwei Tage anberaumt. Weil es lediglich das Opfer, also die Frau des Angeklagten, und die beiden unbekannten Männer als Zeugen gab, war der Prozess damit zeitlich recht großzügig geplant. Für den Verteidiger war klar, dass viel Zeit für die Befragung seines Mandanten vorgesehen war – eine Möglichkeit, schon zu Beginn der Verhandlung vieles klarzustellen.

Der Staatsanwalt erhob sich und trug die Anklage vor.

Die Anklagebehörde warf Nasir konkret einen Mordversuch an seiner Frau vor, indem er sie mit dem Umbringen bedroht und mit einem Küchenmesser mitten auf der Straße attackiert hätte. Aus seiner damaligen Wortwahl und der Verwendung des Tatwerkzeuges wäre auch der Wille des Angeklagten unmissverständlich ableitbar. Nur dem couragierten Einschreiten zweier unbekannter Männer, die weder den mutmaßlichen Täter, noch das Opfer gekannt hätten, wäre es zu verdanken, dass nicht mehr geschehen sei, so der Staatsanwalt.

Gänzlich anderer Ansicht war naturgemäß der Wahlverteidiger des Angeklagten. Die Anklage fuße auf Mutmaßungen und unrichtig interpretierten Geschehnis-Abläufen, wie er entschlossen darlegte. Der Angeklagte habe niemals seine Ehegattin umbringen wollen. Der Angeklagte liebe seine Frau, und wenn man aus Beziehungs-Problemen immer gleich das Schlimmste ableiten würde, wäre halb Österreich in Untersuchungshaft.

„Der Herr Staatsanwalt verrennt sich da in seiner Auslegung“, erklärte der Verteidiger abschließend. „Sie ist durch nichts belegbar. Der Angeklagte bestreitet auch die angeblichen Worte, die gefallen sein sollen. Sie entspringen der Fantasie des Opfers, das die Situation völlig falsch interpretiert hat. Mein Mandant suchte nur das Gespräch, sonst nichts. Ich ersuche Sie daher, meine sehr verehrten Damen und Herren Geschworene, folgen Sie dem Verfahren gewissenhaft, und stellen Sie Fragen, wenn Ihnen etwas unklar sein sollte. Es geht hier um das Leben eines Menschen, dem Unrecht widerfährt. Ich danke Ihnen für die Aufmerksamkeit.“

Der Anklagegegenvortrag des Verteidigers brachte es auf den Punkt: Im Grunde war der Sachverhalt ziemlich unklar. Die Berufsrichter waren selbst ein wenig überrascht gewesen, dass der Staatsanwalt überhaupt Anklage erhoben hatte, obwohl die Faktenlage so dünn war. Es stand Aussage gegen Aussage. Auch die beiden fremden Zeugen hatten nicht alles gesehen, und die Wunden von Nasirs Frau waren ziemlich offensichtlich keine echten Stichverletzungen. Es würde spannend werden: Die Geschworenen waren zwar dem Eid verpflichtet, blieben aber dennoch immer, was sie waren: Laien. Und die Entscheidung eines Laien war nicht immer 100%ig den Tatsachen verhaftet. Das wusste der Verteidiger ebenso wie das Gericht.

Nach den Eröffnungsplädoyers kam erstmals auch der Angeklagte selbst zu Wort. Er hatte das Recht, sich der Aussage zu enthalten, sein Advokat empfahl Nasir aber, die Möglichkeit zu nutzen und seinen Standpunkt umfassend zu schildern. Er rief ihn nur zur Vorsicht; die beiden Berufsrichter gehörten bekanntermaßen nicht unbedingt zu den angenehmen.

Nasir kam nach vorne und nahm vor der Richterbank Platz. Er war nervös. Hunderte Male hatte er sich vorgestellt, wie es sein würde, in diesem großen Verhandlungssaal nach vorne zu schreiten. Viele Augen waren auf ihn gerichtet. Er wusste, dass seine Eltern im Zuschauerbereich saßen, nebst zahlreichen anderen Personen. Schon bei seinem Eintreten in den Saal hatte es ein Blitzlichtgewitter gegeben, Nasir wusste, dass die Zeitungen morgen über den Fall sprechen würden. Er hatte sich bereits ausgemalt, was er wie sagen könnte, um kein gutes Haar an seiner

Frau zu lassen. Die Leute sollten wissen, wie es einem Mann ging, der Opfer einer Lüge wurde.

„Ich bekenne mich für nicht schuldig!", war Nasirs Antwort auf die Frage des Vorsitzenden, was er zur Anklage zu sagen hätte.

„Bei der Justiz gefällt es Ihnen aber offensichtlich?", sagte der Richter.

„Nein, nicht wirklich ...?"

„Das verstehe ich nicht. Wenn es mir irgendwo nicht gefällt, dann gehe ich dort nicht wieder hin. Ihnen dürfte es hier in der Haftanstalt also gefallen, Herr Angeklagter?"

Nasir war etwas konfus. Was sollten diese blöden Aussagen? Der Vorsitzende setzte fort: „Die erste Verurteilung gab es, weil Sie mit Suchtgift handelten, da fassten Sie eine teilbedingte Strafe und einige Monate Haft aus. Bei der nächsten Verurteilung wegen Körperverletzung, schwerer Körperverletzung sogar, wieder ein paar Monate, die Sie hier in Haft verbracht haben. Sind Sie da nicht klüger geworden?"

Die Fragen brachten Nasir aus dem Konzept. Es waren damals schlechte Zeiten gewesen, ja. Er wusste nicht, was er antworten sollte – für Nasir ein ziemliches Novum. Bei Gericht war er dafür bekannt, dass er nicht schnell klein beigab, seine Meinung gelegentlich mit Nachdruck vertrat und auch schon mal deutlichere Worte fand. Jetzt aber wusste er nicht, was sagen. Und bevor ihm eine passende Replik einfiel, kam ihm der Vorsitzende schon mit der nächsten Vorstrafe.

„Auch nach der zweiten Haft dauerte es nicht lang, bis Sie uns wieder beehrten. Wieder wegen Körperverletzung, und auch noch eine besonders mutige, da hatten Sie eine Frau geschlagen. Eine beeindruckende Leistung. Der eigenen Lebensgefährtin haben Sie damals den Kiefer gebrochen …"

Der Blick des Vorsitzenden war scharf.

„… Und dann waren Sie aber wirklich mutig, Herr Angeklagter. Dann sind Sie nämlich auf insgesamt gleich sechs Polizeibeamte losgegangen. Da kann man schon wirklich von ‚Mut' sprechen, im Ergebnis war das aber mehr als dumm. Es gab eine weitere Verurteilung, diesmal wegen Widerstandes gegen die Staatsgewalt."

Nasir bemerkte, wie sich die Sache schon so kurz nach Beginn der Verhandlung zuspitzte. Was sollten diese alten Sachen? Er sah verstohlen zu den Geschworenen.

„Das war vor langer Zeit, da war ich jung und dumm!", versuchte er sich zu rechtfertigen.

„Das sind alles alte Geschichten!", bekräftigte auch sein Verteidiger.

„Sind aber noch nicht getilgt!", kam die Antwort des Vorsitzenden Richters prompt.

„Und dokumentieren, dass er ein Rückfalltäter ist!", mischte sich nunmehr auch der Beisitzer ein. Das allgemeine Stimmungsbild des Angeklagten bekam rasch Kontur.

„Und dann gibt es noch eine Verurteilung wegen Vorbereitung zum Suchtgifthandel. Da sitzen Sie dann wirklich längere Zeit, das ist auch noch nicht getilgt. Daher meine Conclusio, dass es Ihnen hier also gut gefallen muss. Tut mir leid, dass ich mich wiederhole."

Das fing mehr als schlecht an. Nasir hatte seinen Standpunkt noch gar nicht darstellen können, und das Gericht begann bereits, ihn einzugraben. Nicht einmal das Eröffnungsplädoyer der Anklagevertreter war derart drastisch ausgefallen.

„Die Anklage spricht im gegenwärtigen Fall davon, dass Sie Ihre Frau mehrfach zu Boden gestoßen hätten und sie sodann mit einem angeblich entschlossen geführten Stich von oben nach unten in Richtung der oberen Körperhälfte attackiert hätten. Dafür hätten Sie ein eigens mitgebrachtes Fleischmesser mit mehr als zwanzig Zentimetern Klingenlänge verwendet. Der Stich soll in ihre schützend vor den Kopfbereich gehaltene linke Hand erfolgt sein. Dann wären Sie aber schon von zwei Passanten an der Jacke von hinten gepackt und weggezogen worden", fasste der Vorsitzende nochmals den Anklagevorwurf zusammen.

„Stimmt alles nicht!", rief der Angeklagte, der endlich seine Chance auf Aufklärung witterte.

„Dann erzählen Sie mal", forderte ihn der Vorsitzende auf.

Nasir war immer noch so aus dem Konzept, dass er eher losstammelte, als gute Argumente zu bieten: „Also … Ende des Vorjahres wollte ich mich scheiden lassen, meine Frau wollte das aber nicht …"

„Die Scheidungsklage eingereicht haben Sie wann?", unterbrach der Vorsitzende, noch bevor Nasir den Satz beenden konnte.

„Nirgends, ich habe keine Klage erhoben", meinte Nasir. „Sie wollte sich nicht scheiden lassen. Ich wollte dann eine offene Beziehung, mit der war sie aber auch nicht einverstanden."

Der Vorsitzende lächelte ihn an. „Erzählen Sie ruhig weiter!", forderte er Nasir auf.

„Ich wollte mich einfach mit anderen Leuten treffen können, ohne immer gleich um Erlaubnis bitten zu müssen. Sie hat dann damit begonnen, mein Handy zu kontrollieren. Sie hat sich stark verändert in letzter Zeit, war immer aggressiv mir gegenüber. Ich habe zu ihr gesagt, wenn es ihr nicht passt, wäre es besser, wenn wir uns trennen. Aber wie gesagt: Sie wollte sich nicht scheiden lassen."

Nasir erzählte von allerlei Streitigkeiten während der letzten Monate, verlor sich in Kleinigkeiten und sonstigen Vorfällen, die das Gericht protokollierte, aber nicht weiter hinterfragte.

„In Ordnung. Und nun kommen wir bitte zum Tattag!", forderte der Vorsitzende Nasir nach einer Weile auf. Die Verhandlung dauerte bereits gute zwei Stunden und man war noch nicht einmal zum Hauptanklagepunkt vorgedrungen.

„Das war ein sehr stressiger Tag. Sie war in der Arbeit, ich war zu Hause und habe zu viel getrunken. Wodka, Bier und Schnaps. Ab circa vierzehn Uhr habe ich zu trinken begonnen. Ich habe damals auch Kokain genommen und Marihuana geraucht. Das Koks habe ich nach dem Alkoholkonsum gezogen."

„Marihuana und Koks auch noch, na bravo!", vermerkte der Vorsitzende, „und wann war das?" Oft ist es einigermaßen überraschend, was Angeklagten vor Gericht alles über die Lippen kommt …

„Das Koks habe ich um sechzehn Uhr gezogen. Da war ich bei den Teichen im Süden der Stadt."

„Die Uhrzeiten wissen Sie so genau?“

„Ja, weil ich auf die Uhr geschaut habe.“

Es folgte ein mehr oder minder heftiges Hickhack zwischen Gericht und Verteidigung, was den tatsächlichen Zeitablauf betraf. Der Verteidiger wollte das abbrechen, indem er erklärte, dass er nicht verstünde, warum die Nachmittagsstunden von Bedeutung wären, was den Beisitzer wiederum zu der Äußerung veranlasste, dass es dem Gericht ziemlich egal sei, wenn der Herr Verteidiger die Bedeutung eines Sachverhaltes nicht verstünde. Dies sah der Verteidiger als beinahe persönliche Beleidigung.

„Falls es der eine oder andere noch nicht verstanden haben sollte“, erklärte der Vorsitzende dann, „ich versuche zu eruieren, wann etwaiger Alkohol- oder Suchtgiftkonsum stattgefunden haben könnte, um die Frage einer etwaigen Beeinträchtigung zur Tatzeit beantworten zu können.“

„Ich bitte Sie, Hohes Gericht, es gibt Harn- und Bluttests bei der Polizei!“, gab der Verteidiger gereizt zurück.

„Eben“, entgegnete der Vorsitzende, „und diese waren hinsichtlich sämtlicher Suchtgifte und auch beim Alkohol negativ. So viel zu den Angaben Ihres Mandanten. Für die Geschworenen: Sie finden die Testergebnisse im Akt. Alle negativ. Was sagen Sie dazu, Herr Angeklagter? Wie passt das mit Ihren Aussagen zusammen?“

Mist. An diesen verfluchten Test nach seiner Festnahme hatte Nasir überhaupt nicht mehr gedacht. Er versuchte zu erklären, dass es dann wohl nicht so viel gewesen wäre und er das einfach in falscher Erinnerung haben würde.

„Okay. Selbstverständlich. Und dann? Wie ging es weiter?“

„Um spätestens siebzehn Uhr war ich wieder zu Hause, es waren sicherlich drei bis vier Stunden, bis meine Frau dann gegen einundzwanzig Uhr ebenfalls nach Hause gekommen ist. Ich war mit Kochen beschäftigt und habe gerade in der Küche die Zwiebeln geschnitten, als sie reinkam. Sie hatte mich eine halbe Stunde davor angerufen und wollte sich in einem Lokal treffen, ich hab ihr aber gesagt, dass sie nach Hause kommen solle. Normalerweise hätte sie um sechs von der Arbeit kommen sollen … meiner Meinung nach war sie bei einem fremden Mann. Als sie dann gekommen ist, war sie zornig und redete von der Scheidung. Dann hatte sie plötzlich das Zwiebelmesser in der Hand, ich hab es ihr wieder weggenommen und mir dabei ein paar Kratzer geholt. Am Schluss ist sie weggelaufen, ich bin ihr nach. Ich hab erst im Stiegenhaus bemerkt, dass ich das Messer noch immer in der Hand hatte."

„Haben Sie in Ihrer Wohnung Schuhe getragen?", unterbrach der Vorsitzende den Angeklagten.

„Bitte?"

„Ob Sie Schuhe anhatten?", wiederholte der Vorsitzende Richter seine Frage.

„Ich weiß nicht."

„Sie sind zu Hause, mehrere Stunden sogar, nach Ihren eigenen Angaben haben Sie gekocht. Haben Sie da Ihre Schuhe an? Eine ganz einfache Frage!"

„Nein, sicher nicht", antwortete Nasir nach kurzem Überlegen.

„Als Sie dann Ihrer Frau nach sind, haben Sie sich da Schuhe angezogen?"

„Ja, ich bin in meine Sportschuhe hineingeschlüpft."

„Haben Sie die Schnürbänder zugemacht?"

„Nein, ich bin nur reingeschlüpft, das geht ganz schnell, und dann bin ich ihr schon nachgelaufen."

„Mit offenen Schnürbändern?"

„Ja!"

„Und warum sind Sie ihr nach?"

„Damit es keinen weiteren Stress gibt. Ich war sicher, dass sie zur Polizei laufen würde. Ich wollte sie nur beruhigen, wirklich. Sie ist Richtung Einkaufszentrum gelaufen – auf mich hat das den Eindruck gemacht, das wäre alles geplant gewesen. Genau dort haben die zwei anderen Männer auf sie gewartet. Sie hat mich dorthin gelockt, verstehen Sie? Die beiden sind sofort auf mich zu, haben mich weggestoßen, meine Frau ist zur Polizeistation weiter. Ich habe mit einem der Männer herumgerangelt, hab mich dann losgerissen – und dann hat auch schon die Polizei angerufen und mir gesagt, ich solle auf die Inspektion kommen. Unterwegs habe ich das Messer weggeworfen, weil ich ja nicht mit einem Messer in der Hand zur Polizei gehen konnte. In der Polizeistation haben sie mir dann gleich die Handschellen angelegt …"

„Aus dem Akt ergibt sich aber, dass Sie Ihre Frau angerufen haben, nicht umgekehrt. Sie sagten ihr, sie solle nicht zur Polizei gehen. Die Polizei hat dieses Gespräch mitgehört, weil Ihre Frau zu diesem Zeitpunkt schon auf der Dienststelle war, und für das Gespräch auf Lautsprecher gestellt hatte", unterbrach der Vorsitzende.

„Ach so, ja, stimmt. Ich habe sie angerufen und dann hat der Polizist sich gemeldet und mich aufgefordert, zur Polizeiinspektion zu kommen."

Der Vorsitzende wollte dann noch Details zur Auseinandersetzung mit den beiden Männern wissen, woraufhin Nasir meinte, er habe diese sicherlich nie mit dem Umbringen bedroht und auch nicht mit dem Messer vor ihnen herumgefuchtelt. Auch würde es nicht stimmen, dass er damit auf seine Frau eingestochen habe. Ihre Verletzungen erklärte Nasir mit dem Gerangel in der Küche. Draußen habe es mit seiner Frau kein Gerangel gegeben. Das Ganze wäre lediglich eine übertriebene Schilderung seiner Frau und der beiden Unbekannten.

Zuletzt hielt ihm der vorsitzende Richter noch aus dem Akt vor, dass sich Nasir bei der Polizei auffallend präpotent benommen, wiederholt vor den Polizisten ausgespuckt, und diese auch wortreich beschimpft habe. Er las die Worte vor, die Nasir angeblich gesagt hatte. „Nicht meine Wortwahl!“, entgegnete dieser.

„Kein Mörder würde von sich aus zur Polizeidienststelle kommen, Hohes Gericht!“, rief der Advokat jetzt.

„Er ist ja kein Mörder, er hat es höchstens versucht, Herr Verteidiger“, erklärte der Beisitzer gereizt. Natürlich tätigte der Verteidiger diese Anmerkungen zu strategischen Zeitpunkten, um die Geschworenen zu beeinflussen. Kleinigkeiten konnten große Auswirkungen auf das Ergebnis haben.

„Warum haben Sie beim Ermittlungsrichter gesagt, Sie fühlten sich teilweise schuldig?“, wollte der Vorsitzende abschließend noch wissen.

„Schuldig in Bezug auf Alkohol- und Drogenkonsum, habe ich damit gemeint“, antwortete Nasir und blickte den Vorsitzenden an.

„Alkoholkonsum ist in Ihrem Alter nicht strafbar, das wissen Sie genau. Das weiße Pulver, das bei Ihnen zu Hause gefunden wurde und Kokainbase enthielt …?“

„Gehörte mir“, sagte Nasir.

Die Berufsrichter hatten vorerst keine weiteren Fragen. Das Beweisverfahren stand ja noch bevor.

Der Vorsitzende unterbrach die Verhandlung für die verdiente Mittagspause. Als am späteren Nachmittag die Befragung der erhebenden Polizeibeamten und der Sachverständigen für die Spurenauswertung abgeschlossen war, war noch immer keine Entscheidung in Sicht. Das mögliche Spektrum ging von Nötigung oder Drohung und Körperverletzung bis hin zu versuchtem Mord – und im Prinzip ging es immer noch um Aussage gegen Aussage. Alles wartete darauf, was sich am nächsten Tag bei der Einvernahme des Opfers noch ergeben würde. Für heute aber wurde das Verfahren beendet. Für die meisten wenigstens. Der Vorsitzende nahm die Akten mit und bereitete sich auf eine lange Nacht vor. Der Angeklagte hatte nicht mit Sympathie gepunktet, das war klar. Darauf kam es aber auch nicht an. Der Richter überflog die letzten Stunden in Gedanken. Unmöglich war es nicht, dass der Angeklagte die Wahrheit sagte. Kam hier vielleicht wirklich jemand zum Handkuss wie die sprichwörtliche Jungfrau zum Kinde? Er blätterte durch die Akten, auf der Suche nach dem einen Detail, das man bisher vielleicht übersehen hatte, den klaren Beweisen, die diese Sache doch noch eindeutig klären würden …

Am nächsten Morgen schlich Kälte durch die Häuserschluchten. Reif lag auf den Dächern des Landesgerichtlichen Gefangenenhauses und des Gerichtes. Abermals erschien ein ganzer Haufen Leute, um dem Verfahren beizuwohnen.

Die Verhandlung begann pünktlich um neun Uhr.

Der geladene Sachverständige für Psychiatrie fasste zunächst sein Gutachten zusammen und ergänzte es durch die bisherigen Verfahrensergebnisse, damit die Geschworenen sich ein konkretes Bild machen konnten. Er bezeichnete den Angeklagten als emotional instabile Persönlichkeit, attestierte ihm aber Diskretions- und Dispositionsfähigkeit zum Tatzeitpunkt. Lediglich durch eine mögliche Berauschung könne man eine gewisse Herabminderung der Steuerungsfähigkeit zubilligen.

Nach dem Gutachter warteten alle Prozessparteien darauf, dass das Gericht die geladenen Zeugen aufriefe. Alles war gespannt auf die Aussage von Nasirs Frau. So war die allseitige Überraschung groß, als der Richter genau sie nicht aufrief – sondern nochmals Nasir selbst. Nicht einmal der Staatsanwalt wusste, was der Vorsitzende damit bezweckte. Was sollte der denn jetzt noch gefragt werden? Der Vorsitzende ließ sich nicht in die Karten schauen.

„Herr Angeklagter, Sie halten Ihre Angaben von gestern aufrecht? Das Gutachten haben Sie auch verstanden?"

„Ja, ich bleibe bei meinen gestrigen Aussagen. Ich überreagiere manchmal, das gebe ich auch zu, aber ich habe sonst nichts gemacht."

„Erzählen Sie mir doch noch ein wenig über Ihren Suchtgiftkonsum", sagte der Vorsitzende und machte dem Verteidiger damit eine insgeheime Freude. Er wusste, dass sein Mandant über Monate hinweg konsumiert hatte. Je mehr das herauskam, desto einfacher wurde es, das zu einem Vorteil zu machen. Er wusste auch, dass Laienrichter Überreaktionen infolge einer leichten Berauschung viel eher mit Verständnis begegneten als Berufsrichter. Und gerade in diesem Verfahren ging es um jede Stimme.

„Ich habe eine ganze Weile Suchtgift konsumiert und dann auch Alkohol getrunken. Kokain, Marihuana, aber auch Speed."

„Wie viel?"

Auch mit dieser Frage konnte Nasirs Verteidiger gut leben. Sie war im Grunde bedeutungslos. Es ging in diesem Verfahren nicht um Suchtgiftgeschäfte, selbst der Eigenkonsum war für die gegenständliche Geschworenenstrafsache eigentlich nicht von Belang. Der Verteidiger lächelte innerlich. Er wusste, dass der Vorsitzende jahrelang Suchtgiftrichter gewesen war und sich dieses Fachgebiet beinahe zum Steckenpferd gemacht hatte. Scheinbar führte es ihn jetzt auf Abwege.

Nasir indes erzählte bereitwillig von seinem Konsum, nannte auch Namen von Leuten, die ihn mit Suchtgift versorgt hätten, wobei es aber immer nur um geringe Mengen gegangen sei. Nasir erwähnte gerade einen der Hauptlieferanten, als ihn der Vorsitzende unterbrach und ihn mit dem vollständigen Namen dieses Lieferanten konfrontierte. Nasir zuckte merklich und gab dann kleinlaut an, dass es sich um genau diesen handle. Damit hatte er nicht gerechnet. Der Vorsitzende dagegen ließ sich seine innere Bewegung nicht anmerken. Unter den Stapeln an Papier auf seinem Tisch befand sich der Akt gegen diesen Lieferanten.

„Der hat Ihnen also Suchtgift verkauft?“, fragte der Vorsitzende etwas lauter. „Ja oder nein?“

Der Verteidiger wollte gerade einwerfen, dass das keine Bedeutung habe, Nasir kam ihm aber zuvor und antwortete bereits mit einem deutlich hörbaren Ja.

„Wie viel?“, fragte der Vorsitzende weiter.

„Insgesamt?“, war die Gegenfrage.

„Sie wissen genau, dass diese Fragen immer auf die Gesamtmengen gemünzt sind, Herr Angeklagter. Das wird in Ihren eigenen Suchtgiftverhandlungen nicht anders gewesen sein!“

„Insgesamt so um die 500 Gramm“, stammelte Nasir.

„Könnten es auch 800 Gramm gewesen sein?“, kam sofort die nächste Frage des Vorsitzenden, der sich jetzt offensichtlich nur mehr auf das Suchtgift konzentrieren wollte und sich damit schon sehr weit vom Prozessstoff wegbewegte. Der Staatsanwalt verstand zwar nicht genau, wo der Vorsitzende hinwollte, erhob aber keinen Einspruch. Allenfalls ging es immerhin um die Glaubwürdigkeit des Angeklagten.

„Ich weiß es nicht“, sagte der gerade leise.

„Ich werde es Ihnen gleich sagen, Herr Angeklagter: Dieser Herr hat Ihnen zumindest 800 Gramm verkauft, das sagt er sogar selbst.“

Nasir blickte den Richter an. Was? Wie kam das nun in den Akt? Eine Lampe im Gerichtssaal begann zu flackern, als wolle sie den sterbenden Funken der Hoffnung in Nasir anzeigen. Noch immer war ziemlich unklar, worauf der Vorsitzende hinauswollte, aber er versuchte gerade, Nasir einzuwickeln, das wurde immer deutlicher.

Mit den nächsten Sätzen des Richters erlosch die flackernde Lampe im Saal endgültig. Er zitierte aus dem Akt gegen den Suchtgiftlieferanten, der auch ausgesagt hatte, dass Nasir selbst Suchtgift weiterverkauft habe. Im Prinzip war das vordergründig nur für den Staatsanwalt interessant, der entscheiden musste, ob er das verfolgen sollte. Für den Verteidiger war das noch immer keine Katastrophe. Sollten sie doch Nasir wegen Weiterverkaufes geringer Mengen belangen. Im Vergleich zu versuchtem Mord war das eine Kleinigkeit. Wenn er dieses Thema vorantreiben könnte, würde das eigentliche Thema dieser Anklage vielleicht immer weiter entgleiten? Er war gerade dabei, einige Notizen dazu zu machen, als der Richter völlig unerwartet das Thema wechselte. Er zitierte aus dem Suchtgift-Akt. Wie sich herausstellte, hatte man Nasir in dieser Sache abgehört – und zwar gerade auch in dem Zeitraum, der für den jetzigen Fall kritisch war. Damit hatten weder Nasir noch sein Anwalt gerechnet.

„Sie haben den ganzen Tag über telefoniert. Können Sie sich noch daran erinnern, mit wem Sie an diesem Tag, dem 18. April, telefoniert haben? … Nein? Macht nichts, ich werde es Ihnen gleich sagen. Sie haben mit Ihrer Frau telefoniert. Mehrfach. Und ich werde Ihnen auch gleich vorlesen, was Sie da alles gesagt haben."

Der Vorsitzende klang bedrohlich. Er begann, das Telefonprotokoll vorzulesen. Die Geschworenen folgten jedem Wort.

„Hör auf, mir Stress zu machen … du bist eine Schlampe … ich bring dich um, ich fick deine Mutter, deine andere Familie auch, ich werde sie alle … was glaubst du, wer ich bin …"

Der Vorsitzende blickte Nasir an. „Nicht Ihre Wortwahl, haben Sie früher gesagt? Offensichtlich ist dem nicht so, Herr Angeklagter. Genau Ihre Wortwahl! … Soll ich Ihnen die Protokolle vorspielen, wollen Sie sie anhören?"

Nasir antwortete nicht. Die nächste Lampe im Saal begann zu flackern.

„Wenn wir fertig sind, tauschen wir die Birnen. Aber noch sind wir nicht so weit!", sagte der Richter.

Der Satz verhieß nichts Gutes.

Der Vorsitzende las alle Gespräche vor, dazu die jeweilige Uhrzeit. Dann fasste er an das Mikrofon und rief den ersten Zeugen für heute auf. Damit gab es auch gleich die nächste Überraschung. Es handelte sich nämlich um eine Person, die mit der Anklage gar nichts zu tun hatte. Es war der polizeiliche Sachbearbeiter, der für die Suchtgiftsache zuständig gewesen war.

„Herr Inspektor, Sie waren mit der Telefonüberwachung betraut?", eröffnete der Richter, ohne Zeit zu verlieren.

„Ja, wir hatten den Verdacht, dass der nunmehrige Angeklagte ebenfalls im großen Stil Suchtgift verkauft haben könnte", erzählte der Chefinspektor.

„Das heißt, es gibt auch Standortdaten?"

„Selbstverständlich!"

„Können Sie die uns bekanntgeben?"

„Ja, klar! Ich rufe sofort meinen Techniker an …" Der

Beamte telefonierte im Zeugenstand und zählte die Einträge der Dokumentation Stück für Stück laut auf. Jeweils mit Zeitpunkten und Standorten. Im Ergebnis bedeutete das eine genaue Rekonstruktion bis hin zur Tat. Damit wurde auch unmissverständlich klar, dass seine Frau nie bei Nasir in der Wohnung gewesen war. Nasir und sein Verteidiger spürten den Stich, den der Richter gerade ausgeführt hatte. Darauf waren sie völlig unvorbereitet. Wie gesagt, in einem Geschworenengericht ist Glaubwürdigkeit der entscheidende Faktor. Der Richter hatte es eben geschafft, Nasir eine schwere Lüge nachzuweisen – diesmal ohne Wenn und Aber. Das musste auch bedeuten, dass die Verletzungen seiner Frau nicht bei einer Rangelei in der Küche entstanden sein konnten. Endlich wurde somit auch klar, weshalb der Vorsitzende dieses Thema überhaupt so breit angeschnitten hatte. Der Richter trieb ein ganz perfides Spiel, das war an dieser Stelle wenigstens Nasirs Verteidiger mit ziemlicher Sicherheit klar. Ebenfalls mit ziemlicher Sicherheit hatte der auch nicht damit gerechnet, dass der Richter eine ganze Reihe an logisch folgerichtigen Beweisen aufbaute. Das wäre eigentlich die Aufgabe des öffentlichen Anklägers, also des Staatsanwaltes, gewesen. Offenbar erkannte man da die Zusammenhänge noch nicht. Aber: Unverhofft kommt oft, und wenn ein Richter akribisch nachforscht, kann es in einer Verhandlung durchaus zu Überraschungen kommen. Nun hielt der Richter plötzlich einen Papiersack in seinen Händen.

„Das sind die Sportschuhe, die Sie zur mutmaßlichen Tatzeit getragen haben, wie sich auch aus dem Verhaftungsbericht und den Lichtbildern entnehmen lässt. Auf den Fotos der Polizei sind Ihre Schuhe übrigens gebunden, entgegen Ihrer gestrigen Aussage." Er hob den Papiersack und nickte dem Angeklagten zu: „Stellen Sie sie auf den Boden und schlüpfen Sie hinein, ohne Mithilfe Ihrer Hände!"

Sosehr sich Nasir auch bemühte, es gelang ihm nicht, in seine Schuhe zu schlüpfen. Ein weiterer Schlag gegen die Glaubwürdigkeit des Angeklagten. Aber aller guten Dinge sind drei, und auch den dritten Streich hatte der Richter längst geplant.

Er kramte ein Foto der Wohnung hervor, das die Polizei im Zuge der Hausdurchsuchung gemacht hatte. Es zeigte zufällig die Küche. Der Richter wies den Angeklagten an zu zeigen, wo denn die geschnittenen Zwiebeln zu sehen wären, die er ja unmittelbar liegen gelassen habe. Er konnte es nicht. Als der Verteidiger nun in die Gesichter der Geschworenen sah, wusste er, dass die Sache gelaufen war.

Es geschieht nicht oft, dass der Richter einen Angeklagten überführt – das wäre eigentlich Sache des Anklägers. Nasir, den man ansonsten mit einer guten Wahrscheinlichkeit aufgrund Mangels an eindeutigen Beweisen im Zweifel freigesprochen hätte, fasste zwölf Jahre aus.

# Jochen
## Gaunerehrenwörter (und Gauner-Geständnisse)

Es ist ja – leider und wie schon mehrfach ausgeführt – eher selten, dass ein Angeklagter sagt: „Ja, ich fühle mich schuldig. Es ist richtig, ich habe den Herrn Mustermann am Soundsovielten in St. Nimmerlein vorsätzlich getötet, indem ich ihm mit meinem Revolver zwei Schüsse in den Kopf versetzte. Ich nahm hierbei seinen Tod zumindest billigend in Kauf und fand mich damit ab."

Wenn das so wäre, hätte man bei Gericht wesentlich weniger Arbeit. In der Praxis aber ist es nicht zu vermeiden nachzufragen. Das ist nicht allen recht, auch den „Pflegern" des Rechts nicht, heißt das üblicherweise doch Aufschub der Pause oder Schlimmeres. Meistens jedoch kommt man ohne das Nachfragen nicht aus. Und manchmal sogar, wenn das „optimale" Geständnis bereits erfolgt ist.

Jochen war so ziemlich der Oberste eines aufgeflogenen Suchtgiftringes. Wobei speziell das „so ziemlich" betont werden sollte. Denn die wirklich Obersten lebten meistens in Haziendas in den Anden oder in der dünnen Luft des Mount Everest. Als österreichischer Richter konnte man nur sehr schwer so weit vordringen. Jochen war also wenigstens hierzulande einer der Oberen des Drogenringes. Im Rotlicht war er ebenso tätig wie in der Schickimicki-Szene. Dass der ganze Ring aufgeflogen war, konnte man am Gericht schon seit Tagen beobachten, es waren schon einige teils gravierende Strafen verhängt worden. Im Vergleich zu den bisher Verhandelten war Jochen aber, wenn schon nicht der größte, so doch wenigstens ein größerer Fisch.

Nachdem er in den Saal kam, tätigte er sofort die liebste Aussage des Gerichts: „Vollinhaltlich schuldig, es ist alles richtig, was mir in der Anklageschrift angelastet wird. Alle Mengen und alle Personen, an die ich das Kokain weitergegeben habe, stimmen auch wie angegeben."

Passt. Damit war man eigentlich schon fertig, Fisch nicht nur im Netz, sondern schon auf dem Teller. Der zuständige Richter gehörte aber zu jenen, die gerne einmal nachfragten.

„Sie wissen, was Ihr Kollege Maik gerade ausgefasst hat?", fragte der Richter.

„Ja, sechs Jahre."

„Mhm. Und Sie, Herr Jochen, stehen ja noch über Maik. Sie haben ihm die zwei Kilo gegeben …"

„Ja. Das ist korrekt."

„Mich beschäftigt nun eine Sache: Ich würde zu gerne wissen, wo Sie das hergehabt haben. Wer ist Ihr Lieferant? In Graz werden Sie das Kokain ja nicht angebaut haben."

Schweigen. Jochens Verteidiger sprang nun ein, indem er meinte, dass sein Klient bereits vollumfänglich gestanden habe, die Sache damit zu beenden sei. Aus Sicht des Verteidigers sei das auch ein wesentlicher Strafmilderungsgrund.

„Aber wenn Sie schon von Strafmilderung sprechen, Herr Verteidiger: Das wäre ja der beste Milderungsgrund schlechthin! Das Geständnis Ihres Mandanten ist gut, aber davon ist ja nichts neu. Beim Geständnis spielt ja auch eine Rolle, ob es der Wahrheitsfindung dienlich ist. Hier wissen wir aber alles bereits aus den Erhebungen der Polizei. Herr Jochen könnte sich also einen größeren Gefallen tun – wäre auch eine Chance zur gänzlichen Gewissensbereinigung! Die sollte man schon nutzen, oder? Also, Herr Jochen, wo hatten Sie den Stoff her?"

Jochen wusste natürlich, dass der Richter recht hatte. Allein: Niemals hätte er seinen Lieferanten nennen können, das konnte sehr schnell gefährlich für ihn werden. Was brachte ihm eine kürzere Strafe, wenn er sie nicht lange überlebte? Es arbeitete in ihm, das war auch von außen unverkennbar. Jochen war schon mehrmals im Bau gewesen, jahrelang, und jetzt konnten noch viele Jahre folgen.

„Ich warte, Herr Angeklagter", sagte der Richter in die entstandene Stille.

Jochen räusperte sich. „Ich kann das nicht sagen. Ich habe ein Ehrenwort gegeben."

„Ein Gaunerehrenwort? So von Mann zu Mann? Ernsthaft?"

Jochen wagte es nicht, mehr zu sagen. Wieder entstand ein Schweigen.

„Herr Angeklagter", bohrte der Richter nach einer Weile nach, „es gibt kein Ganovenehrenwort! Vergessen Sie das, gibt's nicht in der Suchtgiftbranche."

Nach einer weiteren Bedenkzeit straffte sich Jochen. Nein. Er könne das einfach nicht sagen.

„Sie brauchen auch gar nichts sagen!" Der Richter kramte kurz auf seinem Tisch herum und reichte dem

Angeklagten dann einen Zettel und einen Kugelschreiber. „Schreiben Sie es einfach auf. Dann haben Sie nichts gesagt und Ihr Ehrenwort nicht gebrochen!"

Es war mucksmäuschenstill im Verhandlungssaal. Jochen starrte vor sich hin. Keine Regung in seinem Gesicht. Dann schrieb er.

Wie gesagt, ein größerer Fisch. Größere Fische muss man eventuell etwas länger kochen, auch wenn sie schon gar wirken.

# Silke und Kevin

## Freitagnacht

Der Wagen bog in die Tankstelleneinfahrt ab und kam vor der Waschanlage quietschend zum Stehen. Es dauerte nur Sekunden, bis Kevin aus dem Auto sprang. „Ich beeile mich, bin gleich fertig!“, rief er zurück und hatte schon den Hochdruckreiniger in der Hand.

Silke, auf dem Beifahrersitz, drückte gelangweilt auf ihrem Smartphone herum. Kevin konnte das stundenlang machen, und sie hasste es. Wenn er den Wagen putzte, konnte er komplett die Zeit vergessen. Auch klar: Das Thema „Auto“ würde auch den restlichen Abend über eine gewichtige Rolle spielen. Kevin würde wieder stundenlang an der Bar stehen und sich mit seiner Clique über die frisch polierten Wagen unterhalten. Diese ewigen, komplett sinnentleerten Diskussionen … Sportauspuff, Felgen, Federbeine und weiß Gott, was sonst noch alles. Silke konnte mit der Welt, in der Kevin manchmal lebte, so rein gar nichts anfangen. Und sogar noch weniger konnte sie nachvollziehen, wie man jeden übrigen Cent in sein Auto stecken konnte. Nicht nur bei der Fahrzeugpflege. Kevin und seine Konsorten hielten, so machte es manchmal den Anschein, den kompletten

Staatshaushalt über Wasser, indem sie dann auch noch volltrunken herumfuhren und dabei eine Strafe nach der anderen ausfassten. Ja, in Kevins Kreisen lief betrunkenes Autofahren unter den Kavaliersdelikten. Vielen Mädchen machte das gar nichts aus. Silke schon. Warum sollte man sich freimütig dieser Gefahr aussetzen? Sie hatte längst beschlossen: Wenn es heute auch wieder so lief, würde sie einfach gehen, auch wenn sie dann wieder die Spaßbremse war. Gelegentlich half das, Kevin wurde dann einsichtig und begleitete sie. Zu Fuß.

„Na schau, schon fertig!", sagte Kevin und schwang sich wieder in den Fahrersitz.

„Wofür war das jetzt gut?", fragte Silke. „Sobald wir dort sind, ist es dunkel, kein Mensch sieht, wie sauber das Auto ist. Wir hätten lieber einen Kaffee trinken sollen, da hätten wir wenigstens was davon. Und noch was: Wenn du dich heute wieder niederkübelst, dann lasse ich dich stehen, ich hoffe, das ist dir klar."

„Okay, okay. Nun mach mal halblang. Ist doch bisher auch immer lustig gewesen", maulte Kevin missmutig.

Wenige Stunden später war bereits die Hölle los. Der gesamte Bezirk schien sich in der kleinen Disko versammelt zu haben. Die Luft stickig, der Lärmpegel hoch, der Discjockey kam kaum mit dem Auflegen der Musikwünsche nach. Der Alkohol floss, als ob es kein Morgen gäbe. Schon vor Mitternacht hatten die Securities die ersten aus der Clique vor die Tür gesetzt, und sogar dort bot sich ein Schlachtfeld. Zahlreiche Körper lagen entweder direkt auf dem Parkplatz oder in der angrenzenden Wiese. Zwischen den geparkten Autos knutschten ein paar, andere pinkelten daneben gegen die Karossen. Es gab eben immer etwas zu feiern. Und wenn es gerade nichts zu feiern gab, dann war allein das ein ausreichender Grund zu feiern.

Silke behielt Kevin gut im Auge. Nicht, weil sie fürchtete, dass er sich mit fremden Mädchen umtrieb, sondern, damit sie ihn davon abhalten konnte, sich zu sehr zu betrinken.

Als sie ihn eben zum wiederholten Male daran erinnert hatte, dass er heute etwas kürzer habe treten wollen, stand plötzlich Sascha neben den beiden, und Kevins Augen leuchteten auf. Sascha war ein alter Freund von ihm, sie hatten einander schon lange nicht mehr gesehen. Silke verstand sofort, dass der Abend damit gelaufen war. Sascha, der in eleganter Aufmachung erschienen war, packte sofort die großen Geldscheine aus und legte sie auf die Bar. Für Silke zeichnete sich ganz klar ab, dass ihre Appelle spätestens jetzt sinnlos waren.

Sie machte ihre Drohung vom früheren Abend wahr, erklärte Kevin, dass sie darauf keine Lust habe und gehen würde. Nachdem der nur beiläufig „ja, passt" durch die laute Musik schrie, war auch klar, wie es ihm schon ging. Silke tat das einzig Richtige, fasste in Kevins Tasche und nahm ihm den Autoschlüssel weg.

„Den nehme ich, damit du keinen Scheiß machst", sagte sie und hielt die Schlüssel vor seine Augen. Er fasste nach ihnen und griff deutlich daneben, womit sich bestätigte, dass das eine gute Entscheidung war.

„Viel Spaß", erklärte sie. „Sauf dich von mir aus zu Tode."

Und damit zog sie ab. Auf dem Weg nach draußen traf sie noch jemanden und ließ sich doch noch zu einem letzten Drink überreden.

„Nicht schuldig", erklärte der junge Mann, Sascha, „ich kann dazu überhaupt nichts sagen. Gefahren bin ich sicher nicht. Ganz bestimmt."

„Und wer soll dann Ihrer Meinung nach mit Ihrem Fahrzeug gefahren sein?", fragte der Richter.

„Ich weiß es ehrlich gesagt gar nicht. Wahrscheinlich mein Freund, ich hab ihn fahren lassen, weil ich zu viel getrunken hatte."

„Und der hatte nichts getrunken?"

„Schon, aber sicher nicht so viel wie ich!"

„Und ein Anprallgeräusch haben Sie auch nicht wahrgenommen? Die Beschädigungen an Ihrem Fahrzeug im Bereich der A-Säule sind doch massiv, außerdem wurde auch die Frontscheibe getroffen, die eine regelrecht zersplitterte Delle aufweist. Wie erklären Sie sich das?"

„Keine Ahnung, ich habe gar nichts mitbekommen. In der Disko haben mich die Leute dann gefragt, was mit meinem Auto ist, da hab ich dann einen starken Kaffee getrunken und bin auf den Parkplatz hinaus, um mir das anzusehen. Am Parkplatz ist ja auch gerauft worden, vielleicht ist da jemand gegen mein Auto gefallen."

„Das ist ein Blödsinn, Herr Angeklagter, die Beschädigungen an der A-Säule Ihres Wagens sind massiv, so etwas entsteht nicht, weil jemand dagegengestoßen wird oder so. Da wurde jemand angefahren, anders ist das nicht zu erklären", konterte Richter Wasakovski.

„Das sagt der KFZ-Gutachter, Hohes Gericht“, kommentierte der Verteidiger. „Der ist aber kein Mediziner, deshalb habe ich ja den Beweisantrag gestellt, um einen passenden Sachverständigen beizuziehen.“

„Kommt schon noch“, erklärte der Richter. „Nur Geduld. Die Gerichtsmedizinerin wird früh genug da sein, keine Sorge. Momentan brauchen wir sie noch nicht.“ Und damit wandte er sich wieder an den Angeklagten. „Was sagen Sie eigentlich zu den Blutspuren an der A-Säule? War nicht viel, schon klar, aber die Reste waren eindeutig Blut.“

„Könnte ja auch von der Rauferei stammen“, gab der Angeklagte zurück.

„Na gut. Das wird sich ja womöglich noch zeigen“, schloss der Richter das Thema vorerst ab. Es hatte an dem Abend etwas geregnet, deshalb konnte nur mehr wenig sichergestellt werden. Eine Analyse war bereits in Auftrag gegeben.

Man kehrte zurück zum Ablauf des Geschehens. Der Angeklagte blieb bei seiner Geschichte. Er habe also am Beifahrersitz geschlafen, sein Kumpel habe das Auto gelenkt. Die beiden seien in eine andere Disko gefahren, dann habe er Kevin in ein Bordell eingeladen, weil ihm halt danach gewesen sei. Dann gemeinsam wieder zurück in die erste Disko, in der der Abend angefangen hatte. Die Zeugen, anhand deren Aussagen die Anklage zustande gekommen war, würden etwas verwechseln, meinte der Angeklagte. Diese Zeugen waren aber nach wie vor sicher, gesehen zu haben, wie der Angeklagte auf der Fahrerseite des Wagens eingestiegen war und das Auto daraufhin weggefahren sei. Da sei es weit nach Mitternacht gewesen.

„Die Frau Gutachterin hat noch nichts versäumt!“, sagte Wasakovski vernehmlich, und wer den Kopf umwandte, sah, dass eben die Gerichtsmedizinerin Dr. Katternig in den Verhandlungssaal trat. Sie nahm Platz, Wasakovski gab ihr eine kurze Zusammenfassung des bisher Besprochenen.

Dr. Katternig kam gerade rechtzeitig zur Vernehmung des Zeugen Kevin. Seine Aussagen vor der Polizei, für die Kevin nach wie vor im Zweifel auch als Fahrer infrage kam, waren bislang wenig zweckdienlich gewesen.

„Sie sind jetzt als Zeuge hier“, sagte Wasakovski zu Kevin. „Sie wissen, was das heißt?“

„Die Wahrheit und nichts als die Wahrheit“, gab der schmächtige Bursche zurück. Sein Gesicht war eingefallen und blass.

„Wenn Sie sich durch die Beantwortung einer Frage selbst belasten könnten, können Sie sich dieser Aussage entschlagen. Sie haben ja, als die Polizei Sie noch als Beschuldigen betrachtet hat, bereits eine Aussage gemacht und –“

„Entschuldigung, Herr Richter“, unterbrach ihn Kevin, „ich möchte auf jeden Fall aussagen. Es ist mir egal, ob ich mich belaste. Ich möchte sagen, was ich weiß.“ Zittrige Stimme. Dem Richter fiel schon bei diesen ersten Sätzen auf, dass Kevin es nicht schaffte, Blickkontakt zu halten. Er zitterte wie seine Stimme, das sah man sogar aus den paar Metern Entfernung.

„Okay“, meinte der Richter. „Wie gesagt: Die Polizei hat Sie ja bereits einvernommen, als Sie noch als Beschuldigter galten. Man hat Sie am darauffolgenden Mittag einvernommen, es gibt aber auch einen Aktenvermerk so gegen vier Uhr dreißig. Bleiben Sie bei den Aussagen, die Sie gemacht haben?"

Kevin blickte ins Leere. „Ich weiß gar nicht mehr, was ich der Polizei in der Früh gesagt habe. Ich war … na ja, stark betrunken. Bei meiner Aussage vom Mittag bleibe ich aber. Da war ich einigermaßen nüchtern."

„Dazwischen waren Sie im Krankenhaus auch."

„Ja, davon weiß ich aber gar nichts mehr. Das haben mir erst später meine Freunde erzählt. Sie sagten, ich bin am Parkplatz einfach umgefallen."

„Woran erinnern Sie sich noch?"

„Nicht viel." Kevin hauchte es fast. Er blieb tapfer, inzwischen merkte man aber, dass er mit den Tränen kämpfte. „Ich weiß noch, dass ich in der Disko war, und dort einen Bekannten getroffen habe. Wir sind dann noch woanders hingefahren."

„In ein Bordell."

„Ja. Ich wollte ja gar nicht, aber mein Freund hat mich eingeladen."

„Der Angeklagte?"

„Ja, Sascha."

„Und? Haben Sie noch etwas konsumiert?"

„Ich hab noch was getrunken. Was, weiß ich nicht mehr."

„Wie sind Sie dort hingekommen?" Damit ging es auf eines der schwersten Felder.

„Keine Ahnung", sagte er leise.

„Sie waren aber mit dem Auto dort?"

„Ja. Mit dem des Angeklagten."

„Wer ist gefahren?" Das war die wesentlichste Frage.

„Ich weiß es nicht."

„Wären Sie in der Lage gewesen?"

„Ich glaub nicht. Ich bin auch überzeugt, dass ich nicht gefahren bin."

„Warum glauben Sie das?"

„Weil ich schon ein paar Mal idiotisch genug war. Ich hab mein Auto schon zweimal bei Unfällen zerlegt."

„Mein Mandant", rief da Saschas Anwalt, „hat so etwas noch nie gehabt. Warum sollte es jetzt er gewesen sein?"

„Ihr Auto hat die Polizei bei der Disko gefunden. Der Motor war kalt", las Wasakovski aus dem Akt vor, als hätte er den Anwalt nicht gehört.

„Ich bin nicht damit gefahren."

„Aber vielleicht mit dem Auto meines Mandanten!", meldete sich der Verteidiger wieder. „Der war auch betrunken. Sie wollten sein Auto ausprobieren, weil es viermal so stark wie das Ihre ist, oder?"

„Sicher nicht", sagte der Zeuge emotionslos.

„Die Getränke und alles andere im Bordell hat auch mein Mandant bezahlt, die Rechnungen liegen uns bereits vor. Darauf sieht man auch, was alles konsumiert wurde", gab der Verteidiger zurück.

„Ich bin sicher nicht gefahren", wiederholte der Zeuge. „Ich hab davor schon länger im Auto geschlafen."

„Was heißt im Auto geschlafen?", fuhr ihn der Richter an.

„Ich bin bei der Disko raus, hab mich ins Auto gesetzt, dort auf meinen Freund gewartet. Und da bin ich eingeschlafen."

„Vor dem Bordell-Besuch?“

„Ja.“

„Wo sind Sie gesessen, Herr Zeuge? Wo?“ Der Richter sagte es mit Nachdruck. Er hatte das Gefühl, anders wären seine Worte nicht zu Kevin durchgedrungen.

„Ich war sicher am Beifahrersitz“, sagte Kevin nach einer ganzen Weile. Im Grunde also dasselbe, was auch der Angeklagte Sascha erklärt hatte, nur eben mit vertauschten Plätzen.

„Wie können Sie so sicher sein?“

„Ich schlafe immer auf meiner rechten Seite, und ich kann mich erinnern, dass ich immer mit dem Kopf gegen die Scheibe gestoßen bin. Da bin ich ganz sicher. Ich bin nicht gefahren.“ Der letzte Satz war der erste, den Kevin wenigstens mit einer gewissen Kraft aussprach.

„Okay“, sagte Richter Wasakovski, „ich habe vorerst nur noch eine Frage an Sie, dann werden wir wieder mit dem Angeklagten sprechen. Was haben Sie an dem Abend angehabt?“

„Weiß ich nicht mehr.“

„Bei der Polizei haben Sie von einer braunen Raulederjacke gesprochen.“

„Stimmt, ja. Genau. Die habe ich getragen.“

Nach Kevins Befragung wurde wieder der Angeklagte aufgerufen. In der kurzen Pause erhielten sowohl der Richter als auch die Gerichtsmedizinerin Dr. Katternig einige Unterlagen von der Kanzleibeamtin.

„Ihr Auto haben Sie schon wieder zurückerhalten, lese ich gerade“, sagte Wasakovski zu Sascha, als er die Seiten durchblätterte. „Die Beschlagnahmung wurde aufgehoben."

„Ja", gab Sascha zurück. „Ich habe es aber sofort verkauft."

Der Richter sah ihn durchdringend an. „Und Sie sind absolut sicher, dass Sie an dem Abend nicht gefahren sind?"

„Absolut sicher. Ich fahre nicht, wenn ich getrunken habe. Deshalb werde ich Kevin ja mitgenommen haben, damit er fahren kann. Und weil er gefahren ist, hab ich ihn ja auch ins Bordell eingeladen. Und dann werden wir wieder zurückgefahren sein, weil sein Auto ja noch vor der Disko war."

„Wie kam Ihr Auto zu Ihnen nach Hause?"

„Keine Ahnung. Ich glaube, er hat mich heimgefahren und ist dann wieder in die Disko. Ich hab von allem nicht viel mitbekommen. Mich hat am nächsten Tag zu Mittag die Polizei geweckt, da lag ich noch komplett besoffen im Bett. Ich hab erst da mitbekommen, dass etwas Schlimmes passiert sein soll. Hab auch da erst so richtig den Schaden am Auto gesehen. Es stand in der Garage."

Wasakovski atmete tief durch. Die Verhandlung lief seit einer ganzen Zeit, und noch immer stand im Grunde Aussage gegen Aussage. Da hörte er das bekannte Räuspern der Gerichtsmedizinerin, und er wusste, dass sie etwas zu sagen hatte. Der Richter übergab ihr das Wort.

„Ich habe eben die Krankengeschichten erhalten", begann Dr. Katternig. „Die des Opfers und auch jene des Zeugen Kevin." Der ganze Saal war still. Wasakovski war nicht weniger gespannt. Dieses Räuspern gab sie üblicherweise von sich, wenn sie etwas Relevantes beitragen konnte.

„Erst zum Opfer …“ Dr. Katternig blätterte in den Unterlagen, die sie vor wenigen Minuten bekommen hatte. „Also, durch einen einfachen Sturz, verbunden mit einem Aufprall an der A-Säule des Wagens, sind die Verletzungen nicht erklärbar. Vielmehr muss das Opfer mit dem Schädel mit äußerster Wucht auf diesen Teil des Kraftfahrzeugs aufgeschlagen sein. Nur so lassen sich die massiven Verletzungen und Einblutungen erklären. Speziell die Gehirnblutungen dokumentieren das.“ Dr. Katternig erklärte detailliert, welche Schlüsse aus den Verletzungen des Opfers ableitbar waren. Dann ging sie zur Krankenhausakte, die zu Kevins Einlieferung festgehalten worden war.

„Hier ist vor allem eines beachtenswert“, erklärte sie nach ihren Ausführungen. „Es gibt eine eindeutige Beschreibung einer Prellmarke rechts, knapp unterhalb des Schlüsselbeines. Aus gerichtsmedizinischer Sicht ist diese nur durch einen Sicherheitsgurt erklärbar. Bei einem handelsüblichen Sicherheitsgurt würde das heißen, dass er auf der rechten Seite gesessen sein muss.“

Saschas Blick veränderte sich. Sein Ausdruck war nicht zu deuten.

„Und dann“, setzte jetzt Wasakovski mit Blick auf den Angeklagten fort, „haben wir noch die Spurenauswertung der Kriminaltechnik. Diese hat –“, Wasakovski blätterte auf die entsprechende Stelle im Bericht, „Faserspuren der braunen Raulederjacke Kevins gefunden. Auf dem Rückenteil des Beifahrersitzes. Und nur auf diesem. Wenn man beides gemeinsam hernimmt, und noch die beiden

Zeugenaussagen dazu, wäre das also ein Beweis dafür, dass Sie der Fahrer gewesen sein müssen."

Zum Zeitpunkt der Verhandlung wusste Richter Wasakovski noch nicht, dass das Opfer, Silke, und der Zeuge Kevin in Wahrheit ein Paar gewesen waren. In der Disko hatte Silke noch ein letztes Getränk eingenommen, war dann alleine nach Hause gegangen. Zu Fuß und ganz am äußersten linken Fahrbahnrand. Keinen halben Kilometer vom Haus ihrer Eltern entfernt hatte das ausbrechende Auto sie in einer Rechtskurve erfasst, zertrümmerte ihr rechtes Schien- und Wadenbein und schleuderte Silke nach hinten, wo sie mit ihrem Hinterkopf gegen die A-Säule prallte und dabei starb. Kevins Autoschlüssel fand sich bei Silkes Utensilien in der Gerichtsmedizin.

# Manuel

## Aus dem Leben eines Gedächtniskünstlers

„Guten Morgen", begann Wasakovski, „ich bin der zuständige Untersuchungsrichter." Derselbe Satz, den er schon tausend Mal gesagt hatte. Und noch sehr oft genau so sagen würde. Den Akt hatte er bereits gesichtet, bevor er in das Verhörzimmer gekommen war. Einbruchsdiebstähle. Nichts Besonderes.

„Guten Morgen, Wolfpichler mein Name. Angenehm", gab Manuel zurück.

Er war mittleren Alters, trug ein schwarzes Hemd. Gepflegter Haarschnitt. Seine Arme lagen mit den Handflächen nach unten auf dem Tisch. Wenn Wasakovski seinen Begrüßungssatz auch noch so oft schon gesagt hatte – eine so freundliche Antwort hatte er weitaus weniger oft bekommen. Er wollte eben mit den typischen Belehrungen starten, als Manuel ihn schon unterbrach.

„Kenn ich alles, Herr Rat. Ich habe einige Vorstrafen, wie Sie sicher bereits wissen, und kenne mich aus. Ist nicht nötig, mir das alles zu erklären. Im Übrigen: Ich möchte dieses Faktum auch gerne gleich zugeben."

Manuel sah Wasakovski offen an, lächelte freundlich.

„Dennoch", fuhr Manuel fort, „würde ich dieses

Gespräch gerne nutzen, denn es gibt ein paar Dinge, die ich mit Ihnen bereden möchte. Erst mal: Dass ich in Untersuchungshaft komme, ist klar. Ich bin damit einverstanden und erhebe dagegen keine Beschwerde. Mit den anderen fünf Fakten, die mir vorgeworfen werden, habe ich aber nichts zu tun, das möchte ich gleich vorwegschicken."

Wenn der letzte Satz nicht gewesen wäre, hätte Wasakovski wohl die eigene Überraschung überwältigt. Erst mit dem letzten Satz war Manuel praktisch wieder dorthin gekommen, wo man in solchen Gesprächen üblicherweise landete.

„Na gut", sagte Wasakovski, „ich nehme Sie dennoch in Untersuchungshaft. Aus unserer Sicht ist derzeit auch hinsichtlich der weiteren Fakten ein dringender Tatverdacht gegeben."

„Verstehe ich voll und ganz. Wie gesagt, ich bin damit einverstanden. Falls Sie übrigens noch anderweitig zu tun haben, können wir gerne ein anderes Mal reden. Ich bin ja jetzt eh hier."

„Den schriftlichen Beschluss über die Untersuchungshaft stellen wir Ihnen noch zu, da stehen dann auch alle Details drin", erklärte Wasakovski, der nicht so recht schlau aus seinem Gegenüber wurde. „Sie benötigen auch einen Verteidiger ..."

„Ich weiß. Wenn ich mir keinen leisten kann, wird mir ein Verfahrenshilfeverteidiger beigegeben. Formell beantrage ich einen solchen, inhaltlich benötige ich aber keinen. Ich gehe auch davon aus, dass die Polizei noch weitere Erhebungen durchführen wird, da wird sich auch noch einiges klären."

Ein weiterer Satz, den Wasakovski von einem Beschuldigten so sicher noch nie gehört hatte. Die wenigsten hofften darauf, dass die Polizei weiter ermittelte. Wie gut Manuel sich auskannte, sah man auch gleich wieder, als er fortfuhr. „Offiziell macht die Erhebungen der Untersuchungsrichter, das weiß ich natürlich, aber ich weiß auch – entschuldigen Sie, wenn ich das so sage, ich kenne Ihre Arbeit ja nicht –, dass das eher nur in der Theorie so ist."

„Na gut", sagte Wasakovski zum Abschluss. „Dann sehen wir uns bald, ich wünsche noch einen schönen Tag – und das meine ich nicht sarkastisch."

„Schönen Dank, wünsche ich Ihnen auch", gab Manuel förmlich zurück. Er erhob sich zur Verabschiedung, als der Untersuchungsrichter nach draußen ging. Der Beamte des Wachkommandos, der vor der Türe gewartet hatte, gab Wasakovski nur im Vorbeigehen mit, dass dieser Häftling bisher sehr „brav" gewesen sei und keinerlei Probleme mache.

Wenige Tage später traf Wasakovski wieder mit Manuel zusammen. Bei genauer Prüfung der bisherigen Erhebungen hatte sich gezeigt, dass die Vorgehensweise in allen sechs Diebstahl-Fällen dieselbe war, abgesehen davon gab es aber keine echten Indizien dafür, dass Manuel für alle verantwortlich gewesen war. Noch war unklar, ob es in diesen Fällen überhaupt für eine Anklage reichen würde.

Dass er das nicht gewesen sei, betonte auch Manuel gleich noch einmal. „Wie gesagt, der erste Fakt – ja. Die anderen fünf aber nicht."

„Haben Sie ein Alibi?"

„Tatsächlich habe ich das sogar. Ich habe nämlich in genau dieser Zeit etwas anderes gemacht. Es wird wohl kein klassisches Alibi sein, nehme ich an. Das Alibi könnte Sie sehr interessieren."

„Wie meinen Sie das? Sie meinen also nicht etwa schlafen oder fernsehen, weil mich das ja nicht interessieren würde ...?"

„So ist es. Sie wissen also, wovon ich spreche."

„Ich vermute es", gab Wasakovski vorsichtig und in fragendem Ton zurück.

„Es stimmt. Ich habe zu diesen Zeitpunkten andernorts eingebrochen. Mehrfach sogar."

„Und das sagen Sie mir einfach so? Werden Sie mir das auch offiziell zu Protokoll geben? Mit Unterschrift?"

„Selbstverständlich."

„Gut. Nur, damit ich mir das ungefähr einteilen kann: Wie lange wird es dauern, diese Dinge aufzuzählen?"

„Nun, einen guten halben Tag sollten Sie schon einplanen. Vielleicht ein bisschen mehr."

Wasakovski bemühte sich, nicht überrascht zu wirken. Entweder der Mann plante ein Großgeständnis, womöglich über sein ganzes Leben – oder er wollte sich über ihn lustig machen. Für das zweite gab es bisher aber keinerlei Hinweise.

Einige Tage später saß man also wieder zusammen. Wasakovski hatte ein Diktiergerät mit, um nicht extra eine Schreibkraft zu bemühen. „Damit geht es schneller", erklärte er Manuel zu Beginn, „das wird dann verschriftlicht, und diese Verschriftlichung legen wir Ihnen dann noch einmal vor, für Korrekturen und zur Unterzeichnung."

„Kein Problem. Ein bisschen Zeit werden wir aber trotzdem brauchen." Manuel blickte ihn freundlich lächelnd an, mit demselben offenen Gesichtsausdruck, den er schon die letzten Male zur Schau gestellt hatte. Er war ganz unaufgeregt.

„Dann lassen Sie uns anfangen", beschloss Untersuchungsrichter Wasakovski. „Das erste Datum auf meiner Liste ist der 6. November."

„Da war ich in Bad Vöslau. Am Autobahnparkplatz. Ich verbrachte die Nacht vom fünften auf den sechsten dort, war selbst mit einem LKW unterwegs. Geknackt habe ich dort einen Volvo-Lastwagen." Dann hielt Manuel inne. Er legte den Kopf in die Hände, die Arme auf den Tisch gestützt, schien zu überlegen. Zehn, zwanzig, dreißig Sekunden lang schwieg er. Dann sah er Wasakovski wieder an. „Der Volvo-Lastwagen war weiß-grau. Niederländisches Kennzeichen. Die Diebesbeute bestand aus einer Tankkarte, Shell, einer American Express Kreditkarte, Bargeld – circa vier- bis fünfhundert Euro –, einer Seife und ein paar Rasierklingen. Am nächsten Morgen, also am 6. November, fuhr ich in einen kleinen Ort zwischen Bad Vöslau und Baden, mir fällt der Name auf die Schnelle nicht ein. Es gibt einen Kreisverkehr dort, nördlich von Bad Vöslau, gleich da ist auch ein Supermarkt mit angrenzendem LKW-Abstellplatz. Dort habe ich in einen Saab-Scania eingebrochen. Weiß-rot, italienisches Kennzeichen, möglicherweise aus Udine. Auf der Plane war eine Barilla-Werbung. Diebesbeute in diesem Fall: eine schwarze Brieftasche. Tankkarten von Avanti, Eni und Shell, Mautkarten für den Brenner und den Gleinalmtunnel. Etwa sechshundert Euro an Bargeld. Ein paar Münzen. Ein schwarzer Pullover, in Zellophan eingepackt. Und eine Baseballkappe – nein! Eine normale Sportkappe in Rot mit schwarzem Ferrari-Pferd.“

So ging es weiter, über Stunden. Am Ende waren an die zweihundert (!) Einbruchsdiebstähle diktiert. Wasakovski ließ alles verschriftlichen, legte dem Häftling das Protokoll vor. Er las es penibel durch. Am Ende gab es keinerlei Streichungen oder Berichtigungen.

Dann machte Wasakovski sich daran, alle Angaben überprüfen zu lassen. Dafür klapperte er die Exekutive ab, alle möglichen Sicherheitsdirektionen, die Landespolizei, die Kriminalabteilungen verschiedener Bundesländer … Letztlich konnten derart tatsächlich etwa einhundertsechzig der Fakten verifiziert werden. Das angegebene Diebesgut stimmte jedes einzelne Mal bis ins Detail. Das Ganze dauerte ein Weilchen, und immer, wenn Wasakovski in dieser Zeit mit Manuel zusammentraf, kamen von diesem Angaben zu weiteren Diebstählen dazu. Wasakovski betrachtete es bald fast wie einen Test. Er nannte Manuel ein Datum, der dachte kurz nach, und dann kam immer wieder etwas wie: „Ja, weiß schon. Bruck an der Mur, Schnellstraße, Richtung Graz. Erster Parkplatz nach der Ausfahrt Bruck in Richtung Süden. Es war ein alter LKW, etwas rostig, graue Planen. Irgendein Aufkleber auf den Türen. Erbeutet: Eine Agip-Tankkarte, Kleingeld, drei Packungen Zigaretten, eine Flasche Bier und eine alte Armbanduhr.“

Wasakovski ließ diese Neuigkeiten stets prüfen, und wenn es entsprechende Anzeigen gab, stimmte das Diebesgut auch weiterhin in allen Fällen. Der Häftling machte alle Zuständigen sprachlos. Die Wahrheit hatte Manuel auch in den fünf Fällen gesprochen, von denen er zu Beginn gemeint hatte, er sei für diese nicht verantwortlich gewesen. Wasakovski übertrug alle vorhandenen Informationen auf Landkarten und erkannte, dass Manuels „Tätigkeit“ sich wie ein roter Faden durch Österreich, Oberitalien und Bayern schlängelte. Zu den Daten der fünf zuvor abgestrittenen Fakten war Manuel jeweils an ganz anderen Orten gewesen. Wahrscheinlich hätte man diese Dinge nicht einmal kontrollieren müssen. Warum sollte Manuel Hunderte von Diebstählen zugeben, aber gerade in diesen fünf Fällen lügen?

Die regelmäßigen Updates von Manuel sorgten dafür, dass der zuständige Staatsanwalt irgendwann die Geduld verlor und eine Anklage einbringen wollte, obwohl die Voruntersuchung nicht und nicht an ein Ende kam. Manuels Akt war der einzige in Wasakovskis langer Karriere, der in eine Anklage mündete, schon bevor die Voruntersuchung abgeschlossen war. Alle von Manuel bestrittenen Fakten ließ man weg. Sogar der Staatsanwalt glaubte ihm sofort.

Der endgültige Akt nannte letztendlich weit mehr als vierhundert Geschädigte!

Absolut grandios ist nicht nur die Tatsache, dass Manuel sich an alle diese Dinge in jeder Kleinigkeit erinnern konnte – bis zuletzt war auch keine einzige seiner Angaben falsch. Unter ganz anderen Umständen hätte Manuel zweifellos bei „Wetten das …?“ abräumen können. Besser gewesen wäre das wohl. Einen derartigen Häftling jedenfalls kannte Wasakovski nur dieses eine Mal und dann nie wieder. Letztlich wurde Manuel zu viereinhalb Jahren Haft verurteilt. In den Instanzen wurde die Strafe nicht mehr heruntergesetzt, weil er zu viele Vorstrafen hatte.

## Christoph
JWH-018

In seiner Jugend war Christoph ein unscheinbares Bürschchen gewesen, er wirkte lebenslustig und aufgeweckt, machte seinen Eltern mit seiner Offenheit viel Freude. Im Laufe der Pubertät änderte sich das ein wenig, aber das war ja nicht ungewöhnlich. Liebeskummer und andere Dinge, die zum Erwachsenwerden eben dazugehörten, sorgten natürlich auch bei Christoph für die eine oder andere Krise im Kinderzimmer. Bei alledem schafften es seine Eltern aber dennoch, stets einen guten Draht zu ihm zu erhalten. Und sogar, wenn einmal etwas Gröberes schiefgelaufen wäre – seine Eltern hätten dafür gesorgt, dass ihn das nicht aus der Bahn geworfen hätte.

Später wechselte Christoph die Schule, und nun endlich hielten dann doch auch die „echten" Probleme Einzug, die seine Eltern bis dahin nicht wirklich gekannt hatten. Christoph lebte sich in einen neuen Freundeskreis ein, und eines Abends zog er auf einer Party zum ersten Mal in seinem Leben von einem Joint an. Auch nichts wirklich Besonderes im Grunde. Aber: Für ihn dürfte das ein einschneidendes Erlebnis gewesen sein, denn fortan verstetigte sein Konsum sich rasch. Erst nur am Wochenende, dann auch unter der Woche. Während die Eltern sonst oft alles erst viel zu spät „checken", war das bei Christoph anders. Seine Eltern erkannten sogar sehr bald, dass ihr Sohn sich veränderte. Er verlor sein sportliches Interesse und seine Begeisterung für das Fußballspielen und nach und nach eigentlich so gut wie alle anderen Hobbys, die er früher gehabt hatte. Er blieb lieber in seinem Zimmer, verlor den Antrieb, wurde mehr oder weniger das, was man einen „Eigenbrötler" nannte. Seine Noten wurden schlechter, sein Zimmer unordentlicher. Am Ende begann er regelrecht, sich gegen den Schulbesuch zu wehren. Seinen Eltern wurde das alles immer unheimlicher, weil sie am Ende dann aber doch und noch immer einen halbwegs guten Draht zu ihm hatten, schafften sie es, ihn zu einem Besuch bei einem psychiatrischen Facharzt zu überreden, der der Leiter einer Krankenhausabteilung für Suchtkranke war.

Christoph redete nur widerwillig, aber letztlich redete er doch. Er erzählte dem Arzt von seinem Konsumverhalten, davon, dass er manchmal etwas wie Sinnestäuschungen hatte. In weiteren Gesprächen gab er zu, dass er nicht immer klar unterscheiden konnte, ob er träumte oder wach war. Jemand spreche mit ihm, erklärte Christoph einmal, obwohl gar niemand da sei. Dem Arzt gelang es nicht, Christoph von einer Einstellung seines Haschisch-Konsums zu überzeugen. Es führte nur dazu, dass Christoph seinen Konsum künftig nicht mehr zugab.

Auch sonst wurde seine Situation nicht besser. Erst fiel dem Therapeuten auf, dass Christoph teilweise regelrecht apathisch wirkte, und manchmal einen geradezu weltfremden Eindruck machte. Er flog von der Schule, weil er sich dort immer öfter aggressiv verhalten hatte. Lern- und Konzentrationsschwierigkeiten traten immer offener zutage. Aggressionen zeigte er auch immer mehr zu Hause. Manchmal rastete er richtig aus, zerstörte Gläser, und warf einmal sogar seinen geliebten Fotoapparat vom Balkon. Ein anderes Mal riss er einen Baum aus, den sein Vater eben frisch eingepflanzt hatte, und zerteilte diesen Baum mit einer Säge, wobei er sich auch selbst einige Verletzungen zuzog. Das Blut aus den Schnittwunden verteilte er an den Wänden des elterlichen Hauses.

Es muss wohl nicht gesondert erwähnt werden, dass seine Eltern immer verzweifelter wurden. Sie erkannten ihr eigenes Kind kaum wieder, wenn es wie ferngesteuert durch das Haus lief oder mitunter sogar im doch recht überschaubaren Garten die Orientierung verlor. Einmal beschimpfte Christoph einen Nachbarn aus dem Garten so laut, dass der die Polizei rief, die von Christoph nach ihrem Eintreffen mit Rindenmulch beworfen wurde. Dass er daraufhin auch noch versuchte, sich mit einem Draht die Pulsadern aufzuschneiden, sorgte für seine erste Einweisung nach dem Unterbringungsgesetz, wo man dann aber doch keine akute Eigen- oder Fremdgefährdung feststellte und ihn rasch wieder nach Hause schickte.

Falls die Eltern gehofft hatten, dass die kurzzeitige Unterbringung etwas verbesserte, wurde diese Hoffnung enttäuscht. Als er daraufhin einmal Gäste hatte und sich mit diesen in seinem Zimmer einsperrte, merkte seine Mutter schon am sich verbreitenden Geruch, dass die Jugendlichen Cannabis konsumierten. Sie war inzwischen verzweifelt und ratlos genug, dass sie tatsächlich die Tür zu seinem Zimmer aufbrach und seinen Besuch hinauswarf – unter den Schreien und dem Geschimpfe Christophs. Er bekam einen extremen Tobsuchtsanfall und schoss mit Essbesteck um sich. Die Medikamente, die man ihm im Krankenhaus gegeben hatte, nahm er da schon länger nicht mehr. Als er anfing, Messer zu werfen, packte der Vater ihn von hinten und umklammerte ihn so lange, bis Christoph sich beruhigte. Sie schafften es, ihn zur Einnahme eines Beruhigungsmittels zu bringen, woraufhin Christoph endlich einschlief.

Dann saß die Mutter weinend in der Küche, während Christophs Vater wie eine Marionette herumging und das herumgeworfene Besteck einsammelte. Klar war: Sie beide konnten nicht mehr. Christoph war kürzlich volljährig geworden, und gegen seinen Willen konnte er nicht in eine psychiatrische Klinik eingewiesen werden, solange keine akute Selbst- oder Fremdgefährdung vorlag.

Sogar der Vater fühlte sich inzwischen wie wahnsinnig. Wenn er Cannabis in Christophs Zimmer fand, zerriss er es wie im Wahn, zertrat und verbrannte es. Der einzige Lichtblick in diesem Teufelskreis aus Cannabis und Psychose, falls es einen solchen noch gab, war, dass er nie andere Drogen gefunden hatte.

Irgendwann gingen sie erschöpft schlafen. Endlich war wenigstens für eine Weile Ruhe in das Haus eingekehrt.

Vor der Anklagebank tanzte Christoph von einem Bein auf das andere. Seine Bewegungen wirkten seltsam, wie gekünstelt, als er sich endlich hinsetzte. Er war ruhlos, das sah man sofort, seine Hände schienen stetig etwas zu suchen, seine linke Schulter zuckte unregelmäßig. Sein Gesicht war das eines Tieres, das man in die Ecke gedrängt hatte, eine Mischung aus Angst, Unsicherheit und Wut. Immer wieder drehte er sich um und blickte prüfend zur Tür des Verhandlungssaales.

„Bitte, atmen Sie einmal richtig durch und beruhigen Sie sich ein bisschen. Niemand tut Ihnen etwas“, erklärte ihm der Richter.

„Reden Sie mit mir?“

„Ja, ich rede mit Ihnen“, sagte der Richter langsam. „Wissen Sie, wer ich bin?“

„Sie … sind der Richter. Aber wer … ist der da?“ Christoph wies auf seinen Verteidiger.

„Das ist Ihr Verteidiger. Ihre Eltern haben ihn bezahlt.“

„Ach so … ich … ich weiß nicht. Was soll ich sagen?“

„Erzählen Sie einfach, was bei Ihnen zu Hause los war.“

„Nichts. Kommt mich jemand abholen?“

„Nehmen Sie Drogen? Oder haben Sie jemals welche genommen?“

„Nein. Nicht. Niemals. Wer sagt das?“

„Sie selbst. Sie haben zu dem Gutachter gesagt, dass Sie seit Jahren Drogen nehmen würden.“

„Das … stimmt nicht.“

„Aber Sie haben das selbst gesagt.“

„Weiß ich nicht. Was soll die Scheiße?!“

„Sind Sie zornig?“

„Nein. Ich bin …“

„Aufgeregt?“, versuchte der Richter zu vervollständigen, nachdem Christoph weiter nichts sagte.

„Nein. Ich nicht.“

„Nehmen Sie Medikamente?“

„Nein, warum? Haben Sie mir Medikamente verschrieben?“

„Ich bin ein Richter, kein Arzt.“

„Ein … Richter. Warum bin ich hier?“

„Das wissen Sie nicht?“

„Wer … sind Sie denn? Was wollen Sie überhaupt?“

„Ich bin der Richter“, wiederholte Wasakovski eindringlich.

Das ganze Gespräch lief genauso weiter. Aus Christoph war sehr wenig herauszubekommen. Einmal erklärte er, dass er „der Gesuchte“ wäre, er würde von einem Teufel oder Erzengel verfolgt – und außerdem von einem fliegenden Schwein, das seinem Vater gehöre. Dieses war auch der Grund, warum Christoph sich ständig nach der Saaltür umdrehte. Er fürchtete, dass dieses fliegende Schwein hereinkommen würde. Im Hause seiner Eltern rede es auch ab und an mit ihm, erklärte er. Immer wieder betonte er, dass er gerne nach Hause wolle. Christoph war zu diesem Zeitpunkt erneut nach dem Unterbringungsgesetz in eine Anstalt eingewiesen worden. Wasakovski fragte auch nach der Mutter Christophs, aber für diese fand der junge Mann nur abfällige und beleidigende Worte. Er nahm ihr sehr übel, dass sie seine Freunde hinausgeworfen hatte. Dann redete er noch von einem gewissen Charly. Man wusste aus Christophs Anruflisten, dass es diese Person auch wirklich gab und sie wahrscheinlich sein Dealer war. Genau ließ sich das schwer feststellen, nicht etwa, weil Christoph das explizit nicht sagen wollte, sondern weil es kaum möglich war, zusammenhängende Informationen aus ihm herauszubekommen. Als seine Befragung beendet wurde, tat man das mehr deshalb, weil sie keinen Sinn machte, als dass wirklich niemand mehr Fragen gehabt hätte. Was noch offen war, musste im Beweisverfahren geklärt werden. Es gab nur zwei Zeugen. Christophs Eltern.

Als der Richter der Mutter erklärte, dass sie nicht aussagen müsse, wenn sie ihren Sohn damit belaste, gab sie unter Tränen zurück, dass es nötig sei, gegen ihn auszusagen, um ihn zu retten. Dann erzählte sie. Von ihrem ganzen Leidensweg.

Am Abend des Vorfalles habe sie sehr schlecht geträumt, sagte sie, weil sie keine Luft bekommen habe. Ein Gewicht auf ihrem Rücken habe sie schon im Schlaf irgendwie bemerkt, so richtig wach sei sie aber erst geworden, als jemand geschrien habe.

Als sie erwachte, war es Christoph, der auf ihrem Rücken saß, immer noch schreiend, dazwischen kurze, abgehackte Geräusche, die sie erst so recht zuordnen konnte, als die Motorsäge nach mehreren Versuchen Christophs endlich ansprang. Immer noch beschimpfte er sie unaufhörlich. Christophs Mutter weinte, als sie erzählte, wie er ihr erklärt hatte, dass er ihren Kopf abschneiden würde.

Der zweite Zeuge, Christophs Vater, hatte erst gemeint, er sei in einem Albtraum, als er die Kettensäge hörte. Er und die Mutter hatten in getrennten Zimmern geschlafen.

„Ich hab die Tür aufgerissen und gesehen, was los war“, erzählte er. „Aber ich habe keine Angst gehabt. Ich habe ihn von hinten umarmt, so fest ich konnte, habe die Motorsäge festgehalten, ihn auf die Wange geküsst, immer wieder. Nach einer Weile habe ich es endlich mit aller Kraft geschafft, ihn von meiner Frau herunterzuziehen. Am Ende sind wir zu dritt dagestanden, haben uns zu dritt umarmt und miteinander geweint. Wir mussten die Polizei rufen, das war die einzige Chance, dass er Hilfe bekommt."

JWH-018. Das ist die Abkürzung für ein Präparat, das Anfang der 1980er entwickelt wurde, um die Wirkung von THC, dem Haupt-Wirkstoff von Cannabis, erforschen zu können. Szene-Kenner überraschte es keineswegs, dass dieses Präparat es Jahrzehnte später auf den Schwarzmarkt, und so auch zu Personen wie Christoph schaffte. 2016 teilte die Europäische Beobachtungsstelle für Drogen und Drogensucht die bis dorthin bekannten Auswirkungen dieses synthetischen Cannabinoids mit. Bis dorthin hatte diese „Errungenschaft" dreizehn Tote und dreiundzwanzig Schwerverletzte produziert.

Aber auch das „normale" Cannabis wird mitunter massiv unterschätzt. Nach mehr als vierzig Jahren im Drogen-Business möchte ich hier auch vor dieser Droge eindringlich warnen.

# Vasilije
## Wichtige Detailfehler

Volle zwölf Verhandlungstage hatte das Hauptverfahren gedauert. Von morgens bis teilweise spät in den Abend hinein. Dann konnte der Vorsitzende des Schöffenverfahrens das Beweisverfahren endlich schließen. Alleine die Schlussplädoyers der Verteidiger der vier Angeklagten nahmen fast einen ganzen Tag in Anspruch. Es ging um einen richtig großen Kokaindeal. Es gab auch teilweise Geständnisse.

Der erste der Angeklagten meinte, er habe für eine Operation seiner Frau dringend Geld benötigt und habe sich deshalb entschlossen, ins internationale Drogengeschäft einzusteigen. Warum anstatt der abgesprochenen zwanzig Kilogramm Kokain dann zuerst dreihundert und dann noch einmal einhundertneunzig Kilo bei ihm eintrafen, könne er nicht sagen.

Der zweite stritt alles ab. Er habe den Erstangeklagten nur zufällig begleitet, wisse bis heute nicht, worum es eigentlich gehe.

Der dritte Angeklagte sei nur zu Urlaubszwecken in Österreich gewesen. Er stamme dazu aus einer reichen Familie – warum bitte solle er mit Drogen dealen? (Und ja, wer ein gutes Gedächtnis hat, erinnert sich an diesen Herrn vielleicht durch seinen Auftritt in „In allen Punkten".)

Der vierte und letzte Angeklagte, Vasilije, erklärte, dass er in Wahrheit im Auftrag eines Zigaretten-Konsortiums unterwegs gewesen sei, um gegen illegalen Zigarettenschmuggel vorzugehen. Dass in Containern, die ihm zugerechnet wurden, keine Zigaretten, sondern Hunderte Kilo Kokain waren, habe ihn selbst nicht weniger überrascht als die Behörden.

Nach einigen Stunden Beratung fand das Schöffengericht zu einer Entscheidung, alle Angeklagten wurden im Sinne der Anklageschrift verurteilt. Alle vier brachten daraufhin wenig überraschend das Rechtsmittel der Nichtigkeitsbeschwerde ein und erhoben Berufung. So weit alles Routine.

Nicht Routine: Nach einigen Wochen kam eine Beamtin zu Richter Wasakovski und erklärte ihm, dass der Russe Vasilije sein Rechtsmittel zurückgezogen habe.

Das war dann doch mehr als überraschend. Immerhin war Vasilije zu zwölf Jahren Haft verurteilt. Sogar die Strafberufung hatte er zurückgezogen – obwohl er sich doch im Verfahren selbst stets als unschuldig tituliert hatte, und dabei auch bis zum bitteren Ende geblieben war. Und nun nahm er die Strafe einfach so an?

Das ließ Wasakovski dann doch keine Ruhe. Tags darauf beschloss er, noch ein paar Worte mit Vasilije zu reden. Er kam in die Justizanstalt und ließ den Häftling vorführen.

Im Einvernahmeraum begrüßten die beiden einander freundlich. Sie kannten sich seit etwa zwei Jahren. So lange hatte die Untersuchungshaft gedauert. Vasilije konnte inzwischen sehr gut Deutsch, und schon früher hatte er einen intelligenten und respektvollen Eindruck gemacht.

„Warum?", fragte Wasakovski den lächelnden Verurteilten. „Also, das Schöffengericht fasst ein Urteil", fuhr Wasakovski nach einer kurzen Pause fort. „Ich führe das aus, seitenlang, und so detailliert wie irgend möglich. Und nachdem ich damit fertig bin, ziehen Sie plötzlich die Rechtsmittel zurück. Könnten Sie mich aufklären, weshalb Sie das getan haben? Im Verfahren haben Sie bis zuletzt behauptet, Sie seien unschuldig."

„Was soll ich sagen", meinte Vasilije, „ich habe das Urteil gelesen, ist alles richtig. Auch die Fakten, die Sie aufgezählt haben. Ich kann nur sagen: Bravo! Genauso war die Geschichte. Ich kann mich nicht mehr an alle Telefonate und Mails erinnern, aber die ganzen Treffen, meine Kontakte, die Örtlichkeiten, die Reisen in die USA und Kolumbien – alles richtig."

„Warum haben Sie dann nicht gleich gestanden? Da wären Sie am Ende wesentlich billiger davongekommen, wenn Sie verstehen, was ich meine."

„Klar, verstehe ich. Aber das konnte ich doch nicht machen. Schon gar nicht vor den anderen Angeklagten, verstehen Sie?"

„Nicht wirklich. Einmal ganz abgesehen davon, dass wir uns viel Verhandlungszeit erspart hätten."

„Die habe ich aber genossen. Das war doch amüsant, oder? Und ich habe dabei auch ein paar Leute wiedergesehen, mit denen ich schon gar nicht mehr gerechnet hatte. Dieser Herr Dieter zum Beispiel ist ja ein richtig netter Kerl. Ich hatte früher die ganze Zeit gerätselt, ob der nun ein verdeckter Ermittler war oder nicht. Der war gut, wirklich, so einen würde ich jederzeit für mich arbeiten lassen. Hat mich so richtig gelegt, aber korrekt, verstehen Sie? Wirklich korrekt. In meiner Heimat gibt es das eigentlich nicht, müssen Sie wissen, also korrekte Polizeibeamte. Die sind dort alle korrupt, da zählt nur das Geld."

„Das heißt, Sie haben einen auf unschuldig gemacht, weil Sie die Taten nicht vor den anderen Angeklagten zugeben wollten?"

„Klar, das ginge ja gar nicht. Was hätten die von mir gehalten? Nur in einer Sache liegen Sie falsch."

„Und die wäre?"

„Im Urteil steht, ich sei einer der größten Auftraggeber, was Kokain betrifft. Das stimmt nicht!"

„Nicht korrekt?"

„Nein. Ich bin nicht ‚einer von den größten' – ich bin *der* größte!"

Ob diese Ansage zutraf oder nicht, versuchte das Gericht dann noch zu klären – sogar unter tatkräftiger Mithilfe des Verurteilten selbst, der scheinbar sein Gesicht wahren wollte. Eigentlich kaum zu glauben. Sogar seinen wichtigsten Lieferanten gab er an. Diesen fand die DEA (die US-Drogenvollzugsbehörde) aber leider nur mehr tot im südamerikanischen Dschungel.

# Karl-Heinz

## Eine Erinnerung

Manchmal sind nicht nur die Angeklagten, sondern auch die anderen Mitwirkenden einer Verhandlung echte Charaktere. Ein ganz besonderes Beispiel dafür war der Staatsanwalt Karl-Heinz. Karl-Heinz war einer der Gutmütigen. Sogar, wenn er verbal vielleicht manchmal etwas über die Stränge schlug: Das musste nicht gleich auch eine schwere Strafe bedeuten. Zu dieser Gutmütigkeit kam aber auch eine gewisse Tragik – Karl-Heinz hatte die melancholischen Züge eines Dichters. Und war auch sprachgewandt wie ein solcher. Karl-Heinz konnte natürlich Latein, aber auch Griechisch und Altgriechisch. Gelegentlich kommentierte er Aussagen von Zeugen oder Angeklagten in diesen Sprachen, wissend, dass die wenigsten ihn verstehen würden, womit auch gleich sein etwas eigener Humor gut gezeigt ist. Jedenfalls: Karl-Heinz war ein unvergleichbares Original, ein Mensch, wie man ihn heute kaum mehr finden kann. Leute, die das Glück hatten, ihn zu Lebzeiten noch kennengelernt zu haben, haben eine kleine Gemeinsamkeit: Manchmal und scheinbar ohne äußere Einflüsse stiehlt sich plötzlich ein kleines Lächeln auf ihr Gesicht.

Eine Verhandlung im Beisein dieses Staatsanwaltes sah dann etwa so aus wie hier im Zuge eines Schnelllesungstermines. Der Angeklagten wurde vorgeworfen, ihren Freund niedergeschlagen zu haben.

„Er hat mich so blöd angeschaut, dass ich ihm einfach eine reinhauen musste!", erklärte die Angeklagte mit einer gewissen Selbstverständlichkeit in der Stimme.

„O tempora, o mores!", stöhnte Karl-Heinz laut auf. Zu Deutsch: Oh, (welche) Zeiten, oh, (welche) Sitten!

„Ja, das Tempo war schon ganz anständig … sonst duckt der sich ja, und ich erwisch ihn nicht."

„Si tacuisses, philosophus mansisses …", gab Karl-Heinz zurück. (Auf Deutsch so viel wie: „Wenn du geschwiegen hättest, wärest du Philosoph geblieben." Also: Dann hätte niemand deine Dummheit bemerkt.)

Dann erklärte er kopfschüttelnd: „Mich dünkt, die Alte spricht im Fieber!"

Das Letzte irritierte die Zeugin dann doch ein wenig. Sie habe kein Fieber, wie sie mitteilte. Außerdem müsse das Gericht ihren Freund nur einmal genauer betrachten, um selbst festzustellen, dass er „wirklich so blöd dreinschaut".

Karl-Heinz erhob sich: „Hohes Gericht, es geht mich ja nichts an … aber diese Aussage erfüllt den Haftgrund der Tatbegehungsgefahr und bedarf keines weiteren Kommentars. Die Frage einer etwaigen intellektuellen Minderbegabung wohl auch nicht."

Hier sah sich nun sogar der Richter genötigt einzugreifen, um die Stimmung etwas zu glätten. Er meinte, an die Angeklagte gewandt: „Sie haben Ihren Freund aber ja selbst ausgesucht? Wenn Ihnen etwas an ihm nicht passt, dann ...“

„Culpa in eligendo!“, rief Karl-Heinz und unterbrach den Richter.

Die Angeklagte ignorierte den Einwurf von Karl-Heinz, den sie mit ziemlicher Sicherheit wohl einfach nicht verstanden hatte. „Ich muss damals besoffen gewesen sein“, sagte sie stattdessen.

Man höre also auch den anderen Teil.

Der Zeuge, der Lebensgefährte der Angeklagten, kam in den Raum, bestätigte das Vorgefallene und räumte auch gleich ein, dass er zum Zeitpunkt des Vorfalles betrunken gewesen sei.

„Blödsinn!“, rief die Angeklagte sogleich, „wenn er betrunken ist, dann schaut er ganz lieb, da würde es keinen Grund geben, ihm eine zu verpassen!“

Staatsanwalt Karl-Heinz empfahl dem Zeugen mit ernstem Blick, in diesem Falle einfach mehr zu trinken, dann solle dieses Problem doch gelöst sein. Dem stimmte die Angeklagte zu und erklärte, dass der Zeuge übrigens auch heute nicht ganz so blöd dreinschaue.

„Sie haben also vor der Verhandlung getrunken, Herr Zeuge?“, schloss Karl-Heinz.

„Nein“, sagte der Zeuge. „Nur zwei Achterl zur Beruhigung.“

„Quod erat demonstrandum!“, gab Karl-Heinz zurück, dann senkte er seinen Blick auf das Reclam-Büchlein, das er die ganze Zeit unter der Tischkante gehalten hatte. Er stand auf und zitierte mit fester Stimme: „Habe nun, ach, Philosophie, Juristerei und Medizin und leider auch Theologie durchaus studiert, mit heißem Bemüh'n. Da steh ich nun, ich armer Tor, und bin so klug als wie zuvor!" Dann verschnaufte er kurz und fuhr fort: „Hohes Gericht, die Herrschaften mögen trinken oder nicht, konversieren oder nicht, agieren oder nicht, in die Tiefen der Emotionen und Ansichten abtauchen oder nicht. Das kann ich als Staatsanwalt nicht und mute es auch nicht dem Hohen Gericht zu. In dubio pro reo, ich ziehe hiermit den Strafantrag zurück."

Er setzte sich wieder und fügte mit seinem typischen, etwas verträumten Gesichtsausdruck noch hinzu: „Bilde mir nicht ein, ich könnte was lehren, die Menschen zu bessern und zu bekehren. Auch hab ich weder Gut noch Geld, noch Ehr' und Herrlichkeit der Welt … es möchte kein Hund so länger leben."

Ein anderes Mal wurde eine Auseinandersetzung zwischen zwei Prostituierten verhandelt. Diese bekamen sich bei der Verhandlung ein wenig in die Haare, Karl-Heinz erinnerte der Vorfall an einen Kampf zwischen Hexen.

„Sie muss ein Hokuspokus machen", sagte er plötzlich laut und deutlich, „damit der Saft dir wohl gedeihen kann … du musst versteh'n! Aus eins mach zehn und zwei lass gehen und drei mach gleich, so bist du reich. Verlier die vier! Aus fünf und sechs, so sagt die Hex', mach sieben und acht, so ist's vollbracht. Und neun ist eins und zehn ist keins – das ist das Hexen-Einmaleins."

Die Wirkung seines Kommentars war phänomenal. Hatten eben die beiden angeklagten Damen noch feurio geschrien und laut gestritten, blickten ihn jetzt beide sprachlos an. Da ihm nun die ungeteilte Aufmerksamkeit zufiel, redete Karl-Heinz gleich weiter.

„Es war die Art zu allen Zeiten, durch drei und eins und eins und drei Irrtum statt Wahrheit zu verbreiten, so schwätzt und lehrt man ungestört, wer will sich mit den Narr'n befassen?"

Vor allem der letzte Teil klang vorwurfsvoll. Weil niemand wusste, was man darauf noch sagen sollte, verkündete der Richter das Urteil. Freiheitsstrafe auf Bewährung, die Geldstrafe aber unbedingt. Beide Damen erklärten unumwunden, dass sie das Urteil annehmen würden.

Das tat dann auch der Staatsanwalt Karl-Heinz. Kaum hatten die beiden Angeklagten den Saal verlassen, meinte er mit einem geheimnisvollen Lächeln: „Mein Freund, das lerne wohl versteh'n, dies ist die Art, mit Hexen umzugehen!"

Ob er damit die Vorgangsweise bei Gericht meinte oder einfach seinen Goethe heranzitieren wollte, ging nicht klar heraus. Gott habe ihn selig – solche Menschen findet man heute nur mehr sehr, sehr selten.

Ein herzliches Danke an

Franz Kriutz
Johann Auer
Bernhard Borovansky samt Team

und

Maria Anna

Helmut Wlasak

**In allen Punkten**

**ISBN 978-3-99200-287-0**
320 Seiten,
Klappenbroschur
(D) **€ 19**

In uns allen schlummern vielleicht potenzielle Täter und Täterinnen. Der Strafrichter Helmut Wlasak weiß aus seiner jahrzehntelangen Erfahrung: Geschieht etwas gänzlich Unvorhergesehenes, können Menschen zu Reaktionen fähig sein, die sie sich selbst niemals zugetraut hätten.

Neben versuchtem Mord und Totschlag, islamistischem Terrorismus, Körperverletzungen, häuslicher Gewalt, Drogendeals, Einbrüchen und Betrug taucht der Autor ein in die Abgründe menschlicher Schicksale. Im alltäglichen Strafbereich ergeben sich dabei auch immer wieder unfreiwillig komische, absurde und lustige Situationen.

Dieses Buch erzählt Geschichten von Menschen, deren Leben anders verlaufen sind, als sie es jemals erwartet oder geplant hätten.

Bibliografische Information der Deutschen Nationalbibliothek
Die Deutsche Nationalbibliothek verzeichnet diese Publikation in der Deutschen Nationalbibliografie; detaillierte bibliografische Daten sind im Internet über http://dnb.d-nb.de abrufbar.



1. Auflage 2022

Servitengasse 5, A-1090 Wien
www.braumueller.at

Lektorat: Johann Auer
Coverfoto: © Shutterstock/Take Photo
Cover innen: © Shutterstock/Alex Linch, © Shutterstock/PiXXart
Druck: Florjancic Tisk d.o.o, Perhavceva ulica 44, SI-2000 Maribor
ISBN 978-3-99200-332-7